Herbert Schneider

Das Buch vom Schwager

Herbert Schneider

Das Buch vom Schwager

Hundertundeine
maßgeschneiderte Geschichte
und eine Vorgeschichte

edition schulz

Verlag und Verwaltungsgesellschaft mbH
Prinzregentenstraße 54
D-80538 München

Mit freundlicher Genehmigung
der Verlagsanstalt „Bayerland“, Dachau,
dem Buch „Bayrisch glebt“ entnommen:
„Der Kampf ums tägliche Bier“ (Seite 143)
und „Weißwürscht für den Frieden“ (Seite 279).

Druck und Bindung:
Memminger Zeitung Verlagsdruckerei GmbH
D-87700 Memmingen

ISBN 3-932142-11-X
Printed in Germany

Die Geburt des Schwagers

Warum nennt sich der Schwager „Schwager" und nicht „Onkel", „Bruder" oder „Vetter"?
Ein bißchen ist es deshalb, weil sich früher gute Bekannte in München und drum herum gerne scherzhaft „Schwager" genannt haben.
Ein besonders eifriger Schwager-Sager war der Schriftsteller Ernst Hoferichter, dessen Preis, nach seinem Tod von seiner Frau Franzi gestiftet, dem Schwager im Jahr 1986 verliehen wurde. Alle, die er mochte und gut kannte, sprach Hoferichter mit „Schwager" an, bloß ausgerechnet den Schwager nicht. Hat er ihn etwa nicht gemocht? Wohl doch! Hoferichter lernte immerhin einmal eines meiner Gedichte („De oide Kramerin") auswendig, das ihn, wie er sagte, an seine Jugendzeit erinnerte, die er am Rande des Münchner Viktualienmarkts verbracht hatte. Der Grund war einfach jener: Der Schwager Schneider war damals noch viel zu jung, um vom Altmeister schon der Anrede „Schwager" für würdig befunden zu werden.
Der wahre Namenspatron sei nun endlich ausgeplaudert: Als ich in der neugegründeten *tz* eine Kolumne unter einem besonderen Markenzeichen schreiben sollte, stand Karl Wanninger, einer der späteren Chefredakteure des Blattes, dem Münchner Lokalteil vor. Und der war nun tatsächlich mein echter Schwager. Die Namensfindung zog sich zunächst hin, und als der Karl Wanninger einmal ungeduldig gefragt wurde, ob er denn nun endlich mit einem Kolumnen-Namen für seinen

Schwager aufwarten könne, da war das Zehnerl plötzlich gefallen: „Der Schwager" – das war's!
Der Schwager meldete sich dann am 20. September 1968 zum erstenmal zu Wort. Mittlerweile ist er zum alten Bekannten und „Familienangehörigen" der *tz*-Leserinnen und -Leser geworden. Jeden Freitag serviert er auf gut bayerische Art den Senf der Woche zum Alltag.
Alle seelenverwandten, anverwandten und unverwandten Schwägerinnen und Schwäger haben mit dieser Auswahl einen hoffentlich ebenso kurzweiligen wie langlebigen Vorrat zur Hand.

München, im Sommer 1997 *Herbert Schneider*

Trara ums „dä-dä"

Wieder einmal ist der alte Spezi, Jahrgang Vorkriegszeit, auf Besuch da. Unter einem Glaserl Wein, zwei Schnäpsen und drei Bieren geht da nichts, und als ihn der Schwager um Mitternacht zu seinem Auto geleitet, schwanken sie beide leicht. Aber deswegen braucht jetzt nicht gleich die Polizei hellhörig zu werden, denn die Maria, Fritzens Frau, war auch dabei, und die hat bloß Apfelschorle und Kräutertee getrunken und nun resolut das Steuer übernommen.

Aber das nur nebenbei. Was der Schwager erzählen wollte, ist dies: Als der alte Fritz in den Beifahrersitz gesunken war, hatte er sich augenzwinkernd mit einem „dä-dä" verabschiedet, worauf er ihm sofort, von einem Winke-Winke begleitet, ein „dä-dä" zurückgegeben hatte; sozusagen Auge um Auge, „dä-dä" um „dä-dä".

Die Abschiedsformel hat den Schwager noch am nächsten Morgen beschäftigt. Offenbar hatte sie eine nostalgische Ader getroffen. Der Kurzgruß war ihm zwar gut bekannt, aber wann hatte er ihn zum letztenmal gehört, vor zwanzig oder gar schon vor fünfzig Jahren?! Jedenfalls glaubte er sich zu erinnern, daß ihn schon als Kleinkind seine Mutter, war Besuch zu verabschieden, aufgefordert hatte, „dä-dä" zu sagen. Allerdings hatte er später versäumt, diesen Spezialgruß den eigenen Kindern beizubringen. Er selber war, größer geworden, mit „servus" und „pfüat di" aufgewachsen, wobei „tschüs", „ciao" und „so long", um nichtbayrisch zu bleiben, „außen vor" geblieben waren.

Der Schwager fing in einem bayrischen Wörterbuch zu blättern an, fand aber bloß „dätschn“ für „quetschen“, groß geschrieben („Dätschn“) für „Schlag mit der flachen Hand auf den Kopf“. Einen solchen verpaßte er sich nun selber, um seine Gehirnströme in Gang zu bringen, aber auch danach wurde er nicht schlauer, wie der Ochs vorm Berg stand er dem „dä-dä“ gegenüber.
Was tut man in einem solchen Fall? Man kontaktiert einen Fachmann. Der sitzt im bayerischen Oberland – wo sonst? –, hatte einen rauhen Hals, konnte aber dem Schwager am Telefon sofort erklären, woher dieses vertrackte „dä-dä“ stammt, nämlich von „ade“ („adieu“), vergleichbar der englischen Kurzformel „bye-bye“ für „good bye“. Es sei insbesondere bei Kindern gebräuchlich gewesen und da und dort heute noch üblich.
Jetzt schlug sich der Schwager abermals aufs Hirn! Da hätte er doch selber auch draufkommen können, zumal er einen Spezi hat, der die Grußformel „habe die Ehre“ stets zu einem „dere-dere“ verkümmern läßt.
Übrigens: Der Herr Professor, denn ein solcher ist es, hat dem Schwager das Ehrenwort abgerungen, seinen Namen wegen einer solchen Lappalie unter keinen Umständen preiszugeben. So bleibt ihm nur die Möglichkeit, ihm auf diesem Wege ein gleichfalls französisch-bayerisches „merci“ mit einem angehängten „dä-dä“ zu übermitteln.

Wintermärchen mit Apfelkompott

Plötzlich sieht der Schwager einen monströsen Hintern vor sich auftauchen, allerdings keine gewöhnlichen vier Buchstaben, sondern das Hinterteil eines Pferdes. Auf dem Grauschimmel sitzt jemand, den er beim Näherkommen als flotte Reiterin outet. Vielleicht ist es sogar eine Blaublütige, in den Wäldern rund um München kann man sich da nie sicher sein.
Als er, auf einem schmalen Forstwegerl auf Langlaufskiern unterwegs, dem Gesäß schon ziemlich nahe ist, bleibt das Riesenroß plötzlich stehen. Seitlich vorbei käme er vielleicht schon. Aber wenn dieser Hirsch von Gaul scheut und ihn mit einem Hinterhuf k. o. schlägt?
Er räuspert sich vernehmlich, das Fräulein schaut um und sagt unsicher: Ich weiß auch nicht, warum mein Pferd keinen Bock mehr auf Trab hat. Auch wenn ich ihm die Sporen gebe, es will einfach nicht! Könnten Sie es vielleicht mit einem Ihrer Stöcke etwas antreiben?
Nicht gern, meint der Schwager. Stellen Sie sich vor, die Lo Grabmeier stünde hinter einem Baum und beobachtete uns! Dann kriegten wir beide eine Anzeige vom Tierschutzverein, und ob uns dann Rechtsanwalt Grasmüller verteidigte, ist doch sehr die Frage.
Zum Glück löst sich das Problem im nächsten Augenblick von selbst. Das Pferd lüftet seinen Schwanz und tritt dann genüßlich aus. Roßbollen um Roßbollen, manche auch als geballte Ladung, fallen geräuschlos herab, landen weich im Schnee, fangen in der Kälte zu dampfen an wie frisch aufgetischte Semmelknödel.

Der Amazone ist das Ganze mehr als peinlich. Ist sie vielleicht doch eine Adlige? Sie sagt: Entschuldigen Sie vielmals, daß die Stute ihre Äpfel ausgerechnet zu Ihren Füßen abgelagert hat. Aber nun weiß ich wenigstens, warum sie nicht weiterwollte – sie mußte diese Sache einfach hinter sich bringen. Hoffentlich sind Ihre Skispitzen nicht besudelt worden!

Aber nein doch, mein Fräulein, erwidert der Schwager, es ist alles in Ordnung. Die Natur nimmt eben ihren Lauf, das müssen wir akzeptieren!

Die Reiterin schaut den Schwager wohlwollend an, wahrscheinlich wegen seiner gewählten Ausdrucksweise, klopft ihrem Pferd auf den Hals und ermahnt es: Adelaide, daß du mir das nicht noch einmal machst, wenn jemand unmittelbar hinter dir steht!

Dann legt sie die Rechte zum Abschiedsgruß an ihre Reiterkappe, sagt: Also dann auf Wiedersehen, gibt ihrem Pferd die Sporen und trabt hoheitsvoll davon.

Der Schwager nichts wie nach! Er läuft, wie wenn er von dem Wunderwasser einer Geistheilerin getrunken hätte. Aber bei einem längeren Anstieg verliert er dann doch den Anschluß. Immer kleiner werden die vier Buchstaben des befreit ausholenden Gauls, und die der edlen Reiterin dazu.

So ein Erlebnis mit feinsten Kreisen hat man nicht alle Tage! Wenn der Schwager ein Rucksackl dabeigehabt hätte, wißt ihr, was er dann getan hätte? Die Roßäpfel eingesackt und malerisch auf seinem schneebedeckten Gemüsebeet handverteilt, um sie später in der Frühjahrssonne dahinschmelzen und in die Gartenerde einsickern zu sehen. Und dann würde er dort Rettiche anbauen – und so bis in den Sommer hinein bei ihrem Verzehr die Erinnerung wachhalten können an jenes Wintermärchen mit Edelfräulein und Apfelkompott.

Wintermärchen mit Schnapsfahne

Es schneite. Die Flocken fielen so dicht, daß nicht einmal ein Computer mit dem Zählen nachgekommen wäre. Der Schwager, am Fenster lehnend, sah eine seltsame Figur aufs Haus zukommen, eine Art Nikolaus. Der Mann trug eine Pudelmütze, Pelzstiefel und eine grüne Lodenkotze, wie sie in Miesbach und Bad Tölz in Trachtenbekleidungshäusern ausliegen. Gleich darauf läutete es. Der Schwager öffnete. Und? fragte er.
Ich bin der Winter, sagte der Mann, der Winter aus dieser Gegend. Dürfte ich mich bei Ihnen etwas aufwärmen?
Dem Schwager kam vor, als wehe ihm eine leichte Alkoholfahne voraus. Wollen Sie damit sagen, fragte er, daß der Winter vor der Tür steht, jetzt, Anfang Februar?
Ich erkläre Ihnen das alles im Haus, sagte der Mann. Sehen Sie nicht, daß ich vor Kälte zittere?
Ein sauberer Winter, dachte der Schwager, friert schon bei null Grad! Hieß ihn aber dann doch eintreten und nahm ihm Mütze und Kotze ab.
Endlich auf die Ofenbank geplumpst, faselte der Winter etwas von einem atlantischen Tief, das es ihm endlich gestatte, schneemäßig voll zuzuschlagen.
Hätt's aber nicht gebraucht, sagte der Schwager. Jetzt kann ich wieder zum Schneeräumen antreten. Und mit dem Auto auf den Straßen rumrutschen. Wehe, wenn ich einen Unfall bau – dann mach ich Sie haftbar!
Dafür haben Sie Ihre Versicherung, meinte der Winter kühl. Ham S' übrigens einen Obstler?

Widerwillig stellte ihm der Schwager eine Flasche Schnaps auf den Tisch. Kaum hatte der Kerl das erste Stamperl weggeputzt, bemühte er den Spruch: Auf oam Fuaß steht ma net, und schenkte sich ein zweites ein. Die Nase dieses Herrn Winter hatte inzwischen in der Wärme leicht zu tröpfeln begonnen. Er zog eine Schnupftabakdose aus der Joppentasche, baute kunstgerecht eine Prise Schmai auf seinem linken Handrücken auf und zog sie samt der im Entstehen begriffenen Rotzglocke kraftvoll hinauf.

Nach dieser Zeremonie wurde er richtig redselig. Er wisse selber, jammerte er, daß er nicht mehr der kalte Alte von früher sei, von Jahr zu Jahr matter, wärmer, schneeärmer werde. Den Hauptteil der Schuld trügen allerdings wir.

Aber im Mittelalter, erinnerte ihn der Schwager, sind Sie auch schon einmal ein echter Softy gewesen, so daß in Ober- und Niederbayern sogar Wein angebaut werden konnte.

Der Winter schlug mit der Faust auf den Tisch: Aber dann hab ich mich eines Dezembers meiner wahren Stärke besonnen und eine so bittere Kälte übers Land gelegt, daß sämtliche Weinstöcke erfroren sind und seitdem das Bier die Oberhand gewonnen hat.

Darauf sagte der Schwager: Respekt! und schenkte ihm eine Hefeweißе ein.

Nach einem kräftigen Schluck begann der Winter nun richtig zu flunkern. Einmal, so um die Jahrhundertwende, brüstete er sich, habe er so viel Schnee über die Landeshauptstadt geschüttet, daß nur noch die Frauentürme, der Alte Peter und der Kranz der Bavaria aus der weißen Zudecke geschaut hätten.

Und was haben Sie heuer noch Großes vor? fragte der Schwager.

Jetzt schneie ich erst einmal die Berge und das Voralpenland bis hinunter nach Regensburg total zu, hupp, dann leg ich den Schienen- und Straßenverkehr lahm, lasse Lawinen und Schneebretter, hupp, niedergehen und überziehe ganz Bayern mit sibirischer Kälte, – er sah auf seine Uhr – ich muß gehen, die Pflicht ruft, hupp!
Der Schwager brachte ihm seine Klamotten. Schwankend schritt der Winter zur Tür, verabschiedete sich mit: Kalte Nacht!
Der Schwager trat ans Fenster und schaute ihm nach. Der Flockenwirbel hatte sich inzwischen in Schnürlregen verwandelt. Der Winter stapfte durch den nassen Schnee, hielt auf das Nachbarhaus zu, läutete. Die Tür öffnete sich, und nach einem kurzen Palaver trat er ein.
Schau dir dieses Schlitzohr an, dachte da der Schwager, säuft sich durch die Gegend, anstatt seine verdammte Pflicht und Schuldigkeit zu tun! Da brauchen wir uns wahrlich nicht zu wundern, wenn das nächste Neujahr in den Sommer fällt!

Herr Doktor, meine Ohren sausen

Sie haben, sagt der Vertrauensarzt zum Schwager, eine ausgeprägte rezivegative Drysugation.
Sehr erfreut, Herr Doktor. Aber was ist das eigentlich?
Bei der rezivegativen Drysugation handelt es sich um eine Störung des contrapondabilen Reizungsfaktors innerhalb des mozibären Systems.
Und was kann man dagegen tun?
Bis jetzt leider noch nichts. Wir Ärzte stehen selber vor einem Rätsel.
Interessant. Aber die dauernden Stiche im Rücken, Herr Doktor?
Kommen höchstwahrscheinlich von etwas anderem. Wie steht es denn bei Ihnen mit Prostata?
Ich trinke ziemlich viel und regelmäßig, Herr Doktor, bin aber trotzdem danach selten beschwerdefrei. Könnte es sein, daß ich eine Brandscheibe hab?
Auf alle Fälle sollten Sie sich im Trinken zurückhalten. Was macht bei Ihnen überhaupt die Leber?
Leber macht mir gar nichts aus, Herr Doktor. Sie liegt mir sehr gut im Magen. Oft esse ich sogar zwei Portionen. Besonders gern mag ich sie sauer.
Nein, ich meine, was Ihre Leber macht, Ihre eigene?
Meine Leber? Ja sind Sie denn der Ansicht, daß ich eine Leber hab? Wie das nächstbeste Schwein?
Jeder Mensch hat eine Leber. Ich könnte Ihnen jetzt zum Beispiel ohne weiteres einen Leberhaken geben, besonders wenn ich daran denke, daß Sie wieder Ihren Krankenschein vergessen haben!

Da müßten Sie aber zuvor wissen, wo sich meine Leber befindet!
Das weiß ich ziemlich genau, es sei denn, Sie hätten eine Wanderleber.
Eine Wanderleber, was ist denn das nun wieder?
Nun, die wandert eben so im Körper herum.
Da bringen Sie mich auf eine Idee, Herr Doktor. Könnte mein Gliederzucken von einer Wanderleber kommen? Und könnte es ferner sein, daß sie auf ihrer Wanderung manchmal voll Neugierde aus dem Gesäß herausschaut?
Unsinn! Ich habe Ihnen doch schon beim letztenmal erklärt, daß Sie griechische Hämorrhoiden besitzen!
Ja, leider. Schweizer Aktien wären mir lieber. Aber was kann ich denn nun eigentlich gegen das Gliederzucken machen?
Am besten tun Sie gar nichts. Denn durch das Unterbinden des Gliederzuckens träte ein empfindlicher Bewegungsmangel ein, der das größte Übel unserer Zeit ist.
Dann ist Gliederzucken also gesund?
Zumindest nicht schädlich. Haben Sie überhaupt die Zäpfchen genommen, die ich Ihnen voriges Mal verschrieben hab?
Die Zäpfchen? Nein, die hab ich nicht hinuntergekriegt, sie waren viel zu groß. Jedes Mal hat es mich furchtbar gewürgt. Ich hab sie dann einfach in die Ohren gesteckt.
Ja warum denn in die Ohren?
Weil ich wieder einmal mein Ohrensausen gehabt hab! Die sind gesaust, als ob es um die Meisterschaft ginge!
Und hat es was geholfen?
Leider nein. Die Zäpfchen sind mir ja immer wieder herausgefallen, obwohl ich meine Ohrmuscheln ganz fest zusammengepreßt hab.

Sie stellen sich aber auch an! Wie soll ich Sie denn da heilen? Wie geht es übrigens Ihren Lymphknoten?
Nicht so besonders. Ich glaub, sie sind nicht mehr ganz fest zu. Wahrscheinlich gehören sie nachgeknüpft.
Lächerlich! Legen Sie sich bitte einmal da auf dieses Bett. Und jetzt die Zunge heraus!
Bäh!
Sie haben ja nur *eine* Mandel im Rachen. Wo ist denn die andere?
Weiß ich doch nicht. Vielleicht ist sie mir in einem unbeobachteten Augenblick gestohlen worden?
Niemand stiehlt Rachenmandeln, merken Sie sich das! Oder waren Sie einmal bewußtlos?
Nicht daß ich wüßte! Aber schlafen tu ich in der Nacht meistens, und da könnte es passiert sein.
Mit wem schlafen Sie?
Das ist Privatsache, Herr Doktor. Ich mische mich ja auch nicht in Ihre Betten hinein. Doch ich glaub eher, daß ich die Mandel verschluckt hab. Weil es mir oft ganz unvermittelt sauer aufstößt. – Ja, um Gottes willen, Herr Doktor, was haben Sie denn? Ist Ihnen schlecht?
O Gott, mir ist ganz schwindlig, ich glaub, durch Ihr laienhaftes Gewäsch hab ich jetzt ebenfalls eine rezivegative Drysugation bekommen!
Sie auch? Sehen Sie, das kommt davon, wenn man auf den contrapondabilen Reizungsfaktor innerhalb des mozibären Systems nicht aufpaßt!

Anruf beantwortet

– Hier ist der automatische Anrufbeantworter von Lieselotte Liebergesell. Ich bin gegenwärtig nicht vorrätig. Sie können aber eine Nachricht auf Band hinterlassen. Bitte nennen Sie Namen und nähere Umstände und beginnen Sie nach dem Pfeifton zu sprechen. – Pfiff.
Ja, grüß Gott, hier ist Adam, der ständige Begleiter von Eva. Ich bin Paradies-Vertriebener, lange vor Christi Geburt geboren und habe nach einem chirurgischen Eingriff von Gottvater eine Rippe zuwenig. Nach heutigen Maßstäben bin ich einen Meter und siebzig groß und ernähre mich hauptsächlich von Äpfeln, die meine Frau von verbotenen Bäumen herunter organisiert. Leider habe ich nun, bedingt durch mein biblisches Alter, vergessen, was ich Ihnen eigentlich sagen wollte. – Peng.
– Hier ist der Anschluß von Anton Breitkopf. Bin zur Zeit außer Haus, freue mich aber auf die Nachricht, die Sie mir nach dem Piepton zukommen lassen werden. –Piep.
Hier spricht einer Ihrer Nachbarn, der Ihnen noch nie so recht über den Weg getraut hat. Außer Haus wollen Sie sein? Dabei sehe ich Sie von meinem Fenster aus in Ihrem Wohnzimmer Zeitung lesen. Nehmen Sie wenigstens die Füße vom Couchtisch, Sie Telefon-Schwindler! Zu faul, um an den Apparat zu gehen! Ihre Durchlaucht wollen wohl selbst bestimmen, wann mit Ihr gesprochen werden darf! Eigentlich wollte ich Ihnen ja sagen, daß gerade eine Schar Wühlmäuse in Ihrem Garten exerziert, aber solange sie sich bei Ihnen wohlfühlen, kann es mir ja gleich sein. – Ende!

– Hier spricht Frau Therese Ruckdeschl. Kann zur Zeit wegen einer dringenden Angelegenheit nicht am Stühlchen sitzen. Bitte sprechen Sie nach dem Tüt Ihr Anliegen frei von der Leber weg. Wenn ich meine dringende Angelegenheit erledigt hab und wieder am Stühlchen sitzen kann, rufe ich sofort zurück. – Tüüüt.

Liebe Resl, hier spricht deine Cousine Aloisia. Dein Geschwafel kann ich leider nicht nachvollziehen. Wenn du schon was Dringendes zu erledigen hast, wieso rennst du dann aus dem Haus? So was erledigt man doch am besten und hygienischsten in den eigenen vier Wänden, und zwar indem man am Stühlchen sitzt, wo sonst? Du aber willst erst darauf sitzen, wenn du die dringende Angelegenheit erledigt hast? Liebe Resl, du sollst dringend einen Urologen aufsuchen und hernach vielleicht noch einen Psychiater. – Pfüat di!

– Hier ist die technische Bandnudel der Familie Guggenbichler. Wir sind augenblicklich alle fünf nicht präsent. Wenn Sie uns trotzdem etwas Freundliches sagen wollen, dann sprechen Sie bitte – jetzt.

Hier spricht das renommierte Einbrechersyndikat Bruch & Co. Ihre Nachricht auf Band ist zwar nützlich, aber leider unvollständig. Hinterlassen Sie in Zukunft auch präzise, von wann bis wann die gesamte Familie abwesend ist! Noch wertvoller wäre ein Hinweis auf die jeweiligen Urlaubszeiten zuzüglich der Versicherung, daß nicht unbedarfte Verwandtschaft das Haus hütet. Vielleicht läßt sich das gelegentlich nachnudeln? – Danke!

Ein Rüsselwurf

Es lebe der Schboat –
er ist gesund
und macht uns hoat ...

Das ist zwar österreichisch, aber wir Bayern verstehn es trotzdem. Den Schwager hat der Sport allerdings nicht hart wie Stahl, sondern weich wie Camembert gemacht. Anstatt die Zähne aufeinanderzubeißen, jammert er sich nun durch den Tag. Und selbst in der Nacht fängt er zu stöhnen an, wenn er sich mühsam auf die andere Seite wälzt.

Die Fakten: Bei einer stinknormalen Skiabfahrt hat er Hans Guckindieluft gespielt, einen Graben übersehen, einen sogenannten Rüsselwurf fabriziert und sich dabei die rechte Schulter samt Brust gequetscht. Nach Luft schnappend, lag er wie ein geprellter Protz auf der Piste, und als er sich endlich wieder aufrappelte, mußte er sich erst einmal eine Ladung Schnee aus den Ohren kratzen, um wieder hörfähig zu werden.

Wer glaubt, die Restabfahrt und die Heimfahrt mit dem Auto seien ein Honiglecken gewesen, der irrt!

Waren vielleicht Schlüsselbein und Rippen nur noch Schrott?

In der Ambulanz eines Kreiskrankenhauses, wo man ihn röntgte, konnte man ihn beruhigen. Man gab ihm eine Schlinge, in der er seinen rechten Arm spazierentragen sollte, und entließ ihn mit den besten Wünschen, aber mit dem heimtückischen Nachsatz, daß sich „so was“

lang hinziehen könne. Das hat er inzwischen auch von seinen feixenden Sportsfreunden bis zum Überdruß gehört.

Ehrlich gesagt: Der Schwager hatte bisher noch nie bewußt wahrgenommen, daß er eine rechte Brust hat. Nur von Frauen war ihm dies oberflächlich bekannt. Jetzt ist es anders: Ob er sich bückt, ob er sich streckt, die rechte Brust schreit: Hier! Meldet sich schmerzhaft zur Stelle.

Dabei war er noch gut davongekommen. In Schräglage vor dem Fernseher sitzend, mußte er dem bayerischen National-Skihelden Markus Wasmeier ins Auge und auf den lädierten, dick geschienten Arm blicken. Mit geschulterten Skiern war der ins Stolpern geraten, wobei ihm die scharfen Stahlkanten der fallenden Latten die Sehnen zersäbelt hatten. Entschuldige, Wasi, aber da hat den Schwager sein Brüstchen auf einmal ein bißchen weniger geschmerzt!

Übrigens hat er seinen Rüsselwurf bei der Heimkehr mit den Worten gemeldet: Mi hat's sauber gschmissn!

Und dabei ist ihm eingefallen, welch reichhaltiges Vokabular ihm in seiner Bubenzeit in der Münchner Vorstadt für den Fall des Falles außerdem noch zur Verfügung gestanden war. Das fing an mit: Mi hat's baut! und ging über gstrullert, gworfa, gstraat, körwet und weiter bis zu zrissn.

Nicht nur die Wörter, auch so mancher dazu passende Sturz, allesamt sportlich bedingt, sind wieder aus der Erinnerung aufgetaucht. Haben sie den Schwager letztendlich vielleicht doch gestählt?

Er verscheucht sein Camembert-Syndrom, richtet sich auf und läßt mit rauher Kehle den Hartmacher-Sport leben. Auf die rechte Schulter oder gar die Brust hat er sich dabei allerdings nicht geschlagen!

Wiedergeburt als ...

Die einen lassen sich scheiden, die andern streiten Tag und Nacht, und der Schwager spielt manchmal mit der Schwägerin Seelenwanderung. Was möchtest du denn diesmal werden? fragt er erwartungsvoll.

Ein Krokodil, sagt die Schwägerin wie aus der Pistole geschossen. Und zwar für den Fall, daß du das unverschämte Glück hast und mich überlebst und dann so geschmacklos bist und noch einmal heiratest.

Ja und dann? fragt der Schwager voll banger Ahnung.

Ja und dann, sagt die Schwägerin, leg ich mich schön in die Mitte zwischen die Ehebetten und schnapp einmal nach links und einmal nach rechts!

Statt die exklusive Liebe zu erkennen, die sich hinter diesen Worten verbirgt, ist der Schwager, weil ihm so gar nichts auf seine alten Tage vergunnt wird, eingeschnappt und meint patzig: Ein Krokodil brauchst nicht mehr werden, das bist schon!

Die Schwägerin zuckt zurück wie von der Dings gestochen. Und, würgt sie endlich hervor, was möchtest dann du werden?

Eine Tarantel, sagt der Schwager, dem das liebe Tier gerade rechtzeitig eingefallen ist. Und zwar für den Fall, daß du sofort nach meinem Ableben meine Fotografie verkehrt an die Wand hängst, mein Markenalbum verkaufst und meine Rente in den Erfrischungsräumen der Kaufhäuser verjubelst!

Ja und dann? fragt die Schwägerin, wahrscheinlich ebenfalls voll banger Ahnungen.

Ja und dann, sagt der Schwager, sitz ich einmal in der Zuckerdose und einmal in deiner Perücke, einmal im Suppentopf und dann wieder in deinem Gurgelglas oder deinen Hausschuhen.
Die Schwägerin zieht die Stirne kraus, daß sie Falten wirft wie der Starnberger See vor einem Gewitter. Von jeher das sicherste Zeichen, daß es in ihrem Hirnkastl fieberhaft arbeitet. Endlich ist der Denkvorgang abgeschlossen, die Stirne glättet sich, und sie sagt: Damit tust du mir nichts Böses an. Ich mag nämlich Taranteln. Es sind sogar meine Lieblingstiere!
Seit wann denn? fragt der Schwager. Das ist ja das Allerneueste!
Natürlich hat er ihre List sofort durchschaut. Wenn sie ein Tarantel-Fan ist, pufft sein schöner Angriff ins Leere!
Aber die Schwägerin treibt es noch weiter. Taranteln sind für mich fast dasselbe wie Tarantella, behauptet sie.
Jetzt schneid aber ab! sagt der Schwager. Du fürchtest ja sogar Frösche. Und wenn du eine Spinne siehst, fängst du zu spinnen an! Wahrscheinlich weißt du überhaupt gar nicht, was eine Tarantel ist und wie die ausschaut. Die haben einen furchtbar giftigen Stachel, und den bohren sie den Menschen mir nichts, dir nichts hinein. Und dann heißt es, abtreten von der Bühne des Lebens!
Aber bei dir nicht! Denn wie ich dich als Tarantel kenn, möchtest du mich so lang wie möglich sekkieren. Tratzen und erschrecken willst mich als Tarantel, das ist alles. Aber glaub bloß nicht, daß ich dich fürcht – dich!
Wie schaut denn eine Tarantel aus, wenn du so gescheit bist? bohrt der Schwager weiter.
Ich weiß es, sagt die Schwägerin, aber ob du's auch weißt?
Auwehzwick, jetzt ist der Schwager in eine Falle getappt. Wie schaut eigentlich eine Tarantel aus?

Er lügt not: Eine Tarantel ähnelt in etwa einem Tintenfisch, bloß daß sie auf Bäumen und Büschen lebt. Sie hat nur ein einziges Aug, aber was für eins! Das glitzert nur so voller List und Tücke und lauert auf günstige Gelegenheiten. Unter dem glitschigen Fell ist der bewußte Stachel eingebaut, und der ist ständig giftgeschwollen. Bei der geringsten Kleinigkeit läßt ihn die Tarantel herausschnellen. Schau her, so!
Der Schwager sticht mit spitzem Zeigefinger seiner Gefährtin in den Nacken.
Doch die Schwägerin klopft ihm bloß lässig auf die Hand. Können vor Lachen, sagt sie. Jetzt gib einmal acht, was ich mit so einer Tarantel mach!
Sie wirft eine Praline, sozusagen als Tarantelersatz, in eine Tasse, stülpt blitzschnell ein Brotzeitbrettl darüber, öffnet die Gefriertruhe und stellt mich hinein.
Ein eiskalter Schauder läuft dem Schwager den Buckel hinunter. Laß mich sofort raus, sagt er drohend. Sonst stech ich dich wirklich!
Stich doch, wenn du kannst! lacht die Schwägerin.
Sie ist eiskalt. Kälter, als dem Schwager als seelengewanderter Tarantel jetzt wird.
Ohne jede menschliche Regung überantwortet sie ihn dem Gefriertod. Langsam kriecht dem Schwager die Kälte die Füße herauf, und er beginnt mit den Zähnen zu klappern.
Wenn du noch einmal mit mir so umspringst, sagt er zur Schwägerin, hab ich das letzte Mal mit dir Seelenwanderung gespielt. Das merkst dir!
Ist ja recht, sagt sie und holt die Praline aus der Truhe. Da, iß sie, sonst bleibt dir noch was!
Sie ist halt dann doch wieder eine gute Haut auch, die Schwägerin, wenn sie auch der Schwager als Krokodil nicht ständig um sich haben möchte!

Bange Minuten in der ersten Nacht

Wenn der Schwager an seine erste aushäusige Nacht mit einer Frau denkt, fällt ihm zunächst die abscheuliche Schlafhaube ein, die sie trug. Sie sah aus wie ein zerknitterter Nachttopf, und rundherum war ein Spruch eingestickt, den er wohl nie vergessen wird. Er lautete: Die Tugend ist die Schwester der Treue!
Sie hatte ihn ewig lang warten lassen, das trödelhafte Frauenzimmer. Kommt sie jetzt, oder kommt sie nicht, hatte er sich immer wieder gefragt, als er so lebfrisch und erwartungsfroh in seinem schönsten Pyjama, einem gestreiften, im Bett lag. Kokett brannte das Nachttischlamperl mit dem roten Schirm, der für eine gepflegte erotische Stimmung so ungemein wichtig ist. Aber das wußte er damals noch nicht.
Endlich, dem Schwager wollten schon die Augen zufallen, war sie hereingehuscht. Mehr wie ein Gespenst als wie eine Geliebte. Ihr langes Nachthemd flatterte und knatterte, als wäre es eine Fahne der Heilsarmee. Es stand der Schlafhaube an Häßlichkeit nicht nach, doch war, was den Schwager etwas versöhnte, wenigstens kein Spruch eingestickt. Nur an den Füßen wurde sie den Erwartungen gerecht, die er in sie gesetzt hatte. Mit Wohlgefallen bemerkte er an ihren Pedalen von der Größe dreiundvierzig warme, braune Kamelhaarhausschuhe, wie sie schon die Kameliendame getragen hatte, wenn sie zum Lotterbette schritt.
Schläfst du schon, mein Liebling? fragte sie mit ihrer dunklen Zarah-Leander-Stimme.

Nein, ich habe auf dich gewartet! antwortete der Schwager.
Das solltest du doch nicht! meinte sie, wobei sie ihm schelmisch mit dem Finger drohte. Sie beugte sich über ihn und küßte ihn ohne weiteres auf den Mund, wobei der Schwager einen Hauch von Stachelbeeren auf den Lippen spürte.
Verwundert nahm er zur Kenntnis, daß sie ihn mit Weihwasser besprengte. Alles andere hätte er erwartet, bloß das nicht. Dann löschte sie die rote Lampe und schlüpfte mit einem tiefen Seufzer in ihr Bett.
Schweigend lagen sie eine Weile nebeneinander. Der Schwager vergaß ihre Nachthaube und den Spruch darauf. Er richtete sich im Bett auf und fragte: Darf ich ein bißchen zu dir hinüberkommen?
Möchtest du denn? fragte sie.
Freilich! sagte der Schwager mit belegter Stimme. Ehrlich gesagt, er fürchtete sich ein bißchen.
Doch eine vernünftigere Partnerin hätte der Schwager nicht finden können. Sie sagte: Es ist unhygienisch, mein Kleiner, so nahe beisammen zu liegen. Es könnten Bazillen von mir zu dir überspringen. Und ausstrecken können wir uns auch nicht recht. Glaub mir, mein Liebling: Eigenes Bett macht vieles wett!
Es vergingen bange Minuten. Endlich muß der Schwager in dem finsteren, fremden Schlafzimmer doch eingeschlafen sein. In der Nacht hörte er einmal eine Motorsäge kreischen, und erst viel später ist ihm aufgegangen, daß wahrscheinlich die Emerenz geschnarcht hatte.
So und nicht anders war die erste Nacht verlaufen, in der eine Frau ein Doppelbett mit dem Schwager, er war damals sieben, geteilt hatte. Seine Eltern waren ins Kolosseum gegangen, und er hatte bei der braven Tante Emerenz schlafen dürfen müssen.

Die Tricks der Schwiegermutter

Des Schwagers Schwiegermutter, vital, schlagfertig und dreiundachtzig, raucht wie ein Schlot, trinkt Bohnenkaffee kübelweise und ist eine ausgesprochene Fleisch- und Wurstkatz. Um ihr Gewissen zu beruhigen, mampft sie angeblich jeden Morgen Müsli, verzehrt hie und da zwei Blattl Salat und macht wöchentlich eine Kniebeuge. Manchmal von Wehwehchen geplagt, sucht sie regelmäßig ihren Arzt auf. Sie betrachtet diese Besuche aber mehr als willkommene Abwechslung vom Alltag denn als Anlaß, die Ratschläge des Herrn Doktor auch zu befolgen.
Im Augenblick geht sie gerade auf den Balkon hinaus, um zu vertuschen, daß sie sich ein Zigaretterl anzündet. Der Schwager sieht deutlich den blauen Dunst aufsteigen, obgleich sie versucht, ihn mit Handwedeln übers Geländer zu scheuchen.
Hast schon wieder graucht? sagt er vorwurfsvoll, als sie hereinkommt. Die wievielte war denn das heut schon?
Erst die dritte, behauptet sie. Da schau her – sie zeigt den Schachterldeckel –, erst drei Stricherl!
Der Schwager hegt allerdings den begründeten Verdacht, daß es sich bei dieser Stricherlschreiberei um ein Betrugsmanöver handelt. Sicher macht sie nur bei jedem dritten Glimmstengel ihr Stricherl.
Was sagt denn eigentlich der Doktor zu deiner Raucherei? bohrt er weiter.
Der weiß doch nichts davon, erwidert sie treuherzig. Ich lutsch doch immer vorher ein Pfefferminz.

Aha, und drum kann er's dir auch nicht verbieten.
Die Schwiegermutter drückt schelmisch ein Auge zu und lächelt vielsagend.
Wie wär's denn, wenn ich ihm einmal was flüstere?
Das wär gemein von dir, bockt sie, wo er mir doch vollkommen vertraut.
Von deinen Kaffeeorgien weiß er wohl auch nichts?
Danach hat er mich noch nie gefragt, behauptet sie.
Dieser Weißkittel ahnt wohl viel zuwenig von den geheimen Süchten und Sehnsüchten einer glüstigen älteren Weibsperson, meint der Schwager. Zu deinem ungezügelten Fleischverzehr hat er sich, soviel ich weiß, aber doch mehrmals kritisch geäußert. Hast du nicht immer stark erhöhte Harnsäurewerte gehabt?
Freilich, sagt die Schwiegermutter, und drum lass ich sie ja auch nicht mehr messen. Wo kein Kläger, da kein Richter, verstehst? Außerdem hab ich schon wochenlang kein Fleisch und keine Wurst mehr gegessen.
Aber Resi (seine Schwiegermutter hat nämlich den schönen Namen Theresia), ruft da der Schwager, das glaubst ja selber nicht! Vorgestern hat's ein Gulasch bei dir gegeben ...
... die paar Bröckerl sind doch gar nicht der Rede wert ...
... gestern ein Ochsenfilet ...
... von dem ich dir die Hälfte geben hab ...
... und heut warst schon wieder beim Metzger und hast Schweinskotelett und Kalbsleber mitgebracht ...
... bloß, weil's so appetitlich ausgschaut hat, so richtig gsund! Der Herr Doktor hat ausdrücklich zu mir gsagt, alles, was mir schmeckt, darf ich ruhig essen.
Dir schmeckt aber bloß immer das Allerverkehrteste!
Vergiß nicht, daß ich jeden Tag in der Früh mein Vollkornmüsli ess, versucht sie zu beschwichtigen.
Zur Schwägerin gewandt aber sagt sie: Besorg mir gleich

wieder zwei Packungen, ich hab nur noch einen kleinen Rest.
Bevor der Schwager dazu etwas Wichtiges hätte sagen können, nämlich, daß er kürzlich in ihrer Wohnung, als gerade der Vorratsschrank einen Spalt offenstand, siebzehn ungeöffnete Müsli-Packungen darin stehen sah, winkt ihn die Schwägerin hinaus und redet ihm ins Gewissen wie folgt: Hör doch endlich auf mit deinem Gebenz, sie ist doch sowieso für ihr Alter erstaunlich fit!
Aber sie könnte noch viel fitterer sein, meint der Schwager, wenn sie ...
... wer weiß, unterbricht ihn die Schwägerin. Jedenfalls ist ihre selbstgestrickte Therapie, nämlich sich vorzumachen, kaum zu rauchen, wochenlang kein Fleisch und jeden Tag Müsli zu essen, sehr erfolgreich. Der Glaube, urgesund zu leben, versetzt bei ihr Harnsäure- und Cholesterin-Berge.
Darauf weiß der Schwager nichts mehr zu erwidern. So eine raffinierte Schwiegermutter, die sich selber jeden Tag durch Selbsttäuschung von ihren Sünden befreit, hat wirklich nicht jeder. Reserl, sollst leben!

Eine Waffe im Ehekrieg

Da kennt der Schwager Ehepaare, die sind nur glücklich, wenn sie sich mindestens einmal im Monat nach Herzenslust anschreien können. Es macht ihnen auch nichts aus, sich an den Suppentellern – vorsichtshalber den billigeren – zu vergreifen und beim dramatischen Höhepunkt mit Selbstmord (I bring mi no amoi um!) zu drohen.
Das (insgeheim wohl beabsichtigte) Ende vom Lied ist dann stets das gleiche: In der Nacht, wenn alle Kühe schwarz sind, kommt aus dem einen Bett unterdrücktes Schluchzen und aus dem anderen das große Schweigen. Und nun bewegen sich alsbald, nach angestrengtem Horchen beiderseits, die Schlafanzüge samt Inhalt, einem Urtrieb folgend, lautlos und Millimeter um Millimeter aufeinander zu, bis sie auf der harten Mittelkante zusammentreffen – und das große, berauschende Versöhnungsmatch beginnen kann.
Dieses Verfahren ist weit verbreitet und auch durchaus geeignet, Abwechslung in den grauen Ehe-Alltag zu bringen, doch sollten sensiblere Naturen zu differenzierteren Methoden greifen. Ganz abgesehen davon, daß es töricht ist, immer wieder Geld für neue Suppenteller auszugeben.
Leider sind manche Ehemänner viel zu phantasielos, um sich selbst etwas Gefälligeres als ihr ewiges Monatsgebrüll auszudenken, das in schlecht isolierten Wohnblöcken zudem noch unangenehmes Aufsehen macht. Sie sollten sich am Schwager orientieren.

Der, ein vornehmer, jedem Streit abholder Charakter, hat eine lautlose Wunderwaffe im ehelichen Krieg entwickelt. Er läßt zunächst den Haussegen so schief hängen, wie der mag, ohne auch nur eines seiner Stimmbänder zu bemühen. Hören trotzdem die ungeheuren Anklagen und Vorwürfe gegen seine Person nicht auf, so setzt er sich still in eine Ecke, schlägt die nächstbeste Zeitschrift auf und studiert die – Heiratsanzeigen. Wobei er die verlockendsten mit einem Rotstift ankreuzt. Zum Beispiel diese:
Hochgeb. Blondine, 35/1,76, molliger Typ, bietet ser. Herrn (auch gesch.) Einheirat in gutg. Landbrauerei.
Oder diese:
Liebes sanftes Mädel aus gut. H., sportl. Ersch., mit 500000 DM Vermögen und eig. Segelyacht, sucht tr. Lebensgef. zw. bald. Bord- u. Ehegemeinsch.
Und zum Schluß vielleicht noch jene:
Welch. treusorg. Mann gibt immer noch temperamentv. Schwaben-Wwe. m. 10 Tagw. Bauerwartungsland sol. Zweitglück?
Hierauf versteckt der Schwager das Blatt an leicht findbarer Stelle, läßt ein verträumtes Lächeln über seine Züge spielen und geht in betont aufrechter Haltung als attrakt. Ersch. zu Bett.
Natürlich denkt er nicht im Traum daran, auf eine der Annoncen zu schreiben. Denn dann wäre ja die harte Erziehungsarbeit vieler Jahre für die Katz gewesen. Und ob es ihm, um nur ein Beispiel zu nennen, noch einmal gelänge, eine solch vollendete Reiberdatschi-Könnerin heranzubilden, wäre erst noch die Frage. Nein, nein, der Schwager weiß schon, was er hat.
Doch interessiert jetzt die Lehrgangsteilnehmer wohl die Frage, was der Schwager mit seinem Tun erreicht hat. Nun, direkt in seine Intimsphäre will er sich natürlich

nicht schauen lassen, aber soviel kann er sagen, daß eventuell sogar das eigene nächtliche Hinüberrücken unterbleiben kann. Wodurch der moralische Sieg vollkommen wird.
Eine Einschränkung muß allerdings gemacht werden. Ewig kann diese Heiratsanzeigen-Masche nicht gestrickt werden. Bei manchen hellwachen Schwägerinnen verschleißt sie sich schon beim drittenmal. Bei ausgesprochenen Spätzünderinnen wird sie indes bis zu dreißigmal die gewünschte Wirkung zeigen.

Pfüat di, Winter!

Um seinen Skiern eine letzte Freude zu machen – ihre Gleitzeiten waren in diesem Winter karg bemessen – und sich selber vom Schnee zu verabschieden, ist der Schwager an einem Vorfrühlingstag eigens noch einmal nach Bayrischzell gefahren. Miesbach, Parsberg, Wörnsmühl, Hundham, Elbach, Fischbachau, Aurach, Geitau: lauter Namen am Wege, die einen urbayerischen, gebirglerischen Klang haben! Und dann der Wendlstoa: mit seinem gewaltigen Buckel, mit dem er, noch fünfzig Kilometer entfernt, aus der Gebirgskette, die der Föhn von den Chiemgauern bis zur Zugspitze aufgereiht hat, unübersehbar heraussticht. Im Wendelstein-Kircherl mit einer reschen Sennerin getraut werden und dann mit Paragleitern ab in die Flitterwochen – wär des nix?
Aber lassen wir das! Reden wir lieber vom Winter, diesem schneearmen Grischperl. In vier Monaten dreimal Schneeschaufel-Gymnastik am Morgen, das war's für uns Flachländer. Da wenn wir unser Gamsgebirg nicht hätten! Je länger der Schwager fährt, desto mehr kehrt er in den Winter zurück. Oben auf dem Sudelfeld bestaunt er die weiße Pracht rundherum, schlüpft in seine Heckeinsteiger und Wasmeier-Latten, läßt sich nach oben ziehen und stiert dann die Abfahrt hinunter.
Was heißt stiert, schön vorsichtig kurvt er herum, immer darauf bedacht, der Fall-Linie samt Fall nicht zu nahe zu kommen. Denn Übung hat in dieser Saison den Meister nicht aus ihm gemacht!
Trotzdem, beim drittenmal läuft es schon besser, und

beim viertenmal hätte er's fast schon mit Alberto Tomba aufnehmen können, zumindest was dessen Dreitage-Bart angeht. Er sagte zu seinen Skiern: Genießt es noch einmal und geht in die Schwünge, was die Kanten hergeben, denn eure Langlauf-Kollegen wollen auch noch zu ihrem Recht kommen!

Eine Stunde später diagonalschrittelt er am Zipfelwirt vorbei und bald darauf ein kleines Bachbett hinauf, das sich dahinzieht wie eine aufgefächerte Bobbahn. Die Luft, der Schnee, die Loipe und der perlende Schweiß, den die Pudelmütze gierig aufsaugt – Genuß ohne Reue!

Bittschön noch eine Runde, betteln seine langen Bleistifte, als er wieder am Zipfelwirt ankommt. Also gut, willigt der Schwager ein, aber im Wald ja nicht stollen!

Am Schluß sitzt er in einer Wirtschaft in Aurach, löffelt Nudelsuppe mit Rindfleisch, nuckelt am Weißbier. Seine Skier sind schon im Sack, prahlen voreinander mit ihren bestandenen Abenteuern, bevor sie so richtig melancholisch werden: Jetzt könn ma dann a dreiviertl Jahr wieder im Keller rumsteh und uns von Spinnawebn umgarna lassn ...

Bevor der Schwager die Heimfahrt antritt, möchte er am liebsten noch das tun, was auch der Heilige Vater nur tun sollte, wenn Schnee liegt: den Boden küssen! Bayerischer Schnee, obwohl nicht einmal von gestern, sondern schon viele Wochen alt, lebe trotzdem wohl! Nein, küssen tut dich der Schwager nicht, aber er geht noch schnell ein Feldwegerl entlang, greift tief ins Weiß hinein und gibt sich dann die Kugel: schiebt den kleinen Ball, den er geformt hat, in den Mund und lutscht ihn andächtig hinunter.

Denn wer weiß, wie lange es dauert, bis er in diesen ozonrissigen Zeiten Petrus' weiße Watte wieder zu Gesicht bekommt!

Lockere und andere Anträge im Fasching

Wenn sich der Schwager recht erinnert, ist der Fasching einerseits eine Zeit der Frischverliebten, andererseits eine Art Tanzsportveranstaltung für eingefahrene Ehepaare mit gern wahrgenommener Möglichkeit zum Side-Step. Ein Blick zur gut gepolsterten Vierziger-Riege könnte die jungen Hupfer durchaus lehren, wie es später einmal bei ihnen sein wird – wenn sie nicht bloß Augen für sich hätten.
Da sie in ihrem schwebenden Zustand noch dazu rosarote Brillen tragen, bemerken sie nicht einmal eigentlich unübersehbare Mängel an ihrem Anbetungsobjekt, z. B. viel zu große Lauscheohren, einen aus dem Ringelpullover aufsteigenden Geizhals oder den mächtigen Allesbesserwisserzahn in der alkoholgetränkten Mundhöhle. Und so kommt es, wie es kommen muß und wohin es zu allen Zeiten kam: zum Antrag.
Doch gibt es Anträge der unterschiedlichsten Art – harmlose und raffinierte, zwanglose und gezwungene, sittliche und leider auch unsittliche, spontane und lang vorausgeplante, törichte und vermögenswirksame, flatterhafte und ernstgemeinte und am Ende der Möglichkeiten den schwerwiegendsten von allen: den Heiratsantrag.
Einer der am häufigsten gestellten Anträge in diesen Nächten dürfte der sein, das gewisse weibliche Wesen nach Hause begleiten zu dürfen. Vorausgegangen sind Anträge, mit dem Antragsteller die Tanzfläche, die Bar, den Weißwurstkeller aufzusuchen. Und in Ausnahme-

fällen vielleicht sogar der, die Rechnung begleichen zu dürfen.
An der Haustür der Angebeteten angekommen, sind weitere Anträge und besonders ein ganz bestimmter nicht zu vermeiden. Er wird auch bereits mit entrüsteter Genugtuung erwartet. Der Schwager hofft jedoch inständig, daß er abgelehnt wird, damit der Dreistling auch nicht eine Sekunde lang auf die Idee kommt, sie sei „eine solche“. Außerdem hält Hinhalten die Liebe, wenn es sich wirklich darum handeln sollte, am Schmoren. Wie schon Kurt Tucholsky sagte: So süß ist keine kleine Brust wie die, die man nicht hat ...
Ob bei des Schwagers Abrate-Psychologie letztendlich heimliche Eifersucht auf das Weib schlechthin im Spiele ist? Da müßte man Sigmund Freud fragen. Aber dessen Telefonnummer ist dauernd besetzt!
Seit jedenfalls der unheilige Pillarius sein Unwesen in den Handtascherln der potentiellen Verführerinnen treibt, ist die Hemmschwelle zur ausziehbaren Couch wesentlich kleiner geworden. Aber was nützt diese Feststellung schon einem Silberhochzeitschonhintersichhaber?
Reden wir lieber vom alles entscheidenden Heiratsantrag. Dabei ist nicht zu übersehen: Zwischen dem Heiratsantrag der steifen Vorväter und dem der heutigen Locker-vom-Hocker-Generation ist ein himmelweiter Unterschied.
Früher ging das etwa so vor sich: Liebste Luise, wenn ich mich erkühne, Ihnen eine Frage zu stellen, von deren Beantwortung mein ganzes weiteres Lebensglück abhängt, dann nur, weil ich auch bei Ihnen Anzeichen bemerkt habe, die mich zu der Annahme ermutigen, Sie stünden meinen tiefen Gefühlen nicht ganz ablehnend gegenüber. (Folgt Kniefall.)

Oh Franz, Sie verwirren mich! (Luise schlägt die Augen nieder, damit er den Triumph in denselben nicht bemerke.) Darf ich Sie noch um einen Tag Bedenkzeit bitten? Doch ich heiße Sie hoffen!
Franz: Oh Glück! Oh Wonne! (Geht wie ein Wahnsinniger durch die Mitte ab.)
Heute stellt sich der Schwager das so vor: Du, Luise, nebenbei gesagt, wie wär's, wenn wir heiraten täten?
Das hab ich mir auch schon gedacht, Franzl. Noch dazu, wo du jetzt einen Bausparvertrag hast.
Dann packen wir's halt, Luisebaby. Vielleicht nächste Woch am Donnerstag?
Gut. Nehm ich halt einen Tag Urlaub!
Wie ist aber nun der Schwager überhaupt auf dieses Antrag-Thema gekommen? Weil Fasching ist? Eigentlich nein. Er hat auf seinem Abreißkalender unterm 21. Februar folgenden Spruch gefunden:
Fräulein Karin, würden Sie einen Vollidioten heiraten, nur weil er Geld hat?
Ach Karl, Ihr Antrag kommt so überraschend!

Tausche Ballkleid gegen Kinderwagen

Der Fasching wirft seine Schatten hintnach. Tausche, so liest der Schwager unterm Frühstücken, hauchdünnes Ballkleid, nur einmal getragen, gegen gut erhaltenen Kinderwagen.

Ja, da könnte man schon das Erbarmen kriegen! Nur einmal getragen – und dann diese Folgen! Aber eben: hauchdünn! Hätte die Betreffende ein massiveres Ballkleid angehabt, vielleicht vorne noch etwas gepanzert, und eine solide Unterwasch dazu, wie das früher zu Winterszeiten üblich war, es wäre vermutlich gar nichts passiert. Das Hauchdünne ist es eben, das uns hinabzieht. Einmal ist keinmal? Ach ja, wenn's nur so wär!

Und vielleicht kennt das arme Ding jenen Verursacher gar nicht näher! Vielleicht war er maskiert, trug einen falschen Bart und zeigte ihr auch seinen Personalausweis nicht. Möglicherweise näherte er sich ihr im Ballgetümmel, betanzte sie, hauteng natürlich, dachte aber vorerst an nichts Schlimmes, aber dann, später, als schon der Morgen graute, übermannte es ihn, überweibte es sie: Das Hauchdünne hatte seine verdammte Schuldigkeit getan!

Doch schließlich beruhigt sich der Schwager wieder. Denn jenes Inserat hat er nicht in der Zeitung gelesen, sondern in einem lustigen Kalender, der jeden Tag mit einem originellen Spruch aufwartet. Für Freitag, 22. Februar, heißt es da zum Beispiel: Wissen Sie, wie sich Igel vermehren? Anwort: Ganz, ganz vorsichtig.

Nicht nur die Igel verfahren heutzutage so, denkt der

Schwager. Und deshalb dürfte ein Tauschangebot Ballkleid gegen Kinderwagen in unserer Zeit Seltenheitswert haben. Doch ob man den scheinheiligen Pillarius, Patron der Leichtgeschürzten und hauchdünn Bekleideten, dafür uneingeschränkt preisen soll?

Die alten Hasen wissen es ja noch genau, wie es in der guten alten Zeit, als es noch keinen Pillarius gegeben hat, zugegangen ist: wie da jedesmal ein dreiviertel Jahr nach dem Fasching ein regelrechter Babyschub eingesetzt hat. Die Geburtskliniken haben sich pünktlich nach allen Regeln der ärztlichen Kunst darauf vorbereitet, die Hebammen hatten Hochsaison.

Freilich, die tausend Ängste und Nöte der verliebten Redouten-Muschis und Tango-Lieseln, der liebreizenden Dominos, Haremsdamen und Waschermadeln, als auf einmal Windelwäsche drohend am Neunmonatshimmel aufzog, diese Ängste und Nöte, die jetzt kaum mehr ausgestanden werden müssen, die wiegen schon schwer.

Aber wiegen nicht viel schwerer noch all die netten Madeln und Buam, die auf einmal nicht mehr zur Welt kommen, all diese verhinderten Schuhverkäuferinnen, Kindergärtnerinnen und Zahnarzthelferinnen, all diese nicht mehr möglichen Automechanikerlehrlinge, Radrennfahrer und jungen Kaminkehrer?

Der Schwager, der im Oktober geboren ist, weiß nur zu gut, von was er spricht. Und mit ihm werden sicher viele andere, wenn sie zurückrechnen, draufkommen, daß ihre Grundsteinlegung während des Faschings erfolgt ist. Hätte jener Pillarius damals schon sein einnehmendes Wesen getrieben, er und viele Zeitgenossen wären noch in Abrahams Wurstkessel.

Herrschaftseitn, ist's der Schwager etwa gar selber, der in einem gebrauchten Kinderwagerl, eingetauscht gegen ein hauchdünnes Ballkleid, durch seine ersten Jahre geschoben worden ist? Ein kleiner Side-Step im Fasching anno dazumal könnte jedenfalls unter Umständen, und insbesondere unter anderen, für ihn lebenswichtig gewesen sein.

Das gute Stück

Mei Huat, der hat drei Löcher,
drei Löcher hat mei Huat ...

Trotzdem: Der Schwager hat ihn wieder mit heimgebracht, seinen alten, löchrig gewordenen Strohhut, hat es einfach nicht übers Herz gekriegt, ihn auf Nimmerwiedersehn im Abfall-Container zu versenken.
Kreissägen hat man solche steifen Strohhüte genannt. Weltberühmte, mitunter Step tanzende Schauspieler haben sie einst mit Vorliebe getragen: Fred Astaire, Maurice Chevalier, Karl Schönböck.
Gesteppt hat der Schwager zwar nicht damit, aber doch fleißig Tango, Foxtrott, Walzer, Jitterbug getanzt. Auf Dutzenden von Faschingsbällen mimte er damit – und entsprechenden Klamotten – den lockeren Gentleman, den eleganten Luftikus, den Vorstadt-Belami. Und wenn er sich einem steilen Zahn vorstellte, hat er ihn artig gezogen – nicht den Zahn natürlich, sondern den Hut. Denn ein solcher Deckel verpflichtet.
Nicht nur Ball-Erinnerungen ranken sich um seine Krempe. Der alte Hut ist ja sozusagen ein Erbstück. Schon der Vater hat ihn getragen, nicht nur im Fasching, sondern auch an sonnigen Sonntagnachmittagen.
Ehrlich gesagt: Diese ziellosen Schlendereien, zumeist durch den Nymphenburger Park, waren uns Kindern ein Greuel. Artig hatten wir vorauszugehen, ständig unseren Tatendrang zu bremsen, damit das Sonntagsgewand nicht zu Schaden käme. Mürrisch und verstockt zogen

wir an der Amalienburg vorbei, verfütterten lustlos alte Semmelbrocken an die vorlauten Enten. Nicht nach Rokoko gelüstete uns, sondern nach Radlfahren und Pritscheln im Starnberger See.
Vielleicht haben sich gerade wegen ihrer Tristesse diese lustlosen Nymphenburger Schleichgänge so tief eingeprägt, und mit ihnen der noble Strohhut, mit dem der Vater einerseits den Wittelsbachern Reverenz erwies und sich andererseits, das einstige Reservat von Kurfürsten und Königen durchschreitend, auf eine Stufe mit ihnen stellte. Mit anderen Worten: Der Hut und der Sonntagsstaat dazu signalisierten bürgerlichen Adel!
Und ein solch ehrenwertes Requisit, das seinem Vater zu Ansehen und Selbstbewußtsein und dem Sohn, geschickt vorgehalten, zu manchem schnellen Kuß auf einer Ballsaalstiege verholfen hatte, hätte er beinahe für immer entsorgt!
Der Schwager versetzt sich zur Strafe eine (allerdings ganz leichte) Ohrfeige, verwahrt das gute alte, marode Stück aber nicht wieder im Schließkorb am Speicher, sondern schiebt es fürs erste in das Hutfach seines Kleiderschranks. Denn noch ist nicht aller Tage Faschingsabend!
Noch einmal geht ihm das Drei-Löcher-Hut-Verserl aus der Kinderzeit durch den Kopf, nur daß er es diesmal beinahe stolz zu Ende trällert:

... und hätt er net drei Löcher,
dann waar's aa net mei Huat!

Neugeboren im Kosmetik-Salon

Was ist denn mir dir los? entfährt es dem Schwager. Du schaust ja aus wie Bette Davis an ihrem vierzigsten Geburtstag!
Das Kosmetikstudio macht's möglich, entgegnet die rosarot getönte und nach irischem April duftende Schwägerin aus kirschrot gefärbtem Munde. Nach so einer Behandlung fühle ich mich jedesmal wie neugeboren.
Und was kostet das?
Nur achtundneunzig Mark pro Styling.
Um Gottes willen! entfährt es dem Schwager. Könnte denn das nicht ich machen?
Die Schwägerin schnippisch: Vielleicht mit dem Nudelwalker? Nein, von Gesichtsmasken und Gesichtsmassage, von Ozonbehandlung und Ampullenkuren zur Regenerierung der Haut, von Lymphdrainage und Activ-Peeling, nämlich dem Abschälen von abgestorbenen Zellen, hast du nicht die geringste Ahnung.
Und zur Faltenvertiefung gibt es nichts?
Spotte nicht! Schau mich lieber an! Für jeden Mitesser, den du noch in meinem Gesicht findest, zahle ich dir zehn Mark bar auf die Hand.
Ja, von meinem Monatsgehalt. Aber wenn sie dir auch alle Mitesser entfernt haben, einen, einen ganz großen, hast du immer noch.
Und wo wäre der?
Er steht in Lebensgröße vor dir. Was gibt es übrigens heute zum Mittagessen? Hoffentlich nicht gedünstete Lippenstifte in Tagescreme-Soße!

Jetzt will ich dir einmal was sagen ...
Sag es lieber nicht! Sag mir lieber, wie so eine Sitzung eigentlich vor sich geht! Und was das für eine Person ist, die da mein Heiratsgut ohne meine Erlaubnis besprüht und bepinselt, beschmiert und wieder abschabt.
Da kann ich dich ganz beruhigen. Die Dame ist sogar Mitglied des Comité International d'Esthétique et de Cosmétologie ...
Um Gottes willen! wirft der Schwager ein.
... und selbstverständlich diplomierte Fachkosmetikerin und Visagistin, fährt die Schwägerin fort.
Visagistin? Das Wort erinnert aber penetrant an Visage. Und du weißt ja, was eine Visasch in Bayern ist.
Du mit deinem bayerischen Französisch! Dann sieh es eben so, daß eine Visagistin aus einer Visage wieder ein Gesicht macht.
Ich könnte jetzt was sagen, sagt der Schwager, aber ich sag es nicht ...
... und ich könnte jetzt auch was sagen, sagt die Schwägerin, und sag es auch, nämlich: Meine Visagistin nimmt auch männliche Visagen zur Behandlung an.
Ich bin aber kein Schönling! ruft der Schwager gekränkt.
Die Schwägerin kontert mit einem einzigen Wort: Eben!
Nach diesem Nadelstich verfällt der Schwager erst einmal in düsteres Schweigen, und die Schwägerin versucht zu retten, was noch zu retten ist.
Für mich bist du trotz allem einer der Schönsten, versichert sie. Aber du wolltest doch wissen, wie so eine Behandlung vor sich geht. Also, man nimmt auf einer Art modernem Zahnarztstuhl Platz, halb Sessel, halb Liege, und dann wird man bei leiser Musik behandelt. Das dauert fast zwei Stunden, und du glaubst gar nicht, wie wohltuend und entspannend das ist. Zarte, schmale Fin-

ger streichen über dein Gesicht, eine unendliche Ruhe überkommt dich, so daß ich schon mehrmals in Schlaf gefallen bin.
Jetzt bricht es aus dem Schwager heraus: Und wer lullt mich ein? Schon seit Jahren werden mir die kleinen Liebesdienste, die früher selbstverständlich waren, verweigert! Weder wird mir der Rücken eingeseift noch der Kopf gewaschen. Und da wunderst du dich dann, daß ich kürzlich von einem Flug nach Bangkok und einer Rundum-Massage geträumt hab!
Brauchst du nicht mehr, beendet die Schwägerin das Gespräch. Den Kopf werde ich dir in Zukunft mehrmals pro Woche waschen, das mit dem Buckeleinseifen werde ich mir überlegen, und einschläfern, ich meine natürlich einlullen, wird dich schon heute abend deine in der Frühe als geborene Wanninger fortgegangene und als Bette Davis zurückgekehrte Schmusemaus.

—

Sag mir, wo die Bräute sind ...

Sag mir, wo die Blumen sind, wo die Soldaten sind, wo die Mädchen sind, fragt Marlene Dietrich in einem ihrer bekanntesten Chansons.

Sag mir, wo die Bräute sind, fragt heute der Schwager. Er meint nicht echte Bräute, denn so viele waren das auch wieder nicht, sondern Faschingsbräute, Mädchen, mit denen er einst in der lockeren Jahreszeit das Tanzbein schwang, händchenhaltend auf Ballsaalstiegen saß, in Weißwurstkellern Süßholz raspelte, denen er Troubadour, Anschmiegpartner und Heimbegleiter war.

Der Schwager – ein Schlimmer? Ach was, sie wohnten entweder in strenger Untermiete oder bei ihren Eltern! Sogar der Abschiedskuß wurde manchmal von einer plötzlich am Fenster auftauchenden Nachthaube und dem empörten Ruf: Schaugst net glei, daß d' weiterkimmst! gestoppt.

Sagt mir also bitte, wo sie alle geblieben sind, die Waschermadl und Haremsdamen, Rotkäppchen und Kätzchen, Koketten und Kocherl, Aschenputtel und Prinzessinnen, Geishas und Spanierinnen, Squaws und Lolitas! Kalte und Heißblütige, Ängstliche und Hingegossene, Sperrige und Langweilige hatte der Schwager übers Parkett geschleift. Manche lagen ihm im Arm wie glühende Lava, andere wie prall gefüllte Kartoffelsäcke. Wenn er ihre Adressen wüßte, er würde das Deutsche Theater mieten und sie alle einladen zu einer fulminanten, erinnerungsseligen Wiedersehensfete. Bei der natürlich außer ihm kein anderes Mannsbild etwas verloren hätte!

Doch mehr als eine Handvoll Adressen bringt der Schwager nicht zusammen. So betreibt eine gewisse Anita heute in Neustadt an der Aisch einen Waschsalon. Ulrike mit dem Kußmund war von einem Musikpädagogen nach Hamburg entführt worden und hat es in der Zwischenzeit zu sieben Kindern und vierzehn Enkeln gebracht. Und das liebe kleine Lieserl, nach Bad Aibling verschlagen, liegt nach einem Autounfall im dortigen Friedhof begraben.

Auch wenn er nun noch ein paar in München und Umgebung verbliebene Lebendige weiß, einen Saal kann der Schwager jedenfalls nicht füllen. Und da wäre noch ein Problem: Ob sich seine ehemaligen Faschingsbräute, einst streng voneinander getrennt, nicht fürchterlich in die Haare gerieten, wenn sie sich nun plötzlich hautnah gegenüberständen?

Natürlich bespricht der Schwager dieses heikle Thema sofort mit der Schwägerin – wem sonst? Sie beruhigt ihn mit folgenden Worten: Da brauchst du keine Angst haben, wegen dir haben sich schon früher keine Frauen geprügelt, und heute erst recht nicht mehr!

Und was hältst du von der Idee insgesamt, vorausgesetzt natürlich, ich bringe mindestens fünfzig meiner ehemaligen Mädels zusammen?

Wenn du unbedingt ein Seniorinnen-Treffen veranstalten willst, meinetwegen! sagt sie. Aber von der Haushalts- oder gar Urlaubskasse wird dieser faule Zauber nicht bestritten, das schreib dir hinter deine geilen Ohren!

Aber du wärst doch auch dabei, beschwichtigt sie der Schwager, wärst letztendlich als Thronbesteigerin sogar die Hauptperson!

So? sagt sie spitz. Und was würdest du sagen, wenn auch ich alle meine früheren Faschingsbekanntschaften ein-

laden würde, und zwar in den Festsaal des Löwenbräukellers?
Ein unmöglicher, ja perverser Gedanke, entfährt es dem Schwager, sich diese Ansammlung von vergreisten Schürzenjägern und humpelnden Gigolos vorzustellen!
Nachdem seine Empörung abgeklungen war, dämmert ihm aber doch langsam, daß er einer Schnapsidee aufgesessen ist. Und so trällert er zur Schwägerin hinüber:

Sag mir, wo die Mädels sind,
wo sind sie ge-blie-ie-bään,
fort hat sie geweht der Wind –
zu aller Nutz und Frie-ie-dään ...

Vom traurigen Los eines Fastenhelfers

Weil sie wieder einmal über Herbst und Winter kräftig an Gewicht zugelegt hat, fastet die Schwägerin zur Zeit bei total geleertem Kühlschrank verbissen vor sich hin. Dummerweise hat der Schwager aus ehelicher Solidarität versprochen, ihr dabei kräftig zu helfen. Weil sie's allein halt einfach nicht schafft!

Schon in aller Früh geht die Gaudi los! Unsanft rüttelt sie den Schwager aus dem Schlaf: Mir knurrt der Magen, ich halt's nicht mehr aus! Steh also endlich auf und wieg mich!

Der direkte Blick auf die Skala ist der Schwägerin infolge ihrer Unmäßigkeit momentan verwehrt. Ich weiß nicht, was du hast, brummt der Schwager, ich bin immer noch satt von gestern.

Ja, weil du um Mitternacht aufgestanden bist und dir mindestens drei Butterbrote gestrichen hast! Meinst du, ich hab dich nicht gehört?

Daran erkennst du mein Feingefühl. Um dich nicht in Versuchung zu führen, schleich ich mich nachts in die Küche und esse verstohlen eine Kleinigkeit. Aber anstatt daß du mir dafür dankbar bist, machst du mir Vorwürfe. Du bist doch nicht etwa butterneidisch?

Ich brauch ein Frühstück und keine Belehrungen! meint sie ungehalten und steigt auf die Waage.

Der Schwager geht vor ihr auf die Knie, der Zeiger schnellt empor, wackelt dann ein paarmal hin und her und hält endlich still.

Es ist der Wahnsinn! Die Nadel steht exakt bei achtundsechzig Kilo, und das ist kein Gramm weniger als gestern und vorgestern! Bin ich ein Sadist? denkt der Schwager und beschließt, Gnade vor Recht ergehen zu lassen. Er verkündet: Heute sind es bloß noch siebenundsiebzigdreiviertel Kilo.

Was?! schreit die Schwägerin auf. Das wären ja zwanzig Pfund mehr als gestern!

Entschuldige, berichtigt der Schwager, natürlich siebenund*sechzig*dreiviertel!

Der Schwägerin ist das immer noch zu viel. Sie bestampft die Waage, daß der Zeiger wie ein Wahnsinniger herumhüpft, droht, das Diätkochbuch zu verbrennen, und fordert, eine neue, bessere Waage zu kaufen.

Du meinst eine, die günstiger wiegt?

Unsinn! Ich möchte eine Waage, die mir zeigt, daß ich nicht umsonst hungere.

Aber wo soll's die geben?

Ja, hilf nur zu den andern! Gute Lust hab ich und geh sofort zum Bäcker Widmann, wo's die schönen gefüllten, dicken Krapfen gibt ...

Der Schwager hat alle Mühe, ihr den Lodenmantel zu entreißen. Nach fünf Minuten sitzen sie am Frühstückstisch. Es gibt Kräutertee ohne Zucker und ein leeres Vollkornsemmelchen.

Langsam kauen, belehrt der Schwager, dann haben wir mehr davon!

Spar dir deine gescheiten Sprüche! Wenn man einen solchen Hunger hat wie ich, dann gibt's nur eins: schlingen!

Und wirklich: Sie schlingt und schlingt – aber nur dreimal, dann ist die Semmel weg. Meinst du, daß ich vielleicht ausnahmsweis noch eine halbe Semmel essen darf? fragt sie und entreißt ihm im selben Augenblick sein Weckerl und stopft es gierig in sich hinein.

Kann sich ein Nichtbetroffener vorstellen, wie endlos sich ein solcher Tag für einen Fastenhelfer hinzieht? Wohl kaum!
Auch der Schwager würde ihn trotz der farbenfrohen Rohkostplatte zu Mittag kaum durchstehen, wenn er nicht so gegen fünf Uhr unter einem Vorwand einen Spaziergang zum Metzger Haberland machen könnte, wo es um diese Zeit immer einen ausgezeichneten warmen Leberkäs gibt.

Frühjahrsmüde auf die Dult

Der Schwager ist von Frühjahrsmüdigkeit befallen, ist so schlapp, daß er nicht einmal den Kopf mit den Händen stützen kann, so daß er ihm auf die Tischplatte sinkt.
Heut mußt *du* den „Schwager" schreiben, fleht er die Schwägerin an, ich bin einfach zu matt dazu. Schau her, ich kann vor Schwäche nicht einmal den Kugelschreiber halten! – Demonstrativ läßt er sein nun wirklich nicht schweres Arbeitsgerät auf die leeren weißen Blätter fallen.
Ich? Die Schwägerin scheint nicht begeistert. Erstens, argumentiert sie, schreib ich einen ganz anderen Stil, und zweitens sehe ich die Dinge als Frau viel sensibler als du in deiner selbstherrlichen Macho-Art. Das würden die Leser sofort merken!
Du meinst also, sie würden aufatmen?
Ohne darauf einzugehen, fährt die Schwägerin fort: Und außerdem hab ich eine andere Arbeit auch noch. Oder bügelst du dafür sechs Stunden lang?
So lange würdest du im Ernstfall für einen „Schwager" brauchen?
Mindestens, entgegnet die Schwägerin, weil ich nämlich jedes Wort, bevor ich es niederschriebe, auf die Waagschale legen würde.
Ganz im Gegensatz zu mir?
Du schreibst dich manchmal schon sehr leicht, meint sie.
Aber heute nicht. Würden dir vielleicht zum Thema

Frühjahrsmüdigkeit ein paar Einführungssätze einfallen? Dann könnte ich das Garn weiterspinnen.
Du meinst also wirklich, daß eine Hausfrau Zeit hat, auch nur eine halbe Stunde frühjahrsmüde zu sein? Nein, bedaure: Wenn schon dir als Spezialisten in dieser Disziplin nichts einfällt, wie soll dann ich dazu Stellung nehmen können?
Wenn ich wenigstens ein anderes, zündenderes Thema hätte, jammert der Schwager. Hast vielleicht du eine brauchbare Idee?
Darauf die Schwägerin lapidar: Auer Dult!
Was „Auer Dult"?
Am Samstag beginnt die Auer Mai-Dult, du Simmerl. Muß man dir denn alles sagen?
Auer Dult? Gar nicht einmal so schlecht, meint der Schwager. Wie könnt ich denn da gleich anfangen?
Mit dir ist es wirklich ein Kreuz. Also, gib Obacht, am besten beginnst du so: Die Auer Dult ist immer schon des Schwagers liebster Geldhinauswurfplatz gewesen! Noch jedesmal brachte er von dort einen echten Lenbach, Kaulbach oder Leibl mit nach Hause, der jedoch von der Schwägerin stets als Machwerk eines anonymen Schmieranten entlarvt wurde. So auch „Der Bruder Kellermeister", der nicht von Chagall war, wie man dem Schwager weisgemacht hatte, sondern von einem pinselnden Schakal.
Die Schwägerin fährt fort: Gerne treibt sich der Schwager auch an den Ständen der fliegenden Händler und des Billigen Jakobs herum, von denen er stets überflüssige Gemüsereiben, Messing-Hochglanzpolituren, Hosenträger, Regenschirme, Ausschuß-Scheren und Fußnägelzangen abschleppt, und das mit fettigen Händen, weil es ihm noch nie gelungen ist, an der Heringsbraterei achtlos vorbeizugehen.

Den letzten Absatz hatte der Schwager nur noch verschwommen mitbekommen. Ehrlich gesagt: Die Frühjahrsmüdigkeit hatte ihn erneut überwältigt – er war am Tisch eingenickt.
Gerade hörte er die Schwägerin noch rufen: Unmöglich, dieses Mannsbild! Dann war er endgültig weggetreten.
Daß es mit dieser verdammten Frühjahrsmüdigkeit die einen so schwer und die andern so leicht haben? Wer zum Beispiel wie die Schwägerin auf einem zugigen und kühlen Speicher die Wäsche aufhängen darf und hernach auch noch stundenlang bügeln, der kann freilich von dieser schrecklichen Seuche nicht befallen werden!

Ein Mann in den besten Wechseljahren

Seit der Schwager in die Wechseljahre eingetreten ist, wird er von der Schwägerin wieder nach Strich und Faden verwöhnt, und er kann daher allen Männern seines Jahrgangs bloß empfehlen, auch bald in dieselben zu kommen.

Wieder einmal war dem Schwager der eingefahrene Alltag meterlang zum Hals herausgehängt. Irgend etwas muß sich ändern, dachte er, aber was? Plötzlich durchzuckte ihn der Gedanke, daß er in die Wechseljahre eintreten könnte. Ja, jubelte seine innere Stimme sofort, das ist die Rettung! Und kostet dich überdies keinen Pfennig. In die Wechseljahre einzutreten ist weder mit einer Aufnahmegebühr noch mit einem Mitgliedsbeitrag verbunden. Also nichts wie hinein! Der Schwager beschloß, den Schritt schon am nächsten Tag in aller Herrgottsfrüh zu vollziehen.

Frohgemut schlug er am nächsten Morgen die Augen auf. Du bist jetzt im Wechsel, sagte er zu sich, stand nicht wie üblich mit dem linken, sondern mit dem rechten Fuß auf und trat freudig in sein erstes Wechseljahr hinein. Dann drückte er die Zahnpastatube in der Mitte ein, wie es die Schwägerin so dick hat, grinste in den Spiegel und putzte sich mit diebischem Vergnügen mit ihrem Bürstl seine Zähne.

Hierauf begab er sich zum Kleiderschrank. Oh, wie ödeten ihn diese Jedermanns-Anzüge an, diese ausgebeulten Sakkos und erst recht diese Hosen mit ihrem Spiegel am Hintern. Bist du ein Reh? dachte der Schwager, nein,

eher schon ein Hirsch, und holte aus der hintersten Ecke seine alte Lederhose hervor.
Als sich der Schwager, komplettiert mit Wadlstrümpfen und Haferlschuhen, an den Frühstückstisch setzte, schob er als erstes die ewigen Butterbrezen, die ihm die Schwägerin gestrichen hatte, energisch zurück und forderte streng Schwarzbrot mit Leberwurst. Und bitte keinen Kaffee wie sonst, rief er weiter in die Küche hinaus, sondern Tee mit Zitrone!
Was hast denn heut Damisches? fragte die Schwägerin barsch zurück, doch dann, als sie hereinkam und den Schwager als Trachtler am Tisch sitzen sah, blieben ihr weitere Worte der Zurechtweisung im Hals stecken. Endlich sagte sie, nachdem sie dreimal trocken geschluckt hatte: Aber Babbale, ist dir nicht ganz gut?
Der Schwager verbiß das Lachen und sagte ernst: Stell dir vor, Mammale, grad zerst bin ich in die Wechseljahre kommen!
Um Himmels willen, rief die Schwägerin, in die Wechseljahr! Ja, kommen denn Männer auch in den Wechsel?
Freilich, sagte der Schwager. Meinst, wegen dem bisserl Unterschied, der zwischen Mann und Frau ist, wollen wir auf die Wechseljahre verzichten?
Ja, jetzt muß ich schon dumm fragen, meinte die Schwägerin, wie hast denn das gmerkt? Hast vielleicht rechte Wallungen ghabt?
Und wie, sagte der Schwager, in mir wallt's, wie wenn ich ein paar Waller verschluckt hätt! Drum hab ich ja auch die Lederne angezogen, damit die fliegenden Hitzn wieder besser abziehen können.
Jetzt tu dich nur nicht nunter, Babbale, sagte die Schwägerin, bei der auf einmal ihre alte Fürsorglichkeit wieder erwachte, das werden wir schon kriegn. Gleich heut mittag tu ich dir ein bißchen was von meim Östrogen in

d' Nudelsuppn hinein. Und dann meld ich dich bei meiner Frauenärztin an zur Untersuchung. Mußt dich halt ganz sauber waschen vorher, Babbale, und eine frische Unterwasch anziehn!
Du verstehst mich nicht ganz richtig, sagte der Schwager. Weißt, erläuterte er, bei mir liegt das Leiden mehr im geistigen Bereich. Alles, was ich bisher gewohnt war, regt mich auf, und wie unter einem Zwang sehn ich mich nach einem Wechsel. Daher der Name Wechseljahre!
Die Schwägerin bedachte diese Worte und meinte endlich, so was Komisches habe sie schon ewig und drei Tag nicht mehr gehört. Da wirst du wahrscheinlich der erste und auch der letzte sein, der diese saudumme Krankheit hat, sagte sie.
Täusch dich nicht, Mammale, sagte der Schwager. Grad les ich in der Zeitung, daß ein Minister ebenfalls in die Wechseljahre gekommen ist und seine Frau gegen eine andere ausgewechselt hat.
Wie von einer Tarantel gestochen zuckte die Schwägerin zurück. Dann zuckte sie wieder vor: Solche Wechseljahre meinst du also, du Feinspinner, du ganz grober! Willst vielleicht mich auch auswechseln, du, du, du ...
Reg dich doch nicht auf, Mammale, sonst kriegst wieder deine fliegenden Hitzn! Niemand will dich auswechseln. Bloß ein bißchen eine Abwechslung möcht der Babbale. Laß dir das Haar rot färben, das Schlafzimmer frisch tapezieren und sag nicht immer Babbale zu mir, sondern zur Abwechslung einmal Tiger oder Löwe – auf deutsch: Bring neuen Schwung in die Bude! Denn so was braucht ein Mann in den besten Wechseljahren!
Hohnlachend flatterte die Schwägerin in die Küche zurück. Doch alsbald servierte sie dem Schwager zum Frühstück eine halbe Grapefruit (seit sieben Jahren

nicht mehr) samt Serviette (seit neunzehn Jahren nicht mehr).
Seitdem lebt der Schwager herrlich und in Freuden. Einmal erwartet ihn zu Hause eine blonde, dann wieder eine rote oder eine schwarzhaarige Schwägerin. Man stellt ihm Gerichte auf den Tisch, die er schon beinahe vergessen hatte. Und von Witt in Weiden hat sich die Schwägerin einige Gespinste schicken lassen, die den Schwager vor Überraschung mit den Ohren wackeln ließen.
Er kann daher allen Schwägern nur empfehlen, ebenfalls in die Wechseljahre einzutreten. Der einzige Nachteil, den er bisher feststellen konnte: In den Wechseljahren muß man mehr Geld wechseln lassen als jemals zuvor.

Adam war der erste Baazi

Wenn die Märzensonne den Mutterboden küßt – genauer gesagt: die gewisse Mischung aus Erde und Loam –, dann entsteht, wenn's naß aufgeht, der Baaz, die herrlichste Knetmasse, die es seit Anbeginn der Zeiten gibt.
Im Winter ist der Baaz gefroren und dann eigentlich kein richtiger Baaz mehr. Anstatt daß er quietscht, knarzt er, und man bekommt nicht einmal dreckige Stiefel davon. Die Frauen und besonders die Mütter mögen daher den gefrorenen Baaz lieber als den feuchten, während wir Buben ihn seit jeher aufgetaut bevorzugen.
In der Schöpfungsgeschichte heißt es, daß Gottvater den Menschen aus Lehm geformt habe. Aus was für einem Lehm, bitte? Sicher nicht aus trockenem. Glaubt man denn, der liebe Gott hätte sich die Arbeit gemacht, mit Hammer und Meißel im steinharten Loam herumzuwerken, wenn es mit feuchtem Lehm – genauer gesagt: mit Baaz – viel leichter geht und auch viel mehr Spaß macht?
Stellen wir uns bloß einmal die Arbeit am Kopf vor! Da hätte ja bei hartem Lehm Gottvater einen Preßlufthammer gebraucht, um etwa die zwei Nasenlöcher zu fertigen. Bei Baaz hingegen genügt es, mit dem Zeigefinger die entsprechenden Öffnungen in den Glitschkopf zu drücken.
Warum der Mann bis heute dem Baaze nähersteht als die Frau, erklärt sich der Schwager so: Adam, der erste Mensch, den Gott schuf, war aus reinem Urbaaz,

während Eva mit dem Baaz nur noch indirekt zu tun hatte; denn sie wurde bekanntlich aus Adams Rippe konstruiert. Zwar ist sie ganz gut gelungen, wie man zugeben muß, aber das primär Baazige war's halt doch nicht mehr.

Gestern hat der Schwager unverhofft in einer städtischen Anlage einen wunderbaren Baaz entdeckt, mit sehr dekorativen Bulldozer-Spuren darin. Nur weil es verhältnismäßig noch kalt war, hat er der Versuchung widerstanden, Schuhe und Socken auszuziehen und darin genüßlich herumzustapfen.

Voll Wehmut erinnerte er sich seiner barfüßigen Kindheit, als der Baaz sein schönstes Spielzeug war, und welche Wonnen es bereitete, wenn er, der Baaz, langsam aber sicher durch die Zwischenräume der Zehen emporstieg.

Erst heute weiß man, wie gesund der Umgang mit dem Baaz ist. Weil auch Dreck drinsteckt, macht er mit der Zeit immun gegen Bakterien und Bazillen aller Art. Das total Hygienische und Antiseptische ist nicht geeignet, den Menschen widerstandsfähig zu machen. Nur wer fleißig baazt, bleibt gesund! (Das sagte nicht Pettenkofer, nicht Sauerbruch und nicht Hackethal, sondern das wird kaltlächelnd vom Baaz-Gelehrten Schneider behauptet.)

Was für den gewöhnlichen Baaz gilt, trifft vermehrt auf den besonderen zu, der Fango, Moor oder Heilschlamm heißt und in Kurbädern wie heiliger Mist verabreicht wird. Ganze Gegenden leben von diesen Badewannen-Brühen, und unzählige Hatscher und Gliedersteife hat dieser Edelbaaz wieder auf die Beine gebracht.

Deshalb zum Schluß des Schwagers herzliche Bitte an alle Mütter: Wenn jetzt bald wieder eure unverbildeten Kleinen im Baaz spielen wollen, dann ruft nicht Pfui!

und Bäh! und Saufratz! Sondern gestattet ihnen, was sie instinktiv an Gesundheitsvorsorge jetzt schon für ihr späteres Leben zu tun gedenken.
Beseht euch lieber den Schwager, einen der hingebungsvollsten Münchner Baazspieler der zwanziger Jahre. Als alter Baazi hat er keinen Katarrh, keinen Keuchhusten, keine Mandelentzündung, keine vereiterten Nebenhöhlen, wenig Haarausfall und schaut mindestens ein Jahr jünger aus, als er gestern gewesen ist.

April-Menschen

Einmal scheint die Sonne, dann wirbeln wieder Flocken, und endlich fängt's gar noch zu donnern an: Aprilwetter! Seit Jahrhunderten ist es in deutschen Landen übel beleumundet und von Sprüchen umrankt wie: April, April, der weiß nicht, was er will! Nur ein April-Aff würde jetzt die Badehose einpacken und an den Starnberger See in Urlaub fahren.

Nun gibt es aber auch April-Menschen, deren wechselnde Launen sich leider nicht auf einen Monat beschränken. Das ganze lange Jahr über fallen sie uns auf die Nerven, halten uns ständig im Ungewissen, ob wir mit Sonnenschein, einem Platzregen oder mit Blitz und Hagel zu rechnen haben. Gerade sprudelten sie schier über vor guter Laune, da auf einmal lassen sie die Trenschn hängen und machen in Weltschmerz. Und wenn sie eben noch die Freundlichkeit selber waren, im nächsten Augenblick zeigen sie die Zähne, und es schwillt ihnen die Zornesader.

Wenn solche Temperamentsumsteiger irgendwo in einem dritten Stock wohnen, kann uns das kalt lassen, aber wenn wir selber einen zum ständigen Begleiter erwählt oder als Boß über uns schweben haben, wird es kritisch!

Wer so unvorsichtig war, einen April-Menschen zu heiraten, muß stets einen Regenschirm in Griffnähe haben, jedoch der Versuchung, ihm damit eins überzuziehen, möglichst widerstehen. Denn in einer Stunde kann's ja schon wieder ganz anders ausschauen! Und so mögen sich die Inhaber (und Betreuer) von April-Menschen

damit trösten, daß sie mit ihrem Launen-Lothar, ihrer Launen-Lotte immer noch besser dran sind als mit einem unentwegten Miese-Peter, einer fortwährenden Miese-Marlene.
Selbst bei plötzlich einsetzenden Wutausbrüchen kann man ja auf baldige Aufheiterung hoffen. Und wenn man, sobald sich dieses Hoch einstellt, bewußt verdrängt, daß es bereits in der Nacht wieder zu Bodenfrost kommen kann, und sich zudem eine geduldige, unempfindliche Haut zulegt, läßt es sich mit April-Menschen wohl einigermaßen auskommen.
Außerdem: Langweilig wird es mit einem Herrn Wetterwendisch oder einer Frau Wechselbad nie! Von himmelhoch jauchzend bis zu Tode betrübt – spannender geht's nicht!

Die Wirtin mit den Streichelhändchen

Aus Verzweiflung über das miserable Wetter fiel der Schwager, übers Land spazierend, in die nächstbeste Wirtschaft ein. Sie war leer und trostlos wie ein ausrangierter Suppenhafen und roch nach alten Schafköpfen, Stumpen und sechsmal aufgewärmtem Bifflamott.

Vor dem Schanktisch saß eine ältere Frau, offenbar die Wirtin, und strickte auf Teufel komm raus. Nachdem er die karge Speiskarte studiert hatte, stand sie auf, straffte ihren Rock und kam an seinen Tisch. Er bestellte Preßsack in Essig und Öl und ein Weißbier. Sie musterte ihn ungeniert, und ein leichtes Lächeln huschte über ihr Gesicht, in welches das Alter schon etliche Falten gezeichnet hatte.

Gell, du bist net von da, sagte sie. Sie duzte ihn einfach.

Stimmt, sagte der Schwager.

Aber i kenn di trotzdem, fuhr sie fort.

Aber i Eahna net!

Freili kennst mi. Hast mi ja amoi verfolgt.

Aber i bin doch koa Kriminaler!

Schmarrn, net so verfolgt, anders verfolgt.

Was sie dem Schwager zur Last legte, war folgendes: Als junges Mädchen sei sie einmal direkt neben ihm in einem Ausflugs-Omnibus gesessen, und da nun habe er, sie könne sich genau erinnern, plötzlich ihre Hand ergriffen und sie dann bis zum Ziel gedrückt und gestreichelt.

Und bei der Heimfahrt? wollte der Schwager wissen.

Da sei ein anderer neben ihr gesessen, aber schon nach

einer Viertelstunde eingeschlafen. Er wäre auch absolut nicht ihr Typ gewesen.
Der Schwager fühlte etwas wie späte Genugtuung in sich aufsteigen. Wer von ihm einmal die Hand gestreichelt bekommt, der gibt sich offenbar nicht so schnell einem anderen hin! Und vergißt es auch nie mehr!
Und wie es weitergegangen sei, fragte der Schwager. Seines Wissens hätten sie sich seitdem nie mehr gesehen.
Ja, leider, sagte sie. Wie halt das Leben so spielt!
Zwar konnte sich der Schwager an die ihm nachgesagten Streicheleinheiten nicht erinnern, aber zum Zutrauen wären sie ihm schon gewesen! War er doch in den sechziger Jahren immer wieder in vollbesetzten Omnibussen neben netten Skihaserln zum Wintersport gefahren.
Irgendwie kemma Sie mir aa bekannt vor, fing er zu flunkern an. Jedenfalls waren Sie das hübscheste Madl, des jemals in am Omnibus neben mir gsessn is.
Sie lächelte geschmeichelt und entschwebte, ein Superstar mit grauen Haaren.
Inzwischen war ein weiterer Gast eingetreten. Er hatte den Schluß des Gesprächs mitbekommen. Dem Schwager kam es vor, als ob er schmunzelte. Der Mann bestellte Matjesfilet nach Hausfrauenart und eine Halbe Helles.
Als die Wirtin in der Küche verschwunden war, sagte der Neuankömmling: Entschuldigen S', is d' Berta – damit meinte er offensichtlich die Wirtin –, is d' Berta aa mit Eahna scho amoi im Omnibus gfahrn, und Sie ham ihr dabei 's Handerl druckt?
Allerdings, sagte der Schwager, aber ...
De Gschicht erzählt s' jedem, der ungefähr in ihrm Alter is.
Der Schwager fiel aus allen Wolken. War er vielleicht doch nicht so ein toller Bursche gewesen, wie er geglaubt hatte?

Aber warum macht s' des? fragte er.
Mei, sie will halt jetzt, wo s' langsam älter werd, wenigstens früher von alle umworbn und begehrt wordn sei – a Tick von ihr.
Als der Schwager zahlte, gab er ihr ein sattes Trinkgeld, betrachtete aufmerksam ihr kleines Patschhanderl, das er einst so heiß gedrückt haben sollte, zwinkerte ihr dann, bevor er ging, noch einmal vertraulich wie einer alten Geliebten zu und hörte, bevor die Türe zufiel, gerade noch, wie sie sich seinem Rivalen zuwandte und sagte:
Woaßt as no, Erwin, wia ma vor dreißig Jahr Omnibus mitanand gfahrn san?

Vorsicht vor dem Palmesel

Die rechte Einstimmung auf das nahe Osterfest bringt alljährlich der Palmsonntag. An diesem Tag erinnern sich die Christen an den Einzug Christi in Jerusalem. Jesus ritt auf einer Eselin durch die Tore der Stadt, die Menschenmassen riefen Hosianna und streuten zum Zeichen seiner Königswürde Palmzweige auf den Weg ...
Bei diesen Sätzen aus „Wie's in Bayern der Brauch ist" von Albert Bichler geht wohl so manchem laxen Brauchtumspfleger ein Licht über den Palmsonntag auf, und er kann sich plötzlich wieder einen Reim machen auf Palmesel und Palmkätzchen, auf Palmbuschenweihe und Palmprozession.
In Sachen Palmesel darf sich der Schwager schon seit Jugendtagen Fachmann nennen, und auch diesmal stehen die Aussichten nicht schlecht, wieder an den Langohren gezogen und Palmesel genannt zu werden. Stolz darauf ist er zwar nicht, aber unglücklich auch nicht gerade. Um diesen Titel zu erlangen, braucht es immerhin eine große Portion Bettschwere und Verträumtheit bis in die zehnte Morgenstunde. Außerdem ist es nicht schlecht, den umgeformten Spruch im Hinterkopf zu haben: Morgenstund ist aller Laster Anfang.
Natürlich ahnt der Schwager, daß es gegen Ende des zwanzigsten Jahrhunderts eine Menge Techno- und Computer-Freaks gibt, die diesen Palmesel nicht wiehern hören. Weil sie halt nicht mehr wissen, daß man in der christkatholischen Familie zu einem solchen wird, wenn man am Morgen als letzter aus den Federn kriecht.

Sooft er auch schon Palmesel geworden, aufgeputzt wie ein Palmesel hat sich der Schwager selten, wie ihm auch das Outfit eines Pfingstochsen stets zuwider war. Auch Palmkatzerl hat er nie geschluckt, um abergläubisch von Halskrankheiten verschont zu bleiben. Katzenjammer hat er freilich bekommen, als er sich als Erstklaßler einmal ein Palmkatzerl ins Ohr gesteckt und sich dieses so innig mit seinem Ohrenschmalz verbunden hat, daß er zum Schaden der Ortskrankenkasse einen Ohrenarzt aufsuchen mußte, der es mit allerlei Tricks wieder herausgelockt hat.

Was fällt dem Schwager sonst noch zum Palmsonntag ein? Zunächst einmal Palm Beach in Florida und erst recht Palma de Mallorca, die Hauptstadt des deutschen Rentner-Paradieses. Oder ein gewisser Palmström, den Christian Morgenstern mit trefflichen Versen unsterblich gemacht hat, etwa diesen:

Palmström steht an einem Teiche
und entfaltet groß ein rotes Taschentuch.
Auf dem Tuch ist eine Eiche
dargestellt sowie ein Mensch mit einem Buch.

Palmström wagt nicht, sich hineinzuschneuzen.
Er gehört zu jenen Käuzen,
die oft unvermittelt-nackt
Ehrfurcht vor dem Schönen packt.

Zärtlich faltet er zusammen,
was er eben erst entbreitet.
Und kein Fühlender wird ihn verdammen,
weil er ungeschneuzt entschreitet.

Wir aber sollten uns, selbst für den Fall, daß wir Palmesel werden, am Palmsonntag auf alle Fälle schneuzen! Auch wenn er Ostern in Sichtweite bringt, die gewissen Glokken, die der Schwager aus Ekel gar nicht erst näher bezeichnen möchte, braucht man deshalb noch lange nicht läuten zu lassen.

Ostern, deine Geschenke

Im vergangenen Jahr hat der Schwager zu Ostern eine neue Klosettumrandung bekommen, und damit eine sol che Sauerei nicht noch einmal vorkommt, hat er dieser Tage ein sehr ernstes Gespräch mit der Schwägerin führen müssen.

Glaube nicht, sagte er mit leicht erhobener Stimme, daß du mir diesmal wieder etwas für den Haushalt schenken kannst, und wenn doch, dann besitze wenigstens nicht die Geschmacklosigkeit, mich auch noch danach suchen zu lassen wie einen Vorschulbuben!

Ich weiß gar nicht, was du hast, meinte sie beleidigt, es war doch wirklich ein nicht alltägliches Geschenk! Ich erinnere mich noch heute mit Vergnügen daran, wie du in der Frische des Ostermorgens im Pyjama durch die Wohnung gekrochen bist und wie freudig überrascht du warst, als du endlich dein Nest hinterm Fernseher gefunden hattest!

Ich und freudig überrascht! Du meinst wohl: erschrokken und bestürzt!

Überhaupt beißt du dich zu sehr an der Toilettenumrandung fest, fuhr die Schwägerin fort, und vergißt die von mir eigenhändig gefärbten Eier und das herrliche niederbayerische Bauerngeräucherte, die darin verborgen waren.

Ja, das konnte auch nur dir einfallen, Nahrungsmittel in eine Abortumrandung zu wickeln! Seit der Zeit kann ich keine Eier und kein Geräuchertes mehr sehen! Wer gibt dir überhaupt die Gewähr dafür, daß die Umrandung

neu war, daß sie nicht von irgendeinem Stinkstiefel schon benützt und später umgetauscht worden ist, vielleicht weil ihm das scheußliche Rosa mißfallen hat?
Scheußlich nennst du dieses Rosa? Damit entlarvst du dich selbst als abgestumpften Brüterich! Glaub mir, ich hab seitdem viele Toiletten besucht, aber nirgendwo so eine zarte, duftige Pastellfarbe gefunden!
Das kann schon sein, entgegnete der Schwager gereizt, daß dieses fleischfarbene Scheusal anregend auf dein schlichtes Gemüt wirkt, bei mir aber ist genau das Gegenteil der Fall: Mich frustriert es! Ich sage es dir hiermit offen und in aller Deutlichkeit ins Gesicht, daß sich meine Geschäfte, seitdem ich meine Füße auf diesen Hadern setzen muß, nur sehr schleppend abwickeln und ich sie, wenn es nur irgend geht, lieber auswärts verrichte!
Hier nun zeigte die Schwägerin zum erstenmal Wirkung. Sie schien ehrlich bestürzt. Denn der Sinn der Umrandung war ja wohl gewesen, den Schwager noch fester ans Haus – um nicht zu sagen: ans Häuschen – zu fesseln, und nicht, ihn daraus zu vertreiben!
Freilich hielt die Zerknirschung nicht lange vor. Schon gleich darauf huschte wieder ein zuversichtliches Lächeln über ihre Züge. Sie nahm den Schwager bei der Hand, führte ihn in den kleinen Ort, wo der hufeisenförmige Bisl-Perser liegt, und sagte: Ich mache dir ein faires Angebot. Wenn ich heute nachmittag die Ostereier färbe, färbe ich die Umrandung gleich mit. Und du, fuhr sie gönnerhaft fort, darfst die Farbe bestimmen!
Ja, dann am liebsten Lila, sagte der Schwager. Aber das eine merke dir: Wenn du versuchen solltest, mir die gefärbte Umrandung nochmal als Ostergeschenk unterzujubeln, dann nähe ich sie dir eigenhändig als neuen Kragen auf dein Frühjahrskostüm!

Keine Angst, meinte die Schwägerin lächelnd. Ihr Blick hing beinahe zärtlich auf dem nackten Deckel der Toilettenschüssel (um den Ausdruck Kloschüssel zu vermeiden), und wie ein Blitz streifte den Schwager die Gewißheit, diesmal am Ostertag unterm Schrank oder sonstwo einen hübschen Überzug, so eine Art Davoser Mütze für Klosettdeckel, vorzufinden, mit Eiern darinnen, einem Osterfladen und vielleicht auch einem Stück Meerrettich.

Schlecht gekocht und gut geschäumt

Die Wirtseheleute, die dem Schwager den Ostersonntag verdorben haben, könnte er ohne das geringste Mitleid an synthetischen Knödeln ersticken sehen! Alles, was es in diesem Ausflugsrestaurant gab, stammte aus Packerln, Tüten, Büchsen, Tuben, Gläsern, Flaschen und der Tiefkühltruhe. Frisch war nur die Luft in der Gaststube: schätzungsweise neun Grad über Null.

Da ziahgt's, stellte der Schwager zunächst fest.

Tatsächlich zitterten die Federn eines ausgestopften Birkhahns, der von der Wand direkt auf seinen Hinterkopf herabäugte, leise im Wind, der von draußen hereinwehte, wo die gefliesten Gelegenheiten für sie und ihn waren.

Lauernd näherte sich der Wirt. Wolln S' was zu essen? fragte er.

Allerdings, meinte der Schwager. Was gibt's denn überhaupt?

Alles! sagte der Wirt.

Alles? Aber eine Speiskarte offenbar nicht.

Speiskarte brauchen wir keine, weil wir alles haben, erklärte dieser Top-Gastronom.

Auch Rehbraten?

Freilich, auch Rehbraten.

Ein kurzer Blick zur Schwägerin. Sie nickte.

Also dann zweimal Rehbraten.

Suppe auch?

Was gibt's denn für Suppen?

Alle.

Auch Leberspatzlsuppe?
Er nackelte mit dem Kopf, und die Schwägerin gleichfalls.
Also dann zwei Leberspatzlsuppen. Und ein kleines Helles und ein großes Dunkles.
Es dauerte keine zehn Minuten, da brachte er schon das Bier. Der Schaum des Dunklen hatte einen giftigen Grünstich. Der Schwager nahm einen vorsichtigen Schluck. Es schmeckte bitter, verdorben.
Herr Wirt, das Bier ist ja sauer! Probieren Sie's selber!
Er holte sich ein Glas, schenkte einen Schluck voll ein und nippte genießerisch davon.
Dem fehlt gar nix! befand er. Wissen S', es gibt zwei Arten von dunklem Bier: das eine schmeckt malzig-süß, das andere herb-bitter, wie das da. Das ist eine Spezialität unserer Brauerei in Oberösterreich.
So? Und ist vielleicht diese Brauerei früher einmal in Bayern ansässig gewesen und hat dann das Land verlassen müssen? fragte der Schwager.
Da is mir durchaus nix bekannt, meinte der Gerstensaft-Experte.
Nach weiteren zehn Minuten kam die Leberspatzlsuppe. Die Brühe schmeckte nach Bayer Leverkusen, die Spatzl waren so hart wie Gewehrpatronen.
Packerlsuppe, stellte der Schwager erbittert fest. Und die Schwägerin ergänzte: Aus der Kühltruhe.
Der Rehbraten kam schneller als erwartet. Er war von derselben Qualität wie die Suppe.
Das arme Reh war offenbar aus dem Kälteschlaf geweckt, dann kurz angedünstet und mit einer Fertigsoße, die vermutlich von einer Sodafabrik stammte, übergossen worden. Es handelte sich um einen Wildfrevel allerhöchsten Ausmaßes. Die Platte war reich garniert. Da gab es blasse, eingeweckte Karöttchen, die genauso

nichtssagend schmeckten wie gesottene Zahnstocher. Ebenfalls aus dem Schraubglas war der Karfiol, überzogen von einer undefinierbaren kanariengelben Paste. Weiter war da noch ein Schlag Kartoffelpüree, natürlich auch aus einem Paket angewärmt, das einem am Gaumen hing wie angerührter Gips.
Daß man aber gleichwohl auf dem Gipfel der gastronomischen Kunst throne, demonstrierten dreizehn dürre Bröserl Preiselbeermarmelade von zahnlochfüllender Qualität.
Die Suppe kostete sechs Mark, das Reh achtundzwanzig. Der Schwager kochte, die Schwägerin schäumte. Draußen war es dann umgekehrt: Der Schwager schäumte, die Schwägerin kochte.
Und der Schwager sagte: Das nächstemal kochst du vorher, dann brauchen wir es hinterher nicht zu tun! Aber ob sie sich das bis Pfingsten merken kann?

Bayern-Prüfung bestanden

Sie sind doch Oberbayer? fragte Freese.
Ja, sagte der Schwager. Warum?
Die Sache ist die, meinte Freese: Ich möchte auch gern einer werden. Darf ich Ihnen einmal etwas zeigen?
Er führte den Schwager vor einen bemalten Bauernschrank, öffnete ihn und entnahm ihm einen Gamsbart von so seltener Schönheit, daß es dem Schwager fast den Atem verschlug.
Der hat gut und gerne seine tausend Mark gekostet, sagte der Schwager bewundernd.
Reicht nicht, mein Guter, erwiderte Freese und kramte ein silbernes Kropfbandl aus einer Schublade: Sehen Sie, für meine Frau. Sie hat jetzt schon sechs Dirndlkleider, drei kurze und drei lange für den Abend. Ich allerdings besitze erst vier Trachtenanzüge.
Der Schwager: So einfach ist das nicht, wie Sie sich das vorstellen. Das sind doch alles mehr oder weniger Äußerlichkeiten. Hat zum Beispiel Ihre Frau auch einen Kropf?
Aber das ist doch auch nur eine Äußerlichkeit, meinte Freese.
Schon, aber es kommt auch auf den inneren Bezug an, auf die Kenntnis von Land und Leuten.
Hören Sie mal, sagte Freese, ich lese Ganghofer und Thoma, und die Bayerische Geschichte von Hubensteiner beginne ich gerade zum zweiten Mal.
Nicht übel, murmelte der Schwager.
Ich fühle mich einfach zu den Bayern hingezogen, fuhr

Freese fort. Zwar habe ich das alles nicht mit der Muttermilch eingesogen, doch irgend so eine Urgroßmutter von mir stammte aus der Oberpfalz.

Warum haben Sie denn das nicht gleich gesagt, sagte der Schwager. Mensch, Freese, ich begrüße Sie hiermit als heimgekehrten Sohn der Mutter Bavaria! Eine kleine Prüfung müssen Sie aber trotzdem noch ablegen. Wie muß es beispielsweise anstatt Sahnequark heißen?

Rahmtopfen, sagte er wie aus der Pistole geschossen.

Und wer war Georg Jennerwein?

Sie meinen den Girgl. Er war Wildschütz und wurde vom Jäger Pföderl vor gut hundert Jahren in den Tegernseer Bergen erschossen.

Können Sie einen Satz sagen, in dem das Wort dadiadada vorkommt?

Wenn du einen Blumenstock nicht gießt, sagte Freese, dann dadiadada – will heißen: dann verdorrt er dir!

Unglaublich, rief der Schwager, das ist ja toll, einmalig, Spitze! Sicher sind Sie auch schon ein Meister im Schnupfen?

Freese erbleichte. Ich wußte, daß das kommen würde, meinte er gedrückt. Ja, ich habe es probiert, viele Male. Aber ich reagiere allergisch auf Schnupftabak. Schon nach der kleinsten Prise muß ich an die hundertmal hintereinander niesen. Es ist schrecklich!

Verzagen Sie nicht! Schnupfen ist in Bayern kein Pflichtfach. Übrigens würde ich an Ihrer Stelle nicht gleich Oberbayer, sondern klein anfangen und zuerst Niederbayer werden. Nach einem Jahr Lehrzeit rücken Sie dann automatisch zum Oberbayern auf.

Ja, aber ich wohne und arbeite doch in München!

Es ist nicht räumlich, sondern geistig gemeint, sagte der Schwager, zog seine Schnupftabaksdose heraus und hielt sie ihm hin.

Etwas ängstlich nahm Freese eine Prise und schnupfte sie auf. Dann wartete er auf sein Trompetensolo. – Doch nichts dergleichen geschah. Seine Nase verhielt sich völlig ruhig und diszipliniert.
Sehen Sie, so ist das, sagte der Schwager, alles nur eine geistige Einstellung. Als Sie gleich Oberbayer werden wollten, versagte sich Ihnen der niederbayerische Schmai. Jetzt aber, wo Sie offenbar bereit sind, als Niederbayer anzufangen, paßt sich Ihr Riechorgan sofort an.
Einmalig! sagte Freese, der Niederbayer.
Und der Schwager fuhr fort: Also, bis aufs Jahr! Wenn Sie dann wieder so eine vorzügliche bayerische Brotzeit auf weißblau gerauteten Tellern servieren wie heute, werde ich Sie persönlich mit einem Salzstangerl zum Oberbayern schlagen.

Drama beim Haarschneiden

Es begann, wie es immer beginnt. Als der Schwager dem wohlbekannten Salon zustrebte, näherte sich von der anderen Seite mit schnellem Schritt ein ungepflegtes Individuum. Obwohl der Schwager seine Schritte beschleunigte, siegte der Kerl mit einem Vorsprung von zwei Schritten und nahm triumphierend auf dem einzigen freien Behandlungsstuhl Platz.

Er hatte das Glück, vom Meister persönlich bedient zu werden, einem Künstler seines Fachs, dem es in seinen besten Stunden sogar gelingt, einen Yul Brynner in einen Rudolph Moshammer zu verwandeln. Mit diesem Meister konnte nun der Schwager leider nicht mehr rechnen. Jetzt war die Frage, ob er den Lehrling erwischen würde, im ganzen Viertel als Radiputz-Schneider gefürchtet und gehaßt, oder Josef, den Gehilfen, der keine schlechte Schere schneidet, wenn er auch dem Meister nicht den Rasierpinsel reichen kann.

Es begann ein spannendes, nervenzerfetzendes Rennen. Beide hatten ungefähr gleich große Köpfe zu bearbeiten. Einmal ging der Geselle in Führung, tändelte aber dann zu lange an den Ohren, so daß der Lehrling durch einen Spurt am Scheitel wieder gleichziehen konnte.

Endlich, in der zweiten Halbzeit, die bekanntlich am Hinterkopf ausgetragen wird, wendete sich das Blatt. Der Geselle ging zur Offensive über und schlug schöne raumgreifende Flanken, während der Lehrbub sich an den Wirbeln festrannte und durch Fehlpässe und grobe Fouls ins Hintertreffen geriet.

Schon ging der Schwager in die Startlöcher, da lehnte sich der vom Gesellen bereits abgewedelte Kunde nochmals zurück und sagte: Bittschön rasieren auch gleich!
Der Schwager erkannte, daß er verloren hatte. Blitzschnell raffte er seinen Mantel auf, murmelte etwas von „noch schnell was erledigen" und stürzte davon.
Als er nach einer Stunde wiederkam, war keine Menschenseele im Salon. Freudig bewegt, nahm der Schwager auf dem Stuhl des Meisters Platz.
Nach einer Weile nahte aus dem Hintergrund der Lehrling. Wia schneid ma s' denn? fragte er.
Wo ist der Meister? entgegenete der Schwager barsch.
Er hat auf eine Beerdigung müssen.
Und der Geselle?
Der ist auch mitgegangen.
Jetzt saß der Schwager in der Falle. Da er ahnte, daß seine eigene Autorität nicht ausreichen würde, sagte er: Meine Frau wünscht, daß die Haare möglichst lang bleiben – also bitte nur hinten ein bissl ausputzen!
Darauf schüttelte der Lehrling den Kopf und meinte: Naa, de Weiber! Dann fragte er, als ob da ein gewisser Zusammenhang bestünde: San S' gwieß net aus dem Viertl?
Doch! sagte der Schwager.
Er: Arbeiten S' bei der Post?
Der Schwager: Naa!
Er: Bei der Bahn?
Der Schwager: Aa naa!
Ein bissl was müss ma aber schon wegnehmen von der Läng, meinte er, um fortzufahren: Is Eahna der Matthäus liaba oder der Scholl?
Der Schwager: Wenn schon, dann der Oliver Kahn.
Er: San S' gwieß auch schon amal im Häusl gstandn?

Der Schwager: Scho, aber meistens bin i drin gsessn!
Aber bei de Ohrn müss ma fei scho auch was wegnehmen, sagte er ungerührt.
Aber bitte ganz vorsichtig, forderte der Schwager.
Ohne darauf zu achten, machte der Lehrling einen gewaltigen Schnitt, dem, um den Ausgleich wieder herzustellen, wohl oder übel weitere Schnitte folgen mußten. Schon ballten sich des Schwagers Federn am Boden zuhauf.
Dann wandte sich der Unhold mit breitem Grinsen dem Hinterkopf zu, welcher der Kontrolle des Schwagers entzogen war. Wild mit der Schere klappernd, arbeitete er sich genüßlich vom Nacken hinauf bis zu den Wirbeln, und der Schwager fühlte es kalt und kälter hinter den Ohren werden.
Endlich stellte der Bursche sein Wüten ein, um ihm den Handspiegel hinzuhalten.
Is's recht so? fragte er.
Der Schwager wendet sich hiermit an die Öffentlichkeit: Wäre es recht gewesen, einem so jungen, hübschen und gesprächigen Menschen, der noch in der Ausbildung steht und dessen Beruf das Schneiden und nicht das Erhalten der Haare ist, wäre es also recht gewesen, ihm mit einem kalten Nein zu antworten, und wenn ja, was hätte es genützt?
Der Schwager sagte jedenfalls: Sehr schön!
Auch wenn er hätte weinen können. Er gab ihm ein anständiges Trinkgeld und dachte dann noch lange über die schönen Worte nach, die ihm der hoffnungsvolle Jüngling mit auf den Nachhauseweg gegeben hatte:
Jetzt siehgt ma wenigstens, daß S' beim Friseur warn. Da kann endlich Eahna Haarbodn wieda amal schön ausdünsten. Wern S' sehng, mit dem Schnitt legn S' überall a Ehr ein!

Operetten im Kuhstall

Aus dem Stall kommt laute Operettenmusik. Der Schwager spitzt die Ohrwaschl, nähert sich neugierig, schaut durch die Tür. An die vierzig Kühe stehen da an den Futterbarren und ziehen sich Heu in die Mäuler. Oben, im böhmischen Deckengewölbe, entdeckt er zwei Lautsprecherboxen. Die Melodie klingt nach Emmerich Kálmán, nach Gräfin Mariza.

Jetzt sieht er auch die Betreuerin dieses oberbayerischen Fleckviehs, ein junges Mädchen, das die elektrische Melkanlage bedient. Es trägt nicht die übliche Stallkleidung, sondern einen lilafarbenen Jogginganzug. Die Zeiten haben sich eben auch auf dem Land gewaltig geändert!

Als das aparte Fräulein den Schwager, auf einer Sonntagswanderung unterwegs, wahrnimmt, stutzt es ein wenig, geht dann auf ihn zu und fragt: Is was?

Eine Dame und ein Herr haben inzwischen im Duett zu singen begonnen. Der Schwager sagt: Eigentlich nix, aber warum melkts ihr mit Operettenmusik? Gebn da d' Küah vielleicht mehra Milli?

Freili, sagt die Afra, die aber bestimmt nicht Afra heißt, sondern wohl eher Roswitha, Annemone oder Andrea. Liest denn du 's Landwirtschaftliche Wochenblatt net?

Naa, sagt der Schwager, woaßt, i hab bloß a oanzige Goaß, und da daad si des net rentiern!

Die Afra, oder wie sie heißt, lacht. Hab di scho, sagt sie. Und warum hast as net dabei?

Glei werd s' kemma, erwidert der Schwager, woaßt, sie hinkt halt gern a bissl nach!

Da taucht auch schon die Schwägerin auf und streckt ihren Bimmerl gleichfalls in den Stall. Finden da vielleicht Opernfestspiele statt, fragt sie, ausgerechnet im Kuahstall?
Des is, weil d' Küah mit Musi mehra Milli gebn, erklärt ihr der Schwager und wendet sich wieder an die Tierpflegerin: Aber warum grad Operettn? Habts es scho amoi mit Wagner-Opern probiert?
Freili, aber des war eahna vui zu tragisch und pompös! Und dazua de ewign Pauknschläge, des hemmt an Milchfluß!
So feinfühlig san de? Aber wia waar's denn dann mit 'm Naabtal-Duo, mit de Kastelruther Spatzen oder mit de Wildecker Herzbuben? Da müaßtn doch de Euter von de weißblauen Küah wia von selber aufgeh!
I woaß's net so recht, meint die Afra, bei z' vui Schmoiz vahebn s' eher!
Dann daad i 's hoit amoi mit echter Volksmusik probiern, rät der Schwager: Brüder Rehm, Roana Sängerinnen, Eibl Sepp, Kreuther Musikanten ...
Mach ma eh! Aber diamal mögn s' ganz gern a bissl a Abwechslung, und da is dann so a Operetterl grad recht.
Ham S' es scho amoi mit Jazz probiert? mischt sich die Schwägerin ein. I kaannt ma vorstelln, daß gewisse Küah beim Louis Armstrong an ganz an besondern Glanz in d' Augn kriagatn!
Koa schlechte Idee – aber habn, sagn d' Schwabn, meint die Afra, worauf ihr der Schwager anbietet, beim nächsten Sonntagsspaziergang eine entsprechende Scheibe mitzubringen.
Echt? fragt sie. Und ihr kriagts dann von mir, wennds a bissl warts, zwoa Liter frische Milli aus New Orleans in Oberbayern!

Campari Soda

Als sich der Schwager jüngst in einem Kaffeehaus in der Nähe des Bahnhofs ein Stück Käskuchen leistete, erlebte er eine merkwürdige Geschichte. Am Nebentisch nahmen ein Mädchen, ein junger Mann und eine ältere Frau Platz. Alle drei schauten betreten drein wie Polizeischüler bei einem Violinkonzert in f-Moll. Bei denen ist der Wurm drin, dachte der Schwager sofort, und wartete, daß er sich zeige.

Es dauerte auch nicht lange. Nachdem sie einander mit ihren scheuen Blicken genügend gestreift hatten, öffnete die Ältere ihren Mund und sagte, zu der Jungen gewandt, in bayerischer Sprache: Woaßt as denn ganz bestimmt?

Das Mädchen nickte, und rote Flecken traten auf seine Wangen. Der junge Mann aber starrte verbissen auf den Boden.

Was sagt denn *er* überhaupts dazua? forschte die Frau weiter. Er werd di doch hoffentlich net ...

Aber Muadda, was fallt dir denn ei, da fehlt sich doch beim Carlo nix, mir mögn uns doch so viel gern, gell Amigo mio?

Der Mann schaute fragend auf, lächelte gequält und nickte mit dem Kopf.

Und was soll ich dem Bergmeier Anderl dahoam sagn?! hielt die Alte dagegen.

Dem sagst an scheena Gruaß, und es is halt was dazwischnkomma. – Und nach einer kleinen Weile: Gfallt er dir denn gar net?

Was hoaßt da gfalln? Möchst vielleicht do abiziagn, wo der her is? Wos d' koa Wort net verstehst und wo koa Muadda da is, der wo ma 's Herz ausschüttn ko?
Die Frau barg, von Kummer und trüben Vorahnungen überwältigt, ihr Gesicht in den Händen und begann zu schluchzen, und die Tochter schloß sich ihr ohne Vorwarnung an. Ihre vier Schultern bebten nur so!
Es war eine dramatische Situation, wie man sie sonst kaum in Konditoreien erlebt. Der Schwager reimte sich folgendes zusammen, erstens: Landflucht der Tochter; zweitens: Amore in der Großstadt; drittens: nach bangen Wochen Gewißheit; viertens: Hilferuf an die Mutter; fünftens: Dreiergespräch über die zu treffenden Maßnahmen.
Natürlich taten dem Schwager die Akteure dieser modernen Moritat von Herzen leid. Auch der Carlo. Der verstand ja kaum ein Wort, das hier gewechselt wurde. Rührte nicht mal seine Schillerlocke an. Saß bloß da, ganz schuldbewußter Sündenbock.
Wie sollte das wohl enden? Der Schwager befürchtete das Schlimmste. Etwa dies:
Carlo versteht miß, fühlt sich in seiner Mannesehre gekränkt, reißt ein Foto aus der Brieftasche und sagt triumphierend zur Mutter: Nix weinen, Carlo prima Vater, du sehen! – Auf dem Bild posieren drei herzige Kinderlein, zwei auf seinen Armen, das dritte auf dem Schoß einer wunderschönen Signora. Mit einem schrillen Schrei sinkt die deutsche Braut ohnmächtig zu Boden und reißt noch ihre gute Giraffentorte mit. Die beherzte Mutter aber, nicht faul, schreitet zur Rache, nimmt flugs die Kuchengabel aus ihrem Mohrenkopf und rennt sie dem Sohn der Abruzzen mitten hinein in das schwarze Herz.
Doch nichts dergleichen geschah. Die Tränen versiegten,

wie sie gekommen waren, und der kleine Italiener bezahlte die Rechnung – neunzehn Mark, einschließlich Mehrwertsteuer und Trinkgeld.
Jetzt is's scho, wia's is, und wenn's soweit is, na kimmst halt, sagte die Mutter unterm Aufstehen.
Sehr diszipliniert und ein wenig eilig schritten sie davon. Wahrscheinlich ging in zehn Minuten der Zug der Mutter. Nach Dingolfing oder sonstwohin.
Sie ließen einen sehr nachdenklichen Schwager zurück. Erstens freute ihn der gar nicht so selbstverständliche Triumph der Menschlichkeit. Und dann: Kann es nicht vielleicht sein, daß in zwanzig Jahren ein gewisser Carlo Münchens temperamentvollster Fußballstar oder eine gewisse Carla in ihrer schwarzen Lockenpracht Miss Bayern wird?
Der Grundstein war jedenfalls gelegt, und der Schwager rief aus gegebenem Anlaß nach einem Campari Soda.

Urgewaltiges Röhren in der Fußgängerzone

Nicht, daß der Schwager den Schöpfer kritisieren möchte, aber die Liebe, die hat er im Tierreich bei weitem rationeller gestaltet als bei den Menschen. Indem er nämlich darin feste Balz-, Brunft-, Raunz-, und wie die gelegentlichen Paarungszeiten sonst noch heißen mögen, eingerichtet hat. Während bei uns die rosarote Periode über die volle Jahresdistanz geht, und das bei vielen von den ersten Wimmerln bis zum Altersheim.
Dabei geht viel Zeit, Substanz und Nervenkraft verloren, die man für einen besseren Zweck, zum Beispiel zum Sammeln von Bierdeckeln oder zum Kunstradfahren, verwenden könnte.
Wenn wir an die Lächerlichkeit und Dummheit des balzenden Auerhahns denken, der blind vor Leidenschaft auf einem Baum hockt, wie ein Wahnsinniger plärrt und dabei auch noch die Augen zuzwickt, so daß der Jägersmann seelenruhig anschleichen und ihn abknallen kann, so haben wir ein Beispiel von der geistigen Verfassung, in der manche unter uns ununterbrochen vom 1. Januar bis zum 31. Dezember sind.
Was wäre das also für ein Segen, wenn die menschliche, nennen wir sie einmal Hupfidupfi-Zeit, nur den Wonnemonat, also den Mai, über andauern würde. In vier Wochen wäre alles vorbei, was sich sonst, oft mühsam genug, wie ein roter Faden durch das ganze Jahr hinzieht – Wochen allerdings von höchstem Einsatz und größter Leidenschaft. Man könnte sich vorstellen, daß,

analog zu den Hirschen, den Jünglingen und Männern während dieser Zeit stattliche Geweihe aus den Köpfen wüchsen, mit denen sie ihre erbitterten Konkurrenzkämpfe um die weiblichen Schmal- oder, je nach Geschmack, Breittiere austragen könnten und aus denen sich die Umworbenen später, nach dem Abwurf, zur lieben Erinnerung Knöpfe für ihre Trachtenkostüme stanzen lassen könnten.

Wer nur einigermaßen Phantasie besitzt, dem drängt sich sogleich das erregende Bild von rudelweise durch die Fußgängerzone ziehenden Männerherden auf, die von Zeit zu Zeit urgewaltige Brunftschreie ertönen lassen, während die holde Weiblichkeit verschämt kichernd in den Hausgängen und Toreinfahrten verhofft.

Auch in Behörde und Werkstatt erschallt das charakteristische Röhren, von dem weder Lehrlinge noch Direktoren verschont bleiben. Besonders hoch her geht es gegen Mittag in den Kantinen, zumal der Küchenchef auf Empfehlung des Betriebsrats anfeuernde Suppen, Eierspeisen, Triebhaus-Spargel und extra scharfe Würste verfüttern läßt. So daß neun Monate später auf einen Schub, was wiederum eine große Rationalisierung bedeuten würde, eine Unmenge frischer Kinder zur Welt käme.

Reserve hat Ruh! Dieses beruhigende Lied würde alle Jahre am 1. Juni in schöner Regelmäßigkeit zum beliebtesten Schlager. Schlagartig verschwänden Pornofilme und Sex-Postillen vom Markt und bloße Busen und Hintern aus der Werbung, weil sich kein Mensch mehr für so was interessierte.

Denkt man statt dessen an die Tag für Tag gebrochenen Herzen und Schwüre, an die zahllosen Eifersuchtsdramen, die Selbstmorde aus verschmähter Liebe, an die zermürbenden und nie endenden Liebeskämpfe in geschlossenen Räumen und öffentlichen Parks, an das immerwährende Gebalz an den Arbeitsplätzen, das die Gehirne so vieler verwirrt, so kann man sich eine Vorstellung von dem Nutzen für Volkswirtschaft und Volksgesundheit machen, den eine Beschränkung der Liebeshändel auf den Monat Mai brächte.

Oder sind Sie anderer Ansicht, Sie Schlimme(r) Sie?

In voller Brüstung

Bei Trachtenumzügen, Wein- und Stadelfesten und anderen Festivitäten zur Sommerzeit zeigen Mädchen und Frauen gerne ihre Brüstung, aufgemascherlt mit Spitzen und Rüschen, geschmückt mit Blumen. Nicht mehr im Verborgenen blühen die Apferl, vorsichtig, aber allemal sehenswert wachsen sie aus dem Dekolleté, oder wia des Zeigl hoaßt.
Und viele Häuser, vor allem auf dem Land, machen es den Frauen gerne nach. Die Brüstungen von Balkonen und Fenstern zieren sich mit Blumen, die in die lange leer gewesenen Kästen zurückgekehrt sind. Vor allem Geranien sind es, die hier einem Bauernhof, dort einer Villa oder einem Einfamilienhaus zum Schmuck gereichen.
Die Pflege der Brüstung sowohl am Haus wie am Oberkörper ist selbstverständlich Sache der Frau. Sie ist es, die die alten Pflanzen den Winter über im Keller gehütet oder neu beim Gärtner besorgt hat, sie bestimmt die Sorte, kümmert sich um die Pflanzerde und die Düngung, sorgt für regelmäßiges Gießen, aber auch dafür, daß Abfluß möglich ist und keine stauende Nässe entsteht. Mit anderen Worten: Sie pflegt die häusliche Brüstung ebenso geschmack- und liebevoll wie die eigene.
Männer haben sich aus diesem Geschäft herauszuhalten! Zwar wissen auch sie, daß selbst Toilettenfenster ein Hauch von Romantik umschwebt, sobald ein paar Geranien ihre Blüten heraushängen, aber sonst haben sie wenig Ahnung. Was sie allenfalls können, ist Radischneiden ...

Und wie steht's mit männlicher Dienstleistung bei der Pflege der weiblichen Brüstung? Daß Gießen, außer unter der Dusche, nicht viel bringt, dürfte den Kerlen wohl klar sein. Finger weg, lautet im allgemeinen die Parole.

Und im besonderen? Da ist, soviel der Schwager erfahren hat, eine überaus zarte, ja zärtliche Hand gefragt. Wer die Äpfel einfach so an sich reißen möchte, kann sehr schnell aus dem Paradies vertrieben werden!

Merke: Grapschen ist strikt verboten, Hinschauen dagegen erlaubt. Wird die Brüstung nicht auch deshalb geschmückt, um den Blick auf sie zu lenken? Wobei bei Fenstern und Balkonen die volle, überquellende Pracht zur Schau gestellt wird, während bei Mädchen und Frauen das anmutig Verhüllte, leicht Hervorspitzende, ahnungsvoll Wippende den Reiz ausmacht.

Daß die Brüstung die Rüstung der Frauen im Kampf der Geschlechter sei, so grob wollen wir es jedenfalls nicht ausgedrückt wissen. Unser Credo lautet: Ihrer Brüstung, sei's nun durch Blumen am Fenster oder mit Spitzen am Mieder, können sich Frauen durchaus brüsten!

Vorgeplänkel zum Muttertag

Was wünschst du dir eigentlich heuer zum Muttertag, Mutter?
Nichts. Ich hab ja alles.
Vielleicht ein Flascherl französisches Parfüm?
Geh, zu was denn?
Aber dann wenigstens eine schöne Schachtel Pralinen?
Das braucht's doch nicht!
Vielleicht wär dir was Praktisches lieber. Zum Beispiel eine neue Bluse.
Sonst nichts mehr! Sind ja meine alten noch pfenninggut!
Halt, jetzt hab ich's: Eine schöne Brosche könnt ich dir kaufen!
Aber was Spitziges schenkt man nicht! Da hängt Unglück dran.
Also, das ist doch kindischer Aberglaube!
Kindisch ist der nicht. Das haben schon unsere Großmütter gewußt.
Woher haben dann die ihre Broschen gehabt? Ohne Brosche hat man die ja praktisch überhaupt nie gesehen.
Die haben sich ihre Broschen eben selber gekauft. Oder geerbt.
Und wenn ich dir 's Geld geb, und du kaufst dir die Brosche?
Untersteh dich!
Mit dir ist es wirklich ein Kreuz, Mutter! Dann bleibt eben nur noch, daß wir dich wieder zum Essen ausführen.

Wenn's unbedingt sein muß!
Ja, es muß sein! Willst du wieder nach Wildenwart oder diesmal lieber nach Wartenwild?
Wohin es näher mit dem Auto ist und keine Umstände macht.
Es *soll* aber Umstände machen, Mutter! Versteh doch endlich! Sonst könnten wir ja gleich zum Wirt um die Ecke gehen.
Warum eigentlich nicht?
Mutter, treib's nicht auf die Spitze!
Überhaupt könntet ihr zu mir kommen, und ich mach zur Feier des Tages einen schönen Schweinsbraten und handgeriebene Kartoffelknödel!
Ja, und hernach spülst du eine Stunde lang in der Küche ab. Zur Feier des Muttertages!
Das bin ich gewohnt, das macht mir wirklich nichts aus!
Aber *uns,* Mutter! Weil wir dich nämlich feiern wollen, verstehst du, und zwar mit allen Schikanen.
Also dann in Gotts Nam'!
Endlich nimmst du Vernunft an! Dann gibt's jetzt nur noch einen Punkt zu besprechen, du weißt schon, welchen. Wegen dem es im vorigen Jahr eine gewisse Verstimmung gegeben hat.
Eine Verstimmung hätte es gegeben? Aber doch nicht wegen mir!
Doch, wegen dir, Mutter. Weil du das billigste Gericht ausgesucht hast: Wollwürste mit gerösteten Kartoffeln. Und das Gansviertel, das wir für dich ausgewählt haben, hast du links liegengelassen.
Erstens hat es mich nach den Wollwürsten gelüstet, und zweitens ist mir eine Gans zu fett.
Aber auch den Beaujolais hast du ausgeschlagen und dafür ein Quartel Bier bestellt und zum Schluß die Crème caramelle als Nachspeis verweigert.

Weil ich keinen Hunger mehr gehabt hab!
Aber zum Muttertag kann man auch einmal über den Hunger hinaus essen! Außerdem ging es dir in Wirklichkeit bloß darum, daß die Zeche möglichst klein ausfällt. Gibst du das zu?
Hm.
Aber was hast du damit bezweckt? Daß wir, deine eigenen Kinder, Enkel, Schwiegersöhne und Schwiegertöch ter, ein schlechtes Gewissen bekommen haben, weil wir so exquisit gegessen – um nicht zu sagen: gefressen – haben.
Das wollte ich natürlich nicht!
Du siehst es also endlich ein und gelobst Besserung?
Es ist also euer sehnlichster Wunsch, daß ich mich zum Muttertag mit dem Teuersten, das auf der Speiskarte steht, bis zum Rand vollstopfe?
Genau, Mutter. Du sollst dich nicht absondern, sondern dich ebenso verhalten wie wir andern. Damit wir alle zusammen ein Herz, eine Seele und eine Familie sind.
Und ein Magen auch? Aber gut, ich mach mit. Aber ihr werdet euch wundern! Ab heute faste ich ...
Bravo, Mutter! Endlich hast du begriffen, um was es am Muttertag geht!

Nachtarock zum Vatertag

Wieder ist ein Vatertag fast unbemerkt zu Ende gegangen, haben viele Väter ihre erwartungsvoll ausgestreckte Hand leer zurückziehen müssen. Geben wir's doch endlich zu: Dieser Gedenktag in Anführungszeichen wird in seiner Lächerlichkeit nur noch vom Tag der Milch übertroffen und steht zum traurigen Ende vielfach unter dem zweideutigen Goethe-Wort: Ihr naht euch wieder, schwankende Gestalten. Wenn nämlich die Nichtgeehrten, in ihrem Frust mit Bier Betäubten mit ihrem faßbestückten Leiterwagerl wieder, schwer verkehrsgefährdet, ihrem Wigwam entgegenziehen.

Selbst im Lexikon wird der Vatertag mit keinem Buchstaben erwähnt. Dort steht lediglich, daß ein Vater der eheliche oder uneheliche Erzeuger eines Kindes sei. Das ist wahrhaftig eine sehr geschäftsmäßige und lieblose Darstellung.

Und selbst sie ist von der Wirklichkeit teilweise schon überrollt. Denn da sei einmal einer ein Erzeuger, wenn *sie* nicht will! Vater werden ist, entgegen der damals noch wohlbegründeten Meinung von Wilhelm Busch, viel schwerer geworden, seit die Pille durch die Damenhandtaschen geistert.

Ja, früher, in vergangenen Jahrhunderten, da war der Vater allerorten noch der große Zampano. Dazumal aßen die Väter Hirschkeule, während sich Frau und Kinder aus dem Geweih eine Suppe brühten.

Als in unserem Jahrhundert ihre Macht und Herrlichkeit immer mehr dahinschwanden, kamen sie auf die verwegene Idee, dem Muttertag einen Vatertag gegenüberzustellen. Die Wirkung war verblüffend: Ein gewaltiges Gelächter schallte durch alle deutschen Gaue. Immerhin zeigten sich anfänglich manche bereit, den Vater mit Stumpen, Socken, Krawatten oder Spirituosen zu beschenken oder ihm aus Ersparnisgründen ein Gedicht aufzusagen, das analog zum Muttertag mit einem scheinheiligen Liebväterlein begann.

Im Laufe der Jahre ging die Bereitschaft zur Huldigung allerdings immer mehr zurück. Man kann sich denken, wie traurig da die Väter waren! Hatte sie denn wirklich niemand lieb? In ihrer Verzweiflung wandten sie sich der einzigen Mutter zu, die offenbar noch Verständnis für sie hatte: der Mutter Natur.

Wie trotzige Schulbuben rotten sie sich seitdem an Christi Himmelfahrt zusammen, schmücken ihre biederen Häupter mit Strohhüten, laden ein Faß Bier auf ein Leiterwagerl und ziehen damit unter dem Absingen aufmüpfiger Lieder hinaus in Wald und Flur.

Lächelnd sieht sie die teure Gemahlin davonmarschieren, während die Kinder erleichtert aus dem Fenster winken.

Nun braucht sie den lästigen Burschen nicht einmal mehr zu verköstigen. So daß der Vatertag beinahe zu einem zweiten Muttertag wird ...

Der entlauste Macho

Du könntest dich ruhig auch ein bißchen an der Hausarbeit beteiligen, rügt die Schwägerin unterm Geschirrspülen. Die jungen Ehemänner sind da ganz anders!
Darauf der Schwager: Die jungen schon, diese Unterwürflinge und Leisetreter! Aber wir alten, in Ehren ergrauten Patriarchen bestehen weiter auf der vom Schöpfer vorgesehenen Aufgabenteilung.
Und die wäre?
Der Mann sorgt für Nahrung, Nachwuchs, Kleidung und Nest, während die Zubereitung der ersteren und die Pflege der letzteren Aufgaben der Frau sind.
Also immer noch wie bei den Affen? fragt die Schwägerin.
Die Affen, belehrt sie der Schwager, hatten es noch weit besser. Denn die Punkte Kleidung und Nest fielen bei denen flach. Und die Zeit, die sie dadurch einsparten, konnten sie benutzen, um sich von den Frauen ausgiebig lausen zu lassen.
Leider hast du keine Läuse, meint darauf die Schwägerin, sonst wäre es mir eine Genugtuung, mit einem Hammer deinen Körper danach abzuklopfen.
Der Schwager kann sich das lebhaft vorstellen und bricht in ein lautes Auauau aus, was die Schwägerin mit einem zufriedenen Lächeln quittiert. Sie sagt: Übrigens – wenn ich dir in der Badewanne den Buckel einseifen muß, dann ist das auch nichts anderes als eine moderne Art von Entlausen.

Es ist eben ein uralter Ritus, meint der Schwager, dessen Fortfall zu Frust und Harmonieproblemen führen würde. Außerdem ist es durchaus nicht so, daß ich im Haushalt gar nichts leiste, obwohl mir sehr wenig Zeit dafür bleibt. Muß ich doch fünf Tage außer Haus fronen, um den notwendigen Zaster für Speis und Trank, Kleidung, neue Möbelgarnituren und die dir wohlbekannten Abzahlungsraten heranzuschaffen. Wirf mir also bitte nicht vor, daß ich die Kinder nicht gestillt hab, wie es offenbar heute bei jungen Ehemännern der Brauch ist.

Mit Stillen hättest du dich schwergetan, aber wickeln hättest du sie wenigstens manchmal können!

Aber du weißt doch, wie leicht mir graust, erwidert der Schwager. Außerdem – wer kümmert sich denn das ganze Jahr über um das Flaschenleergut im Haushalt, stellt gewissenhaft jedes Flaschl in das jeweilige Tragl zurück und ist besorgt um rechtzeitigen Nachschub? Ein gelernter Flaschenmeister könnte nicht sorgfältiger schalten und walten!

Dies geschieht aber nicht aus dem Bedürfnis nach Mithilfe, sondern wegen deiner permanenten Furcht, es könnte einmal der schreckliche Tag kommen, an dem keine Halbe Bier im Haus ist. Stimmt's, Alter?

Nein, es ist die pure Ordnungsliebe, widerspricht der Schwager. Wer kümmert sich denn darum, daß auch die Klo-Rollen rechtzeitig erneuert werden? Ich und wieder ich! Wenn's nach dir ginge, dann – also das kann ich gar nicht aussprechen, welch nackten Tatsachen wir dann ins Auge sehen müßten!

Jetzt endlich zeigt sich die Schwägerin beeindruckt: Ja, das geb ich zu, diese anrüchige Aufgabe erledigst du zu unser aller Zufriedenheit.

Na also, sagt der Schwager. Kann ich mich dann mit deiner gütigen Erlaubnis aus der Küche zurückziehen?

Geh schon, sagt sie. Aber komm wieder, wenn du gelaust werden willst. Denn mir wäre das unterm Abspülen eine willkommene Abwechslung – und dir, bei meinen spülmittelgepflegten Händen, sicher ein hochkarätiger Lustgewinn!

Hochzeitstag vergessen

Jeden Tag, den Gott gibt, wird der Schwager an seinen Hochzeitstag erinnert. Zwar steht das Bett neben dem seinen meist schon leer, wenn er vom Schlaf erwacht, doch ist dies pure Bosheit, um ihm einen Schuldkomplex anzuzüchten. Schlurft er dann, zerknirscht gähnend, ins Bad, sieht er vier farbige Waschlappen an der Wand hängen und vier farbige Zahnbürstel aus vier farbigen Plastikbechern ragen. Und gut erzogen, wie er ist, greift er sogleich zu den Reinigungsutensilien in der Kennfarbe Blau, die ihm vom ersten Tag seiner Ehe verbindlich zugewiesen wurde. (Nur am späten Abend ist ihm diese Farbe strikt untersagt.)
Jedenfalls: Wo der Schwager geht und steht, stößt er auf Dinge, Umstände und Tatsachen, die alle mit dem seltsamen Tag X zusammenhängen. Nur noch verschwommen kann er sich erinnern, wie das war, als sein Rasierpinsel allein das Feld beherrschte und er mit Zahnpasta spritzen konnte, soviel er wollte, ohne daß er deswegen als Beispiel und Erzieher versagt hätte.
Dieser Tag X im Standesamt an der Ruppertstraße – das war schon das Schärfste! Der Schwager mit dem dunkelblauen Anzügerl, dem grasgrünen Sommermanterl über dem Arm und dem hellgrauen Homburg auf dem Kopf, den er jetzt nicht mal mehr im Fasching aufsetzt, wenn er als Schaukelbursch geht. Dennoch stürzten sich die Fotografen auf ihn wie Wespen auf ein Marmeladebrot.
Wenn der Schwager heute im Familienalbum blättert und auf diesen Bildern seinem scheuen und gequälten

Lächeln von damals begegnet, legt er über die Jahre hinweg tröstend seine Hand auf die Schulter des so seltsam Kostümierten und sagt: Armer Kleiner, was hast du schon alles mitmachen müssen in diesem Leben!

Natürlich, seine Braut, die konnte lachen! Mit dem riesigen Strauß Rosen in der Hand, den ihm seine Schwester noch kurz vor der Trauung besorgt hatte. Obwohl der Schwager das nicht recht einsah. Denn er kannte sie doch nun schon drei Jahre gut und vier Jahre sehr gut, und was sollten da Blumen schon noch viel sprechen können?

Überhaupt die lieben Verwandten! Wie die dreinhauten im Hotel! Glaube ja niemand, daß da einer ein Blutwurstgröstl oder Spinat mit Ei gewählt hätte. Nein, Schildkrötensuppe und Burgunderbraten mußten es sein! Die Tante Wally drückte auf ihre feine Untergiesinger Art aus, was alle dachten: Heit fress ma di amoi richtig her!

Wer war da wohl froher als der Schwager, als um siebzehn Uhr zweiundvierzig der Zug vom Hauptbahnhof in Richtung Paris und Flitterwoche abfuhr. Um glückliches Lächeln bemüht, grinste er aus dem Zug und winkte seiner gefräßigen Verwandtschaft, bis sie im Hintergrund auf Null zusammenschrumpfte.

Endlich allein! Er gab seiner nagelneuen Frau ein ... – Kreuzworträtsel und machte sich auch selber voll Eifer über eines her. Und bei Ulm tauschten sie ihre Heftl und versuchten die Lücken zu füllen, die der andere infolge seiner mangelhaften Schulbildung hinterlassen hatte. So arbeiteten sie schon damals in echter Partnerschaft zusammen.

Aber dann das Pech! In Kehl war Sense. Endstation. In Frankreich war soeben ein Eisenbahnerstreik ausgebrochen. Das war der denkwürdige 28. Mai ...

Und da endlich fällt beim Schwager das Zehnerl. Der 28. Mai! Und heute ist der 29. Mai! Hochzeitstag vergessen, mindestens zehn neue Minuspunkte!
Darum also das Küßchen gestern abend bei der Heimkehr, darum das Hirschgulasch, das Silberbesteck und die Blumen am Tisch. Und deshalb rasselte auch auf einmal die Jalousie über das Gesicht seiner Hochzeiterin, als der Schwager, wohlgesättigt wie er war, seine Glieder auf das Kanapee bettete. Denn er ist zu Hause oft rechtschaffen müde.

Pfingstochsen-Menü

Jetzt kommt Pfingsten, und der Schwager weiß nicht, nach was ihm an den Feiertagen der Gusto steht.
Sag schon endlich, was du essen willst, drängt ihn die Schwägerin, sonst müssen wir wieder wie an Weihnachten mit den ältesten Ladenhütern vorliebnehmen!
Und Lendenschnitten zersäbeln, ergänzt der Schwager, die sich besser als Schuhsohlen geeignet hätten.
Das liegt nur daran, weil sich der Herr zu nichts entschließen kann, sagt sie.
Welcher Herr?
Red nicht so dumm! Dich mein ich, dich! Obwohl ein echter Herr stets weiß, was er will.
Aber ich bin von Geburt Waage und kann daher nichts dafür, wenn Entscheidungszwänge einen Zögerer und Zauderer aus mir machen. Das ist unverschuldetes Schicksal.
Wenn einer nicht weiß, ob er eine Kalbshaxe will oder lieber einen Kaiserschmarrn, dann ist das, entgegnet barsch die Schwägerin, nicht Schicksal, sondern eine Geschmacklosigkeit.
Wie wär's denn mit einer Gans, überlegt der Schwager laut, einer Gans mit selbergemachten Kartoffelknödeln und Selleriesalat?
Eine Pfingstgans? So ahnungslos kannst auch nur du herumschwätzen! Eine Gans ißt man bekanntlich auf Kirchweih oder Weihnachten. Wahrscheinlich gibt es zur Zeit gar keine Gänse.
Dumme Gänse schon, meint der Schwager. Aber mir

fällt da ganz etwas anderes ein, sozusagen ein Kontrastprogramm. Wir sollten an Pfingsten einmal nonkonformistisch essen!
Ich mag aber keine Rohkost!
Nonkonformistisch bedeutet nicht vegetarisch, belehrt er sie, sondern das heißt: nicht wie alle anderen. Im konkreten Fall: Wenn sich alle Welt den Ranzen mit Leckerbissen vollschlägt, sollten wir ganz etwas Einfaches essen. Zum Beispiel Blutwurstgröstl.
Die Schwägerin ist entsetzt: Blutwurstgröstl? An Pfingsten? Ich glaub, du hast nicht alle Leberwürste im Schrank! Außerdem: Stell dir bitte vor, was passiert, wenn ich beim Metzger für die Feiertag Blutwürst kauf! Da heißt's doch gleich, jetzt leidet's denen nicht mal mehr ein Stück Fleisch!
Dann sagst du einfach, es gehört nicht für uns, sondern für 'n Hund!
Also gut, dann gibt's am ersten Feiertag einen Hundsfraß. Und am zweiten?
Einfachheitshalber die Restl vom Gröstl.
Ja pfui Deifi, ruft die Schwägerin entrüstet. Da ißt man ja in der Suppenschul noch besser!
Das kommt immer auf die Köchin an, belehrt sie der Schwager. Selbst ein Blutwurstgröstlrestl, von einem Meister seines Fachs zubereitet, kann eine Delikatesse sein.
Für Kannibalen vielleicht schon, aber nicht für mich! Aber gut: Iß du am Pfingstsonntag ruhig dein Gröstl und am Pfingstmontag das Gröstlrestl. Ich für meinen Teil gehe dann an beiden Feiertagen in die Alte Post und speise à la carte.
A la carte! Das ist nicht nur sehr gewählt ausgedrückt, sondern auch eine prima Idee, meint der Schwager. Die kochen vortrefflich dort. Weißt was, ruf gleich an und bestell einen Tisch für uns zwei.

Wieso für uns zwei?
Weil ich dir in einer meiner schwächsten Stunden versprochen hab, Bett und Tisch in Freud und Leid mit dir zu teilen. Und beim Wort Tisch ist natürlich der Gasthaustisch auch mit dabei.
Darauf die Schwägerin: Du Pfingstochs, das hättest du auch gleich sagen können!

Turmspringer aus Liebe ...

Als Beweis, daß er meine Mutter liebt, ist mein Vater, der aber damals noch gar nicht mein Vater gewesen ist, einmal im Dantebad vom Dreimeterbrett gesprungen, aber wie es der Teufel haben will, taucht im selben Augenblick ein Kopf aus dem Wasser, und mein Vater ist voll mit dem Brustkorb draufgeklatscht.
Dem Kopf – das wird schon so ein Quadratschädel gewesen sein! – ist nichts weiter passiert, als daß er wieder hinuntergetaucht worden ist, und er ist sicher mit dem dazugehörigen Körper gleich darauf aus dem Wasser gestiegen und hat beobachtet, wie sich mein Vater schmerzgekrümmt zu meiner Mutter geschleppt und sie mit einem Blick angeschaut hat, der soviel bedeutet hat wie: Jetzt siehgst as selber!
Meine Mutter ist ganz blaß geworden, blässer noch, wie mein Vater gewesen ist, aber vielleicht hat es sie insgeheim auch ein bißchen gefreut, weil: Wer bricht sich aus lauter Liebe schon gleich die Rippen?!
Mein Vater hat dann den Sanitätsrat Dr. Bayerer aufgesucht, und der hat ihm einen festen Verband rund um die Brust herum angelegt.
Das hat mir meine Mutter erzählt, und ein Jahr darauf bin ich auf die Welt gekommen, weil sie offenbar von dem Sprung und den gebrochenen Rippen schwer beeindruckt gewesen ist.
Und wie der Apfel nicht weit vom Stamme fällt: Noch keine siebzehn, hab ich einer gewissen Lilo, sechzehn, wiederum im Dantebad, zeigen wollen, was ich für ein

Kerl bin, und ich hab zu ihr, die auf einem Liegebrett neben mir gelegen ist, gesagt: Laß mich bitte von jetzt an keinen Augenblick mehr aus deinen schönen blauen Augen; denn dann wirst du etwas sehen, was du nie mehr vergessen wirst!

Ich habe mich erhoben und bin federnd zum Zehn-Meter-Turm geschritten, bin Sproße für Sproße hinaufgestiegen zur obersten Plattform, an den Rand getreten, habe die Arme vorgestreckt und bin nach einer Minute äußerster Konzentration hinausgesprungen in das absolute Nichts.

Leider mißglückte der Sprung. Mit dem Kopf vorausstürzend, bekamen die Füße ganz allmählich das Übergewicht, so daß ich mit voller Wucht mit dem Rücken auf das Wasser geprallt bin. Ein geprellter Protz ist nichts dagegen! Für ein paar Augenblicke blieb mir die Luft weg. Mühsam schwamm ich zur Leiter und krabbelte heraus. Mein Buckel brannte und war so rot, als wäre er gesotten worden.

Das hat komisch ausgesehen, sagte Lilo, wie du in der Luft umgekippt bist. Hätte das ein Salto werden sollen?

Nein, ein Doppelter Rittberger, erwiderte ich schwerbeleidigt. Ächzend bettete ich mich auf das Brett und schaute von da an stur in die andere Richtung.

An diese beiden Vater-und-Sohn-Sprünge mußte der Schwager denken, als er dieser Tage im Dantebad neben einem bildschönen Mädchen lag. Schon fühlte er sich versucht, sie zu fragen, ob er vielleicht aus plötzlich erwachter Sympathie zu ihr vom Turme springen solle, da kam ihm der auf der anderen Seite liegende Jüngling mit demselben Angebot zuvor. Worauf sie meinte, daß sie das riesig fände.

Da erkannte der Schwager blitzartig, daß es eine Riesendummheit wäre, noch einmal Kopf und Kragen zu riskieren, und daß sich seine Karriere als Turmspringer unwiderruflich dem Ende zuneige. Und er erhob sich gemessen vom Liegebrett und schritt, indes die Augen des Mädchens dem davonfedernden Jüngling folgten, der Restauration zu, die er ohne zu stolpern und zu straucheln auch glücklich erreichte.

Erdbeeren mit Hinterteilen

Der Schwager will der Schwägerin eine unverhoffte Freude machen. Anstatt nach des Tages Pflichten auf dem schnellsten Weg heimzueilen und ihr mit der Frage: Was gibt's denn heit Guats? auf den Wecker zu fallen, macht er einen Umweg über eine stadtnahe Erdbeer-Farm, um mit einem preisgünstigen Körberl voll eigenhändig gebrockter Früchte Lob und Dank zu erringen.
Schon von weitem sieht er Hunderte von himmelwärts gereckten Hinterteilen in den unterschiedlichsten Farben, welche die an sich etwas eintönige Landschaft vorteilhaft beleben. Ein prächtiges Bild für jeden naiven Maler! Unter einem Sonnenschirm verteilt ein munteres Fräulein Tragkörberl.
Darf man naschen auch? fragt der Schwager.
Direkt verboten ist es nicht, meint sie. Aber gewaschen sind die Beeren dann natürlich nicht. Sie essen auf eigenes Risiko.
Für ihr Alter gar keine so ungeschickte Antwort, denkt der Schwager: Geschäftsinteresse und angebliche Sorge um das Wohlergehen des Kunden geschickt auf einen Nenner gebracht.
Und wie sind nun die Spielregeln? fragt er weiter.
Sehen Sie den Mann mit der gelben Fahne? Dorthin gehen Sie jetzt, der weist Sie dann in eine freie Furche ein.
Der Schwager marschiert auf den hinteren Teil des Feldes zu, das sehr ordentlich mit Stroh bedeckt ist und aus dem die schon erwähnten Hinterteile Raffen und Grei-

fen signalisieren. Einige sitzen auch in Hockstellung in den Stauden, ohne indes etwas anderes fallen zu lassen als hie und da eine angefaulte Beere. Einer dieser Gestalten fällt der Schwager beinah ins Dekolleté. In ihrer Gier nach fremder Frucht achtet die gutgestellte Dirndlträgerin ihrer eigenen Früchte nicht!

Sogleich geht der Schwager in die Knie, um neben diesem Wonnebolzen zu pflücken, doch der Herr mit der gelben Fahne winkt ihn energisch weiter. Die rote Karte bekommt er aber zum Glück nicht!

Die ihm zugewiesene Furche ist die schlechteste nicht! Wie er da nun so im Verein mit den anderen Erdbeersüchtigen von Staude zu Staude hopst, muß er an die Fabel vom Hasen und vom Igel denken. Da er nur sehr langsam vorankommt und außerdem unrasiert ist, identifiziert er sich mit dem Igel.

Aber der Igel, der hat kein Kreuz, zumindest kein so empfindliches wie der Schwager. Von Meter zu Meter richtet er sich mühsamer auf. Als er es in der Hocke probiert, kippt er nach hinten und bekommt sofort häßliche rote Flecke in den Hosenboden.

Ob es vielleicht im Liegen besser ginge? Einfach auf dem Stroh dahinrobben, das Körberl im Maul, und einmal links und einmal rechts unter die Stauden gegriffen und eingesammelt? Der Schwager versucht es – ohne Rücksicht auf seine Bügelfalten. Aber den Kopf unentwegt in die Höhe zu halten ist keine Kleinigkeit. Und als ein Bürscherl in der Nebenreihe sagt: Schau, Mammi, der Onkel spielt Indianer, reckt der Schwager, gleich den anderen, wieder sein Hinterteil in die laue Luft.

Endlich ist das Körberl voll! Sieben Pfund hat er laut Waage errafft. Er zahlt und lahmt zum Auto zurück. Genascht hat er höchstens acht Stück. Die Rechnung der Körberlmaid ist voll aufgegangen.

Die Schwägerin empfängt ihn nicht gerade freundlich. Hat das Fräulein Wagenbruch wieder eine Nierenkolik gehabt, und du hast sie nach Hause fahren müssen? fragt sie spitz.
Fräulein Wagenbruch ist zur Zeit leider kerngesund. Aber Erdbeeren hab ich meinem lieben Schatz mitgebracht – aus der Münchner Region frisch auf den Tisch!
Und der Schwager hält ihr das aromatisch duftende Körberl unter die Nase.
Sehr aufmerksam! sagt die Schwägerin kühl. Aber wie sieht denn deine Hose aus? Voll häßlicher roter Flecken! Und ganz verbeult!
Ja, weißt du, ich mußte mich manchmal hinlegen, um an die süßesten Früchte heranzukommen.
Die Hose muß in die Reinigung, sagt die Schwägerin anklagend. Und das Hemd auch. Da hättest du die Erdbeeren genausogut im Juwelierladen kaufen können!
Aber dann hättest du nichts zu meckern gehabt, erwidert der Schwager. Da begebe ich mich nach Feierabend freiwillig zum Ernteeinsatz, um dir eine Freude ...
... jetzt komm mal mit! unterbricht sie ihn.
Sie führt den Schwager in die Küche. Dort stehen fünf Körbe voll Erdbeeren auf dem Tisch. Heute nachmittag gepflückt, sagt sie, aber nicht im Abendkleid, sondern im Wickelschurz.
Da schaut der Schwager ganz schön dumm aus der rotgefleckten Wäsche. Ja, sagt er schließlich, wenn zwei dasselbe tun, dann ist es nicht dasselbe!

Schatzi hin und Schatz her

Da kennt der Schwager ein altes Ehepaar um die Siebzig herum, da sagt er seit fünfzig Jahren „Schatzi" zu ihr und sie ebenso lang zu ihm „Schatz". Ein bißchen einfallslos, oder? Aber die beiden haben sich an ihrem Schatzi-Hin und Schatz-Her noch längst nicht abgehört: Willst du noch ein Wiener Würstl, Schatz? – Ja bitte, Schatzi!
Nach einer Stunde hält es der Schwager bei diesen unentwegten Schätzen nicht mehr aus und sucht das Weite. Jetzt möchte er bloß noch wissen, wie sich das anhört, wenn die, was ja zu jeder besseren Ehe gehört, einmal streiten. Vielleicht wird dann gebrüllt wie folgt: Halt endlich einmal deine Goschn, Schatzi! – Von dir lass ich mir das Maul noch lange nicht verbieten, Schatz!
Freilich schrecken auch junge und jüngste Leute, die auf Schatz-Suche waren und fündig geworden sind, vor akustischen Albernheiten nicht zurück. Den Wort-Schatz verschmähen sie zwar, der ist ihnen nun doch zu altmodisch, aber sind „Rehli", „Bambi", „Mausi", „Hasi", „Meisi", „Bärli", „Schnecki", „Goaßi" und „Spatzl" recht viel besser?
Da fallen einem doch zunächst bloß Halbwüchsige im Tierpark Hellabrunn ein, aber doch nicht Wonneproppen in Jeans. Auch „Schnuckiputzi", „Herziweibi", „Manndilein", „Waggi", „Butzi" und ähnliches zeugen eher von pubertärer Verwirrung als vom kühlen Sachverstand der angeblichen Computer-Generation.
Nur noch dunkel erinnert sich der Schwager jener Liebesromane, die er in seiner Jugend Maienblüte als Kon-

trastprogramm zu Karl May verschlungen hat. In diesen Schwarten war meist von „Herzallerliebsten“ die verschnörkelte Rede, auch von „Liebling“, „Darling“ oder „Cherie“.
Tatsächlich kennt der Schwager schon wieder einen Ehemann, der, obwohl gebürtiger Niederbayer, seine Angetraute, obwohl gebürtige Oberpfälzerin, permanent „Darling“ nennt. Der hat wohl früher öfters englische Komödien angeschaut, und da ist etwas hängengeblieben.
Allerdings ist dem Schwager auch ein Bayrischzeller namentlich bekannt, der seine Anni, obwohl sie durchaus nicht aus Quasselhausen stammt, immer bloß „mein Nebengeräusch“ betitelt. Worauf sie sich regelmäßig mit dem Ausdruck „mein Nachtkastlschmuck“ revanchiert.
Über alldem soll man freilich nicht aus dem Auge – besser gesagt: aus dem Ohr – verlieren, daß der gängige Ausdruck in Bayern für die Ehefrau „mei Oide“ und für den Ehemann „mei Oider“ lautet. Darin liegt beileibe keine Abwertung. Je nach Klangfarbe vermag das Wort eine ganze Skala von Empfindungen auszudrücken, vom resignierten Fügen ins Unvermeidliche bis zum unverkennbaren Besitzerstolz.
Gewisse Bayern, die eine höhere Schulbildung falsch genossen haben, scheuen jedoch vor diesen altüberlieferten Ausdrücken zurück und sprechen dafür lieber geschraubt von „Gatte“ und „Gattin“, von „Gemahl“ und „Gemahlin“ oder auch, in weiser Selbsterkenntnis, von „besserer Hälfte“. Scherzhaft gemeint ist dagegen die Bezeichnung „meine frühere Verlobte“ für die Ehefrau, während das Wort von der „ständigen Begleiterin“ verschleiern soll, daß es zum Kauf von Trauringen noch nicht gereicht hat.

Und noch von einem Zeitgenossen muß der Schwager erzählen, der seine Frau, man höre und staune, „Traumtänzerin" nennt. Und tatsächlich: Als jener kürzlich seinen Gästen ankündigte, seine Traumtänzerin richte nun an, schwebte sie mit einer barocken Suppenschüssel in den Händen ins Zimmer und stolperte sogleich über die Teppichkante, wobei einundzwanzig Grießnockerln zusammen mit ihr in einem vielbeachteten Reigen zu Boden gingen.

Stuzziwas?

Irgendwelche Leute, die der Schwager nicht näher kennt, fühlen sich bemüßigt, alle zwölf Monate das Wort des Jahres zu küren. Die sitzen wahrscheinlich in trauter Runde zusammen, vor sich Schnapsflaschen, und dann sagt einer zum Beispiel nach langem Nachdenken „Datenautobahn“ oder „Internet“. Und dann nackeln drei mit dem Kopf, und drei andere machen sauertöpfische Mienen.

Plötzlich fällt wie aus heiterem Himmel das Wort „Multimedia“, und da geht ein Leuchten über alle Gesichter; sie schenken sich ein frisches Stamperl ein und sagen erleichtert, vorausgesetzt, daß es Schwaben sind: Jetzala hämmasch wieda, das ischt es, das Wörtle des Jahres!

Warum dem Schwager, als er durch sein Print-Medium dieses Jahrwort vernahm, sofort ein anderes, viel besseres einfiel, ist ihm noch nicht so recht klargeworden. Mit Multimedia hat es nämlich absolut nichts zu tun, auch vom Klang her nicht die geringste Ähnlichkeit. Beider Vergangenheit liegt allerdings im Lateinischen.

Um den Leser in eine interessante Irre zu führen, schreibt er zunächst einmal sein Wort falsch, bringt es als „Stutzi Kadenti“ zu Papier.

„Stutzi“ ist bekanntlich ein Kosename für ein junges Mädchen oder eine junge Frau. Schon als Münchner Twen hat der Schwager eine Stutzi gekannt, obwohl die mit richtigem Vornamen Irmi geheißen hat. Und wenn er sie auch geliebt hätte, würde er wohl „Stutzilein“ oder „Stutzimaus“ zu ihr gesagt haben.

Kadente hingegen wäre ein eher ungewöhnlicher Familienname. Heißt man so nicht in Mecklenburg-Vorpommern?

Bis hierher die Neugier der Leser angestachelt habend, gibt der Schwager nun preis, was es mit diesem rätselhaften Wort in Wahrheit für eine Bewandtnis hat, und schreibt es endlich völlig korrekt mit „stuzzicadenti" nieder.

Was, Sie wissen nicht, was das ist? An der Adria aalen, frutti di mare naschen und dann stuzzicadenti mit „Stutzi hat keine Zähne mehr" übersetzen! Nein, das italienische Wort meint schlicht und ergreifend – ja, man muß sie schlicht ergreifen! – Zahnstocher.

Nichts gegen die deutsche Vokabel, aber durch das „stocher" am Ende bekommt sie einen leicht unappetitlichen Touch. Wer zahnstochert, hält, um wenigstens das Gröbste zu verschleiern, die Hand vors Maul. Doch anschließend muß das Herausgestocherte wohl oder übel auf dem Teller, im Aschenbecher oder auf dem Fußboden entsorgt werden – peinlich, peinlich!

Mit stuzzicadenti ist das alles halb so schlimm, wird fast zu einem eleganten Nachspiel. Bitte Anita, reich mir doch die stuzzicadenti rüber! Das ist wohlklingende Konversation, lächelnd wird der Bitte Folge geleistet. Mit stuzzicadenti hantieren läßt vergessen, daß man mit Mini-Zaunlatten im Gebiß herumfuhrwerkt.

Und darum würde der Schwager, in die Worte-des-Jahres-Kommission berufen, dieses schnuckiputzelige „stuzzicadenti" vorschlagen, wobei er sich fast sicher wäre, daß nach einem kurzen verdutzten Stutzen sich keiner dem Charme dieses Wortes entziehen könnte. Stuzzicapito?

So flirten Sie richtig

Flirten ist ein Amateursport, der in geschlossenen und ungeschlossenen Gesellschaften und Räumen ausgeübt werden kann, an keine Jahreszeiten und Regeln gebunden ist, aber bisher noch nicht auf Vereins- oder Verbandsebene betrieben wird. Behauptet der Schwager.

„Flirten“ kommt aus dem Englischen und hat mit „Surfen“ ein breites „öa“ gemeinsam, aber sonst schon gar nichts. Flirten erschwert Surfen ungemein, die Gefahr, dabei baden zu gehen, ist groß. Da hat eher noch der Söa, der Sir, mit Flirten zu tun, freilich nur zu fünfzig Prozent. Denn ohne eine Sie tappt auch der Söa beim Flirten ins Leere.

Das Schöne am Flirt ist seine Unverbindlichkeit. Bevor es tragisch-tränenreich wird oder zu den bekannten Schwüren führt, ist er schon wieder vorbei. Eskaliert er zu Liebe und Ehe, hat es sich ausgeflirtet.

Beim Flirt werden seelische Streicheleinheiten verabreicht, die vom Empfänger höchst angenehm empfunden werden, aber zu nichts verpflichten.

Wie viele stinklangweilige Parties, Sommerfeste, Omnibusausflüge, Dichterlesungen, Schloßkonzerte macht ein kleiner Flirt erst erträglich! Und wie traurig wäre es, wenn sich Männlein und Weiblein immer nur als geschlechtslose Wesen behandelten!

Darf denn die Gastgeberin nicht erfahren, daß nicht nur ihre gegrillten Koteletts, sondern auch ihre stattlichen Lenden Bewunderung erregen, dürfen nicht Kompli-

mente, Augenaufschläge, Gesten ein bisserl mehr als nur korrekte Hochachtung ausdrücken?
Ein bisserl mehr schon, aber eben nicht zu viel! Beim Flirt kommt's genau auf das richtige Maß an, und das ist gerade das Schwierige an dieser Disziplin. Nichts wirkt peinlicher als ein unsensibler oder gar grobschlächtiger Flirt. Plump vertrauliche Anbiederungen gehören ins Bierzelt. Und das auch nicht unbedingt!
Eine besondere Sache ist es mit dem Büro-Flirt. Um den Betriebsfrieden zu erhalten, muß hier nach strengsten psychologischen Regeln vorgegangen werden.
Ein Beispiel: Zwei annähernd gleich attraktive Damen residieren in einem Vorzimmer. Hier nun wäre es für einen mittleren Angestellten völlig verkehrt, eine davon bevorzugt zu hofieren. Vielmehr gilt es, den Flirt-Wortschatz gleichmäßig auf beide abzuregnen, etwa so: Ihre Bluse ist heute ebenso entzückend wie der Rock Ihrer werten Kollegin.
Handelt es sich um ein ungleiches Paar – Diva und häßliches Entlein –, so mag ein verstohlener Blick des Bewunderers der einen und eine aufbauende Schmeichelei (Einfach graziös, wie Sie über die Tastatur huschen!) der anderen gelten.
Wie überall, so wird auch in Bayern schon seit undenklichen Zeiten geflirtet, bloß nannte man es hier „speanzln" oder auch „anbandln". Auch die Formel „jemand an Schmus hidrahn" kommt den Gegebenheiten des Flirts ziemlich nahe, während beim Kniaspitzln, das bekanntlich unterm Tisch stattfindet, die Grenzen schon überschritten sind.
Das Wesen des Flirts, so beendet der Schwager seine Epistel, liegt im Konjunktiv, in der Möglichkeitsform. Die Botschaft lautet nicht: Du gefällst mir! Sondern: Du tätest mir gefallen!

Erbschleicher-Sendung

Als das Lied „Zillertal, du bist mei Freid!“ getragen verzithert, spitzt der Schwager wieder die Ohrwaschl. Denn die liebste Rundfunksendung am Feierabend ist ihm allemal das Glückwunschkonzert.
Und da trieft es auch schon wieder heraus aus dem Kastl, das Ohrenschmalz, das wie Kunsthonig auf alternde Seelen gestrichen wird: Der guten Oma in Oberndorf wünschen Tochter Jutta und Schwiegersohn Hans mit den Enkelkindern Heinerle und Gabi alles Gute zum siebzigsten Geburtstag!
Und saccharinsüß fügt die weibliche Betthupferl-Stimme die Ermahnung dran: Laß nun endlich deine nimmermüden Hände im Schoße ruhen, denn du hast wirklich schon genug gearbeitet in deinem Leben, liebe Oma!
Und wenn's einmal soweit ist, ergänzt der Schwager im Geiste, dann wirst du hoffentlich wissen, wem du die Pfandbriefe vererbst, nämlich uns, und wem den wurmstichigen Kuchlkasten, nämlich dem übrigen Verwandten-Gschwerl.
Obwohl die Oma einen Rheumatismus in den Knien hat, erklingt nun, und das mitten im Hochsommer, klingelingbimbim, die „Petersburger Schlittenfahrt“. Vom scharfen Fahrtwind – oder ist es die Rührung? – kullern der lieben Omi gleich ein paar Zähren über die Wange, doch als hätte es die Ansagerin bemerkt, folgt darauf das Lied: „Du hast ja Tränen in den Augen, die will ich nie mehr wieder sehn“.
Diese Schnulze gilt jedoch bereits dem Rentner Alois

Zirngibl aus Rottalmünster, der auf Wunsch seines treubesorgten Patenkinds im zweiten Stock eines Krankenhauses der baldigen Genesung entgegenfiebert. So einschichtige Leute haben ja oft mehr unter der Matratze versteckt, als sich das Finanzamt träumen läßt!

Nun folgt ein Lobgesang auf den Guggemos-Vater aus Piesenhausen, dessen ganze Freude angeblich sein Gemüsegartl ist: Es wünschen dir deine Töchter in der Stadt, daß du noch viele Jahre deinem gesunden Hobby frönen kannst!

Und wiederum ergänzt der Schwager: Jawohl, damits ihr Bagasch jeden Sommer kostenlos Erdbeer, Kohlrabi, Petersil und rote Ruam abstauben könnts!

Er muß aber dann den feinen Geschmack der Wunschtante bewundern, die für den braven Gartler „I hab zwoa haarbe Rappn" aufspielen läßt. Warum? Weil da doch imaginäre Roßbolln mitschwingen, die jedes echte Gartlerherz höher schlagen lassen!

Plötzlich hat der Schwager eine glänzende Idee, wie er mit Hilfe dieser süßen kleinen Erbschleicher-Sendung zu Gut und Geld kommen könnte. Er besorgt sich einfach eine Liste der reichsten Familien der Bundesrepublik, und immer, wenn bei denen ein runder Geburtstag fällig ist, läßt er herzlich grüßen. Zum Beispiel so:

Unverhofft kommt oft, und so schickt der Fabrikbesitzerswitwe Rosa Brausewetter zu ihrem achtzigsten Geburtstag der Schwager die allerbesten Grüße und Glückwünsche als zur Zeit noch Unbekannter, was sich, gegenseitige Zuneigung entscheidet, aber leicht ändern läßt.

Obwohl der Schwager zum Schluß beinah in eine Heiratsanzeige hineingekommen wäre, hat er doch Hoffnung, daß so was ein schwerreiches Altenherz erweichen könnte. Und daß sich so eine oder so einer, noch dazu, wenn im Anschluß das Lied „Du bist die Rose, die Rose vom Wörthersee“ erklänge, denken würde: Hoppla, das ist aber mal eine nette Überraschung, denkt da einer an mich, den ich gar nicht kenn, und das eigene Fleisch und Gebein hat sich wieder bloß zu einem frühen Picasso aufgerafft. Werde daher dem Knaben schnell mal fünftausend Eier überweisen. Spielt ja weiter keine Rolle, nöch?

Der lieben Tante Julia, reißt die weiche Stimme im Radio den Schwager aus seinen Gedanken, wünschen die Nichte Claudia und der Nichterich Roderich alles erdenklich Gute zu ihrem fünfundzwanzigsten Jahrestag der Scheidung vom bösen Onkel Fritz und rufen ihr in Erinnerung, wie sie schon damals, als Kleinkinder, fest zu ihr gestanden haben!

Nein, der Schwager bringt es doch nicht übers Herz, solche goldenen Worte der Scheinheiligkeit durch den unschuldigen Äther jubeln zu lassen. Lieber bleibt er arm und reinlich!

Große Freiheit Ferien

Der Schwager erinnert sich noch gut: In den ersten Tagen lagen die großen Ferien vor einem wie eine unermeßliche Prärie, wie eine Freiheit, die kein Ende nimmt. Die Zeit ohne Hausaufgaben und Griffelschachtel schien länger als der Radlerweg nach Moskau.

Diese ersten Tage, das waren die schönsten. Entlassen aus der Fron, die neue Haft noch in weiter Ferne, anzutreten erst im September, kaum vorstellbar, Herbst, Drachensteigen, Oktoberfest – und jetzt noch Juli, Hochsommer, Hitze, Baden, Limoflaschl, Brausepulver, dazwischen der ganze August, einunddreißig Tage, Himbeerbrocken, Fußballspielen, Strickhupfen, unendlich lang, eine halbe Ewigkeit.

Die übliche Notenschelte schnell verdaut und vergessen, beim einen Ohr rein, beim andern raus. Ja, im nächsten Schuljahr würde man sich besser anstrengen, mehr lernen, aufmerksamer sein, gaaanz gwiiieß – drei Finger aufs Herz!

Aber jetzt, bittschön, möchten wir endlich unsere Ruhe haben, Ferien sind Ferien, auch das Fräulein hat's gesagt, daß wir Erholung brauchen, abschalten sollen, die Kräfte erneuern. Und ihr Eltern habt doch selber gesagt, daß man dem Fräulein immer folgen muß!

Glück der ersten Ferientage: ausschlafen, barfuß laufen, Stunden ohne Stundenplan, kein Schulhof, keine Pauseglocke, keine Tafelängste ...

... die Gasse, der Hinterhof, die Vorstadtwiese, Räuber und Schandi, dribbeln, köpfeln, Flanke, Tor! Hier die

Freunde, dort die Mädchen. Und dazwischen Heinz, der Mädelfetzer. Teils verachtet, teils bewundert.
Von Mallorca stand damals noch nichts drin. Nicht einmal in der Erdkunde ist es erwähnt worden. Mit ein paar Zehnerl im Hosensack zogen wir über die Donnersbergerbrücke hinüber ins Dantebad.
Heut noch riech ich den sonnenwarmen Teer der Wege, auf denen wir bäuchlings lagen, heut noch seh ich mich oben am Sprungbrett stehen und warten, bis die Amesmaier Gretl aus der Gollierstraße „zufällig" herschaut, und dann erst hineinhechten. Oh, diese Blamage, wenn der Sprung zum Bauchplatscher – Bauchara – geriet, wenn man wie ein geprellter Protz mit feuerroter Vorderfront aus dem Wasser herauskam.
Dann wieder Radlrennerts um den Häuserblock, Fahrten rund um den Starnberger See, Zelten, Lagerfeuer und Erbswurstsuppe, Gitarrengeklimper und Mundharmonika-Tremolo, gezwickte Alleebaumäpfel mit nachfolgendem Durchmarsch, Wellenreiten im Autoschlauch, Bremsenstiche und Gewitterregen.
Sonntägliche Einkehr mit den Eltern auf der Kugleralm oder im Forsthaus Wörnbrunn, Radlermaßen, Handwürste und Emmentaler, Himbeerschläge in der Sommerglut, der große Kübel, der sich nur widerwillig füllte, Blindschleichen im Dornengerank, Rast auf der Bügeldecke, kalte Fleischpflanzl und Kartoffelsalat aus dem Marmeladglas.
Und immer noch Ferien, Vakanz, frei und ledig aller Pflicht, noch nicht einmal zwei Wochen vorbei!
Jetzt vierzehn Tage Hummelsberg. Das Bett ein Fuchzgerl. Wiedersehn mit der Rosi, der Kathi, dem Maarei, dem Lippe und dem Kurbi. Versteckerl im Heuboden, Baden in der Mangfall, Ausflug auf die Neureuth, in der Früh Milch und Honig, mittags Kaiserschmarrn, abends

Schwammerl mit Knödel, zum Einschlafen das Lied der Frösche im Weiher.

Danach aber ging's dahin! Die Tage zerrannen einem unter den Fingern, einer rannte schneller als der andere, und erste kleine Schatten fielen auf die große Freiheit. Dann, auf einmal, wehte schon Septemberwind. Mit Drachen und Schnurhaspel trabte man zur Theresienwiese hinunter oder hinaus in die Heimgartenkolonie „Land in Sonne". Bunt leuchtend hingen sie oben, Vagabunden der Luft, aber auch sie nicht frei, angebunden, unterworfen der Hand am anderen Ende der langen Schnur. Und der Bub, das Mädchen, das die Haspel hielt, auch sie unterworfen dem unerbittlichen Kalender, angebunden an die Schnur der Tage, Wochen und Monate.

Da nützte kein Aufbäumen, kein Trotz, die Tage liefen, schnell waren die letzten Meter eingeholt. Man mußte sich fügen, dumpfe Trauer überfiel einen, Ohnmacht, die vier letzten Tage, die letzten drei, zwei, jetzt noch einer.

Der riß es auch nicht mehr heraus! Auf den hätte man verzichten können. Bücher einbinden, Schulhefte beschriften, Griffel und Bleistifte spitzen, Schultasche einräumen.

Den Wechsel von Auf und Nieder, von Freiheit und Fron, der einen fürs ganze spätere Leben begleiten sollte, die kleine Weisheit, daß schöne Zeiten schnell vorübergehen, zuvor verdient werden müssen, am Ende der großen Ferien hat man sie zum erstenmal erahnt.

Schlechte Noten für einen Ehemann

Seit er die Nachbarskinder aus der Schule heraus und in den ersten Ferientag hineinstürmen sah, haben den Schwager nostalgische Gefühle erfaßt, und so sagte er zur Schwägerin: Ich tät viel drum geben, wenn ich wieder einmal Sommerferien bekäme.
Die kann ich dir zwar nicht geben, meinte sie darauf, denn dazu hast du die Altersgrenze schon zu weit überschritten. Aber, fuhr sie fort, ein Sommerschlußzeugnis könnt ich dir immerhin ausstellen.
Besser wie nichts wäre es schon, sagte der Schwager. Aber du mußt mich gerecht beurteilen. Du weißt doch, wie sensibel ich bin!
Ich werde dich nach bestem Wissen und Gewissen benoten, versprach sie, nahm Papier und Schreibzeug und zog sich in ihr Kämmerlein zurück.
Jetzt kamen dem Schwager aber doch Bedenken. Er klopfte an ihre Tür und sagte: Du, ich hab mir's überlegt, ich brauch eigentlich in meinem Alter kein Zeugnis mehr!
Doch, gerade in *deinem* Alter ist es wichtig, erwiderte sie und drängte ihn wieder aus dem Zimmer.
Für den Schwager verging eine bange Viertelstunde. Endlich erschien sie und schwenkte das Dokument triumphierend hin und her. Setzen! befahl sie.
Der Schwager sackte auf den Küchenhocker. Sie baute sich vor ihm auf und sprach wie folgt: Schüler Schneider, Sie haben gerade noch das Klassenziel erreicht. Wenn Sie Ihre Bemühungen im nächsten Halbjahr nicht inten-

sivieren, laufen Sie Gefahr, von der Schule relegiert zu werden!
Auf alles gefaßt, nahm der Schwager sein Zeugnis entgegen, faltete es dann jedoch schnell zusammen und sagte: Danke, Frau Oberstudiendirektor, aber ich werde es erst zu Hause lesen!
Keine Ausflüchte, rief die Schwägerin streng, außerdem bist du ja schon daheim!
Gegen diese Logik konnte der Schwager nichts einwenden. Er faltete das Zeugnis wieder auseinander und fing zu lesen an. Ah, ah, ah, ah, ah, ah! Ui, uiui, uiuiui! – Das durfte nicht wahr sein! Es begann mit einem Vierer in Betragen und war mit einem satten Fünfer in Fleiß noch lang nicht zu Ende.
Aber warum denn auch in Religion ein Fünfer?! rief der Schwager verzweifelt.
Wann hast du denn das letzte Mal bei mir gebeichtet? fragte die Schwägerin.
Was gebeichtet?
Alles! sagte sie drohend.
Auch in Geographie hatte er einen Vierer bekommen, weil er, wie die Schwägerin begründete, seit fünfzehn Jahren immer an den selben Urlaubsort fahre, ebenso in Kunstgeschichte, weil er seit Jahr und Tag weder Theater noch Konzerte mit ihr besuche, und gleichfalls in Mathematik, weil er sein Geld nicht einteilen könne.
Jetzt gib einmal Obacht, was ich mit deinem Zeugnis mache! rief der Schwager zornentbrannt und zerriß den Bogen in hundert kleine Fetzchen.
Darauf die Schwägerin: Nie hätte ich gedacht, daß dich so ein kleiner Scherz derart tief verwunden könnte. Kehre einstweilen die Papierschnitzel zusammen, ich komme gleich wieder!
Sie kehrte mit einem neuen Bogen in der Hand zu-

rück und sagte: Aus Versehen habe ich Ihnen, Schüler Schneider, das falsche Zeugnis ausgehändigt. Hier ist das richtige!
Ja, das war freilich etwas anderes: Betragen 1, Fleiß 1, Religion 1, Mathematik 1, Biologie 1, Physik 2, Chemie 2, Deutsch 1 und so vortrefflich weiter. Des Schwagers Augen leuchteten!
Frau Oberstudiendirektor, sagte er, ich danke Ihnen für Ihre gerechte Beurteilung und werde mich bemühen, Ihr in mich gesetztes Vertrauen auch in Zukunft zu rechtfertigen. Darf ich Ihnen bitte jetzt gleich einmal beim Geschirrabwaschen helfen und Sie bitten, mit mir heute abend eine kulturelle Veranstaltung Ihrer Wahl zu besuchen?
Schüler Schneider, sagte darauf die gewiefte Erzieherin und strich ihm belobigend übers graumelierte Haar, Sie sind außerordentlich lernfähig und haben eine rasche Auffassungsgabe! Nur weiter so!

Nicht den Vogel schlachten

Wir sollen: ihre Blumen gießen, ihren komischen Vogel betreuen, die Zeitung aus dem Kasten holen, ihre Post neben ihrem Telefon aufschichten, die Gemüsebeete im Garten spritzen, den Rasen mähen und das Schnittgut unter die Hecke streuen. Die Wohnung fallweise lüften und die Jalousien ja nicht herunterlassen, damit potentielle Einbrecher nicht auf den Gedanken kommen, das Haus sei unbewohnt.

Wir dürfen dafür: mit dem Wellensittich plaudern, die Zeitung, obwohl sie die gleiche ist wie die unsere, lesen und entsorgen und pro Urlaubswoche aus ihrem Garten sieben Tomaten und drei Zucchini ernten und für uns verbrauchen.

Wir sollen nicht (das wurde uns zwar nicht eigens gesagt, sprach aber aus ihren besorgten Mienen, als sie uns den Hausschlüssel übergaben): in ihren Betten schlafen, ihre Toilette und ihr Bad benützen, ihre Post lesen, den Schreibtisch aufbrechen und nach Geheimmaterial und Bargeld durchwühlen, ihre Schuhe, Anzüge und Kleider anziehen und weder ihren Kühlschrank noch ihre Kühltruhe ausräumen.

Was sie uns wohl nicht zutrauen: den Vogel schlachten und als Sonntagsbraten verzehren oder in ihren Räumlichkeiten eine Party für fünfzig Gäste veranstalten, um die eigene Wohnung zu schonen.

Inzwischen ist eine Woche vergangen, und die zweite werden wir wohl auch noch mit Anstand hinter uns bringen.

Den Wellensittich haben wir zu uns herübergeholt, damit er nicht seelisch verkümmert. Er darf den ganzen Tag Radio hören und abends fernsehen. Leider spricht er kaum mit uns, obwohl wir oft vor seinem Käfig stehen und „Hansi lieb“ hineinflöten. Manchmal krächzt er ungehalten vor sich hin. Die Schwägerin glaubt deshalb, daß unsere Nachbarn öfter Abträgliches über uns äußern.

Der Versuchung, ihre Toilette zu benützen, haben wir bisher widerstanden. Gerade in dieser Hinsicht möchte man sein gewohntes Flair nicht missen. Beim Blumengießen drüben hat der Schwägerin übrigens das blaugetüpfelte Ensemble im Kleiderschrank der Nachbarin sehr gut gefallen. Aber sie hat es doch nicht zum Klassentreffen am Donnerstag übergestreift.

Stell dir vor, hat sie gesagt, eine dieser alten Hexen schüttet mir Kakao oder Campari Soda drüber, nein, da zieh ich schon lieber den Ausverkaufs-Schrott an, den du mir zu Weihnachten geschenkt hast!

Die zugesagten Tomaten und Zucchini haben wir inzwischen geerntet. Wir haben natürlich die größten genommen, was sie im umgekehrten Fall auch immer tun. Tatsache ist, daß Früchte aus Nachbars Garten wirklich saftiger, aromatischer, besser schmecken. Das hatte der Schwager schon im Juli bei den Himbeeren festgestellt, die er nach Einbruch der Dunkelheit von zaunnahen Ranken hatte erbeuten können.

So wäscht eben bei uns eine Hand die andere. Jeder kann problemlos in Urlaub fahren, wenn's nicht über drei Wochen hinausgeht. Dann werden wir allerdings ungemütlich.

Aber sonst sind wir ein Herz und eine Seele und praktizieren, von was andere immer nur plappern: Nachbarschaftshilfe in Vollendung.

So ein loser Vogel!

Grüß Gott!
Grüß Gott, Sie wünschen?
Sie, ich hätt eine Frage. Ich fahr übermorgen in die Dolomiten, und da kann ich meinen Vogel aus technischen Gründen nicht mitnehmen. Könnten Sie ihn nicht vierzehn Tage behalten, natürlich gegen Pflegegeld?
Ja, Sie sind gut! Wir sind zwar eine Tierhandlung, aber in Kost nehmen wir fremde Tiere nicht. Da müssen Sie sich schon an eine Tierpension wenden!
Das hab ich ja gemacht. Aber es gibt keine reinen Vogelpensionen. Und die Hundepension, bei der ich war, hat den Nachweis verlangt, daß mein Hansi ein Vierbeiner ist. Aber den Nachweis hab ich nicht erbringen können.
Das glaub ich Ihnen gern. Aber haben Sie denn keine Verwandten, Freunde oder Nachbarn?
Das schon. Aber die nehmen ihn nicht. Mein Hansi ist nämlich ein sehr ausfallender Vogel.
Ein sehr ausgefallener Vogel, meinen Sie?
Nein, ein sehr ausfallender Vogel. Ein Vogel, der mit dem größten Vergnügen Unflat spricht.
Also ein Papagei?
Nein, mehr ein Wellensittich. Und jetzt will ich Ihnen etwas anvertrauen: Ich selber war es, der ihm das Sprechen beigebracht hat.
All diese ausfallenden Worte?
Das ist bloß deshalb, weil er sich die am leichtesten merken kann. Er hat einen ausgesprochenen Hang zum Vulgären.

Und da wollen Sie ihn ausgerechnet uns bringen? Damit er die Kundschaft beleidigt? Sie haben ja eine Meise!
Nein, wie schon gesagt, es ist ein Wellensittich. Am besten gelingt ihm übrigens das Wort: Meineidige Hausmoastadreckdrossel! Und drum hat ihn nicht einmal der Hausmeister behalten wollen. Die Leute sind ja so kleinlich!
Ihr Vogel scheint mir schon ein rechter Büffel zu sein! An Ihrer Stelle würde ich zu Hause bleiben und ihm sanftere Töne beibringen!
Das ist leicht gesagt! Koseworte passen nun einmal nicht in seinen vorlauten Schnabel. Das Harmloseste, das er bisher von sich gab, war: Dünnbrettbohrer! Aber meinem Nachbarn, einem Hobbyschreiner, war selbst das zuviel!
War er denn bei dem auch schon?
Nicht nur bei dem. Darum bin ich ja mit allen Nachbarn verfeindet. Die Witwe zur Linken hat er Tropfbierdotschn genannt, weil sie Aushilfskellnerin in einem Biergarten ist, das Zimmerfräulein zur Rechten Brentn, die wiegt nämlich über zwei Zentner, und das Ehepaar über mir, ausgerechnet Heimgartler, Roßbollnsammler und Kohlrabitandler. Wissen Sie, er differenziert sehr genau.
Das fällt aber alles mehr oder weniger auf Sie selber zurück. Wie der Herr, so 's Gscherr!
Könnten Sie ihn vielleicht nicht doch nehmen? Ich zahl Ihnen fünf Mark pro Tag!
Nein, unter keinen Umständen!
Und wenn ich ihn in der Nacht samt Käfig vor Ihre Tür stelle, was machen Sie dann?
In einem solchen Fall müßten wir den Vogel der Polizei übergeben!
Das würde ich Ihnen nicht raten! Ich hab der Polizei

auch schon einmal einen Vogel gezeigt. Das hat mich dreihundert Mark gekostet!
Machen S' doch, was S' wollen, aber lassen S' uns jetzt bittschön mit Ihrem saudummen Vogel in Ruh!
So, saudummer Vogel? Mit diesem Ausdrucksreichtum? Und Sie wollen ein Tierfreund sein? Am Vogelfutter verdienen, aber den gefiederten Sängern das Asyl verweigern!
Von Sänger kann in Ihrem Fall wohl keine Rede sein! Was Sie besitzen, das ist ein ausgesprochener Giftzwerg, ein Teufel in Vogelgestalt, ein ganz ungehobelter Lackl, Muhackl und Gloiffi, ein dreimal aufgmanndelter Korinthenkacker!
Wie hat das letzte geheißen?
Dreimal aufgmanndelter Korinthenkacker.
Vielen Dank! Die andern Ausdrücke, die Sie genannt haben, kennt mein Hansi schon alle. Aber der dreimal aufgmanndelte Korinthenkacker, der ist ihm neu. Den muß ich ihm gleich heut noch lernen. Und damit auf Wiedersehn!
Was heißt da auf Wiedersehn – beehren Sie uns ja nie wieder!

Die ledigen Kinder des bayerischen Löwen

Der bayerische Löwe, ehern oder steinern auf Sockeln stehend oder hockend, bekommt unentwegt Nachwuchs. Wie er das zustande bringt, möglicherweise durch nächtliches Sockelspringen und Herumstreunen mit bayerischen Löwinnen, soll hier nicht erörtert werden. Es gehört sich nicht, mit moralischem Besen vor der Tür des bayerischen Löwen zu kehren! Tatsache indes bleibt, daß seine ledigen Kinder immer zahlreicher, immer augenfälliger werden.

Zum Beispiel gestern: Der Schwager geht durch eine Stadtrandsiedlung, in der ihn bisher immer zwei kleine bayerische Löwen treuherzig angeblickt haben – einer von einer Steintreppe, der andere von einer Balkonbrüstung herunter. Doch nun sind es plötzlich deren vier. Einer der Neuzugänge sitzt auf einem Aschentonnenhäusl am Vorgartenzaun und hält sich keineswegs die aus Stein gemeißelte Nase zu, sondern den Passanten unentwegt das bayerische Wappen vors Angesicht, der andere schaut hinter einem Gartenzaun unverwandt in einen Hollerbusch.

Sogar Landhäuser und Vorstadt-Villen, vor denen *zwei* bayerische Löwen, offenbar Zwillinge, beidseitig der rustikalen Haustür hocken und sinnend ins bayerische Umland spähen, sind inzwischen keine Seltenheit mehr. Zunächst werfen die Katzen und Hunde der Umgebung mißtrauische Blicke auf die Fremdlinge und legen einen kleinen Umweg ein. Bald jedoch erkennen sie ihre Harmlosigkeit. Ein frecher alter Siamkater soll so einem kleinen bayerischen Löwen sogar schon einmal eine richtige Fotzn gegeben haben. Allerhand, gell!

Doch ähnliches passiert wohl auch ihren Vätern, jenen großen bayerischen Löwen, die etwa in der Landeshauptstadt vor Feldherrnhalle, Residenz und Oper herumstehen und dabei so tun, als wollten sie jeden Augenblick brüllen, indes ihnen die Tauben das Haupt tapezieren, daß manche schon ganz weißhaarig davon geworden sind.

Zum Schluß muß der Schwager noch ein kleines Geständnis ablegen. Auch er hat vor einiger Zeit so einen allerliebsten kleinen bayerischen Löwen entdeckt, nicht widerstehen können und nach Hause mitgenommen. Ausgerechnet in einem Steinmetzgeschäft war der ausgesetzt worden! Doch nicht nach außen muß bei ihm der stolze Kleine mit seiner schön ondulierten Mähne paradieren, sondern er darf im Wohnzimmer neben einer Glasvitrine sitzen, weißblauen Nationalstolz verbreiten und Repräsentationsaufgaben wahrnehmen.

Er hat sich nun schon so an uns gewöhnt, daß er – wenn man sagt: Wo is er denn, unser Leule? – mit seinem kleinen bayerischen Löwenschwanzl zu wedeln anfängt. Wenigstens kommt's dem Schwager so vor.

Freier Germane in der Oper

Bei schönstem Biergartenwetter trifft der Schwager einen Bekannten, dessen Birne vor Mißmut rot leuchtet. Trotz fünfundzwanzig Grad im Schatten trägt er einen schwarzen Samtanzug, den Hals hat er sich mit einer Krawatte zugeschnürt.
Beerdigung? mutmaßt der Schwager.
Wenn's bloß das wär, meint der andere. Aber mich hat's viel schlimmer erwischt. Ich muß heut abend in Don Carlos! Fünf Stunden permanenter Gesang!
Um ihn aufzurichten, ruft ihm der Schwager nach, daß *er* am Abend im Hirschgarten anzutreffen sei. Natürlich wundert er sich über diesen Zeitgenossen. Warum hetzt jetzt der dem spanischen Infanten nach, wenn er ihm so zuwider ist und überdies ihn als Bayern so gut wie nichts angeht? Sollte das wieder einmal einer jener vielberedeten Zwänge sein, von denen der Mensch unserer Tage auf Schritt und Tritt eingeengt wird?
Der Schwager gelobt insgeheim, niemals und unter keinen Umständen derartigen Zwängen nachzugeben. Koste es, was es wolle! Sein diesbezügliches Motto lautet: Wir wollen frei sein, wie die Väter waren!
Was ihn betrifft, so richtet er sich jetzt jedenfalls seelisch auf den Hirschgarten ein. Er kauft einen Kaas und einen Radi und eine Tüte voll Maurerloabi.
Wie er nach Hause kommt, findet er seinen schwarzen Anzug, ein plissiertes Hemd und ein neckisches Schleifchen auf dem Bett und die Schwägerin unter der Trockenhaube. Beeil dich, sagt sie, wir müssen in die

Oper. Don Carlos. Die Gabliceks haben uns Karten geschenkt.
Der Schwager glaubt, er hört nicht recht. Was? Don Carlos? Glaubst du vielleicht, daß ich mich gesellschaftlichen Zwängen beuge, die ausgerechnet die Gabliceks abschütteln und an uns weitergeben? Was fällt denn diesen Leuten überhaupt ein?
Die Gabliceks wollen doch nur deshalb nicht, weil *sie* nichts zum Anziehen hat, entgegnete die Schwägerin. Sie haben die Karten selber bloß von dem Oberministerialrat bekommen, der neben ihnen wohnt und bei dem die Frau Gablicek zweimal in der Woche saubermacht.
Ist doch *mir* Wurscht, empört sich der Schwager. So soll man die Staatstreue nicht übertreiben, daß man Staatsdienern, die dienstlich zum Besuch von Opern verpflichtet sind, ihre Stunden absitzt! Noch dazu bei der Hitz! Wer sind wir denn überhaupt?
Wütend feuert er den Kaas, den Radi und die Maurerloabi auf den Tisch. Ich bin ein freier Mensch, schreit er, frei hat mich Gott erschaffen, und frei gedenke ich zu bleiben und nicht zum Knecht der Ministerialbürokratie zu werden!
Um Gottes willen, ruft die Schwägerin, so hab ich dich ja noch gar nie erlebt! Bist du vielleicht zu lang in der Sonne gewesen?
Der Schwager hat nicht übel Lust, ihr den Radi hineinzurennen. Doch er bezähmt sich und sagt düster: Richt dich zsamm! Wir gehn in den Hirschgarten! Und den Don Carlos kannst dir an den Hut stecken!
Da erkennt sie natürlich schlagartig, daß ein freier Mann vor ihr steht, der auch überdimensionalen Zwängen die Stirn bietet, und bricht in wildes Schluchzen aus. Jedoch nicht vor Glück, sondern aus Verzweiflung.
Warum er ihr denn dann bloß das schöne grünseidene

Abendkleid gekauft habe, stößt sie weinend heraus, und er kann in der Tat keinen vernünftigen Grund dafür nennen. Es müsse wohl so etwas wie eine Kurzschlußhandlung gewesen sein.

Oh, wenn der Schwager, bei aller Härte gegen die ihn umlauernden Zwänge, nur nicht so ein weiches Herz hätte! Wenn er nur Weiber länger weinen sehen könnte ...

In der Opern-Pause trifft er auf den vom Zwange gezwickten Bekannten vom Vormittag. Natürlich ist der erstaunt, ihn hier zu sehen. Beide halten zwei Gläser Sekt in den Händen und schauen nach ihren lieben Frauen aus.

Eine kolossale Aufführung von hohem künstlerischem Niveau, bedeutet der andere dem Schwager. Der zahlt ihm mit gleicher Münze zurück: Eine bewundernswerte Leistung des ganzen Ensembles, nur die Stabführung könnte etwas straffer sein. So gut hab ich den Don Carlos noch selten erlebt!

Und der Hirschgarten? fragt der andere lauernd, und eine gewisse Schadenfreude in seiner Stimme ist unüberhörbar.

Man muß den banalen Zwängen des Alltags im höheren Interesse der Kunst auch einmal trotzen können, entgegnet der Schwager.

Jeder freie Germane hätte da wohl seine Freude an ihm gehabt!

Die Buh-Männer der Kulturszene

Selbstverständlich liest der Schwager Theater- und Konzertkritiken.
Es interessiert ihn aber dabei nicht so sehr, ob etwa der Regisseur die Schauspieler ins künstlerische Abseits geführt oder der Dirigent so taktlos war und das Durchschnittstempo weiß der Teufel wohin verschleppt hat. Nein, er will in erster Linie wissen: Ist gebuht worden oder nicht?
Leider schreiben die Kritiker dies nicht immer dorthin, wohin es dem zeitlichen Ablauf gemäß gehörte: an den Schluß. Manchmal bringen sie die Buhereien gleich am Anfang unter, manchmal verstecken sie sie auch mittendrin im Text. So daß dem Schwager meist nichts anderes übrigbleibt, als die Kritiken vom Anfang bis zum Ende durchzufilzen. Doch selten ein Schaden ohne Nutzen: Auf diese Art und Weise ist er mit der Zeit ganz schön kulturell beleckt worden.
Es gibt Glücksfälle, in denen nicht nur am Schluß, sondern auch zwischendurch schon gebuht wird. In Ekstase aber gerät der Schwager geradezu, wenn zusätzlich noch auf Hausschlüsseln gepfiffen wurde.
Lang anhaltende Beifälle, sogar Beifallsstürme, lassen ihn dagegen verhältnismäßig kalt. Denn zum Klatschen gehört nicht viel, es ist halt eine Gewohnheit wie Händewaschen. Klatsch, klatsch, klatsch – überall lassen sie ihn prasseln, den Beifall, vorne und hinten, links und rechts. Ist es nicht wie eine ansteckende Krankheit?
Der Buh-Rufer dagegen, das ist ein Kerl! Ungeachtet

seiner pikierten Nachbarn stößt er sein Buh hervor, das sich nur durch den anderen Anfangsbuchstaben vom Brüllen eines Rindviehs unterscheidet. Nein, für dieses enorme Eintrittsgeld läßt er sich nicht alles bieten! Was glauben die denn, wer er, der Buher, sei?

Einmal gebuht, öfter gebuht! Auf einem Bein steht man nicht, und auf einem Buh schon gleich gar nicht. Buh, buh, buh, buh! quillt es zum Entsetzen seiner Nebenleute aus ihm heraus. Sein Hals schwillt an, der Kopf ist weit vorgereckt wie bei einem röhrenden Hirsch. Es ist, als ob sich ein Buh am anderen entzündete, bis der Kunst-Protestler, nach Atem ringend, ein letztes Buh in Richtung Bühne röchelt.

Je einsamer der Buher, um so höher sein Stellenwert. Auch zwei, drei, vier, fünf Buher, im Theater verteilt, beweisen noch Unerschrockenheit. Bei fünfzig Buhern ist es schon keine solche Kunst mehr, und wenn hundert oder fast alle buhen, ist der Schwager geneigt, seine Sympathie nunmehr den paar versteckten Klatschern zuzuwenden. Mit großer Anteilnahme hat er gelesen, daß sich bei einer Premiere im Nationaltheater Bravorufer und Buhrufer eine regelrechte Phon-Schlacht geliefert hätten. Respekt, Respekt!

Wenn man aber nun den Schwager fragen würde, wie oft er selber schon gebuht habe, käme er freilich in die größte Verlegenheit. Von einer Probe vor dem Spiegel weiß er, daß er beim Buhen einen häßlich aufgeschwollenen Hals bekommt. Und so unvorteilhaft will er sich ausgerechnet im Theater natürlich nicht zeigen. Wenn vielleicht alle um ihn herum buhten, würde er wohl einstimmen. Aber als Solo-Buher – nein, da verließe ihn der Mut. Auch hätte er insgeheim Angst, daß die Schauspieler mit Regisseur und Bühnenbildner zurückbuhen könnten. Was dann?

Mag man nun den Schwager deshalb verdammen oder nicht: Er buht grundsätzlich nur innerlich. Aber dafür um so intensiver! Was er (nicht) von sich gibt, ist sozusagen ein Buh-Buh-Buh-Buh-Buh in Klammern.

Alkoholisches

Die einen lassen eine Blaskapelle das Lied vom Hofbräuhaus schmettern, in dem die Gäste zum Oans-zwoa-Gsuffa ermahnt werden, die andern, am Stammtisch, fragen provokativ: Habts a Hand frei? Nämlich um den Krug zu ergreifen und anzustoßen.

Hau ruck!
Nach Fürstenfeldbruck
und wieder zruck!

Auch dieser etwas rätselhafte Spruch wird in und um München gerne abgelassen, wenn die Krüge aufeinanderrumpeln. Wieder andere beginnen mit erhobenem Gefäß feierlich im Chor zu singen:

Stoßet an mit harmonischem Klange,
stoßet an, stoßet an!

Mag schon sein, daß Trinken den Geist beflügelt, wie uns nicht wenige Schriftsteller, die gerne am Tropf hingen, bis zur Leberzirrhose hin bewiesen. Mag schon sein, daß es die Zunge lockert, wie uns immer wieder lautstarke Diskussionen am Wirtshaustisch zeigen. Aber hängt sie nicht am Ende wie ein Klumpen Blei in der Goschn? Der Rausch läßt grüßen!
Hier nun gilt es zu unterscheiden zwischen Schwips, Dampf, Nickl, Wurf und Vollrausch. So beseligend ein Schwipserl sein kann, so niederschmetternd der große Rausch! Das eine ein leichter Schwinger, der andere wie ein Kinnhaken von Axel Schulz. Schwankend und lal-

lend steigt man aus dem Ring, wenn man nicht gar von einem Sanitäter in einer Ausnüchterungszelle ausgezählt wird. Warnsignale aus Flensburg werden nicht mehr wahrgenommen, man fühlt sich wie Michael Schumacher, obwohl man das falsche Benzin getankt hat, und das noch dazu in Überdosis.
Ein passender Vers dazu heißt:

Guter Mond, du ziehst dahin,
hast keinen Grund zur Klage.
Du bist im Monat nur einmal voll,
wir sind es alle Tage!

Richtig: Wer niemals einen Rausch gehabt, der ist kein braver Mann. Aber wer immer wieder einen hat, der hat echt einen in der Krone!
Früher gab's die berüchtigten Freitagsräusche, als der kleine Mann seinen halben Wochenlohn versoff, um sein karges Dasein für ein paar Stunden zu vergessen. Heute sitzen manche still zu Hause und rühren den täglichen Fernsehschmarrn mit Bier, Wein oder Schnaps an, um ihn erträglicher zu machen.
Seltsam ist, wie verschieden reichlicher Alkoholgenuß auf Menschen wirkt. Der eine haut seinem Gegenüber den Maßkrug auf den Schädel, der andere steckt der Kellnerin zum Dank für den servierten Ruaß einen Zwanzger in den Ausschnitt. Auch bezüglich der Gesundheit gibt es verschiedene Typen:

Wird einer früh vom Tod getroffen,
dann heißt's, er hat zuviel gesoffen.
Stirbt aber einer von den Alten,
dann heißt's, den hat das Bier erhalten.

Viele Wirtschaften sind nach Bäumen benannt; die Linde, die Eiche und der Tannengarten lassen grüßen. Woanders geht die Alte und die Neue Post ab, auch Adler, Tauben und Eulen nisten da und dort an Straßenecken. In einem Zwitscherstüberl hörte der Schwager einmal folgende Wechselrede zweier Zecher, die wie ein Ritual zelebriert wurde:

I sauf di o!
Sauf her auf mi!
's guit dei Wohl!
Des dei wia 's mei!
Soist scho lebn aa!
Bereits!

Der Kampf ums tägliche Bier

Jetzt hab ich schon die zweite Halbe, sagt der Schwager vorwurfsvoll, und gestern abend warn's sogar drei. Wie soll ich denn da abnehmen?
Indem du weniger trinkst, meint die Schwägerin, die von der Verführungskraft des Gerstensafts offenbar keine Ahnung hat.
Im Grunde bist an allem bloß du schuld, meint der Schwager. Weil du das Bier nicht flaschenweise kaufst wie andere Hausfrauen, sondern einfach gleich im Tragl bringen läßt.
Und da kannst du dich dann nicht zurückhalten, du Schwächling, gell? Und drum bin *ich* jetzt das Karnickel!
Wenn kein Bier im Haus ist, kann auch keins getrunken werden, doziert der Schwager.
Aber wehe, wenn dann wirklich einmal keins daheim ist! Da heißt's dann gleich: Zu diesem Essen gehört unbedingt ein Bier, das sollte eine perfekte Hausfrau wissen!
Zu einem Schweinsbraten oder, was noch öfter vorkommt, einem Blutwurstgröstl kann ich keinen Tee trinken!
Können tätst schon, aber mögen tust nicht!
Schau, sagt der Schwager traurig und trinkt sein Krügl aus, jetzt ist die zweite Halbe auch schon wieder weg. Weißt, was ich jetzt tu?
Mineralwasser trinken?
Schmarrn! Das dritte Flaschl hol ich mir. Ja, ich geb's zu:

Ich bin schwach, aber ich find leider bei dir keinerlei Unterstützung, keinen Halt!

Jetzt will ich dir mal was sagen, meint die Schwägerin. Du weißt ganz genau, das ich eine Zeitlang Bier bloß flaschenweise heimgetragen hab. Und was war die Folge? Wenn die erste Halbe weggeputzt war, dann hat's kaum fünf Minuten gedauert, und ich hab zum Wirt rennen können um die zweite. Und manchmal später sogar noch um die dritte. Bin ich vielleicht ein Bier-Sherpa?

Der Schwager nimmt einen tiefen Schluck.

Das nicht, sagte er, aber wenn du das Bier schon aus Bequemlichkeit traglweise kommen läßt, dann solltest du wenigstens mit psychologischen Tricks arbeiten.

Soll ich vielleicht Etiketten draufpappen, auf denen „Apfelsaft" steht?

Nein, aber verstecken könntest du es. So verstecken, daß ich es nicht find. Und wenn mich wirklich einmal ganz schrecklich dürsten sollte, dann gehst du still hinaus und holst ein Flaschl.

Soll ich das Tragl vielleicht in mein Bett unter das Plumeau stecken?

Nein, da nicht. Da wird es zu warm. Versteck es lieber im Einbauschrank im Gang. Da bleibt es schön frisch.

Und du findest es gleich, höhnt die Schwägerin. Ich sag dir, fährt sie fort, ich kann das Tragl gar nicht so gut verstecken, daß du es nicht doch fändest. Wenn du deinen Durst hast, dann bist du wie ein Bluthund!

Der Schwager fletscht die Zähne. Hättest du wenigstens „wie ein Bierdackl" gesagt, meint er verbittert.

Mit hervortretenden Augen stiert er in seinen Krug, der schon wieder leer ist, und leckt mit weit heraushängender Zunge ein Restchen Schaum vom Rand.

Bleifreie Kasperl-Limo

Nicht immer, aber immer öfter? Gehört der Schwager etwa auch zu jenen Alkohol-Abtrünnigen, die sogenanntes Bleifreies trinken, das ein Spezi von ihm, ein gestandener Landbraumeister, schlichtweg Kasperl-Soach nennt?
Also, die Sache ist so: Nicht immer und auch nicht immer öfter, aber so manches Mal doch greift der Schwager zu einer jener schlanken Flaschen, die sich äußerlich nur durch das Wörtchen „alkoholfrei“ vom herkömmlichen Gerstensaft unterscheiden. Sogar nach dem Reinheitsgebot aus dem Jahr 1516 wird das kalorienarme Schlanke gebraut.
Schon etliche waschechte Bayern haben dem Schwager in einer schwachen Stunde gestanden, daß man das Bleifreie in Notsituationen, z. B. um seinen Führerschein nicht aufs Spiel zu setzen, ausnahmsweise trinken könne, ohne dadurch seiner Stammeswürde und Stammwürze für immer verlustig zu gehen. Allerdings: Kalt müsse es serviert werden, eiskalt! Denn warm schmecke es wie ... – und wieder fällt der stark abwertende Ausdruck des schon erwähnten Braumeisters.
Der Schwager muß zugeben, daß das Thema für ihn besonders heikel ist. Nicht wegen etwaiger Starkbier-, Biergarten- oder Wiesnzeit, sondern weil sein Großvater Brauerei-Sattler bei der Hackerbrauerei war. In jenen Tagen wurde das Bier noch mit Pferdefuhrwerken in die Wirtschaften kutschiert, und sein Großvater hatte alle Hände voll zu tun, um das Lederzeug für die schwe-

ren Bräurösser in Schuß zu halten. Völlig zu Recht wurde ihm, neben seinem Lohn, dafür auch regelmäßig Freibier ins Haus geliefert, und nicht nur das, auch ein paar Stangen Eis wurden in den dritten Stock geschleppt für seinen Eisschrank. Denn wenn ein echter Brauerei-Sattler etwas verabscheute, so war es lauwarmer ... – nun, Sie kennen den Ausdruck inzwischen schon zur Genüge.

Jedenfalls lernte der Schwager aus seines Großvaters Maßkrug schon früh die Vorzüge gut gekühlten und süffigen Bieres kennen und schätzen. Als er dann freilich abrupt von der Schule zunächst in eine Kaserne, dann in den Kaukasus und schließlich in ein Lazarett versetzt wurde, schulte man ihn auf dünnen Tee um. Bier sah er nur noch in wirren Oktoberfest-Träumen schäumen.

In jener traurigen Zeit ist der Großvater nach kurzer Krankheit verstorben. Irgendwas mit der Leber, teilte man dem Schwager auf einer Feldpostkarte mit.

Zu denken gegeben hat ihm das in den ersten Jahrzehnten nach dem Krieg keineswegs. Zu jenen ungeselligen Unbraven wollte er absolut nicht gehören, die niemals einen Rausch gehabt.

Als er dann aber anstatt an Weisheit bloß noch an Gewicht zunahm, man sein Bäuchlein hämisch Brauereigeschwür nannte und er im Wartezimmer eines Arztes, in einer medizinischen Zeitschrift blätternd, auf die Leberzirrhose stieß, runzelte sich doch nachdenklich seine Stirne. Das war damals, als gerade das erste Alkoholfreie in den Getränkemärkten auftauchte. Und als er sich da einmal unbeobachtet fühlte, griff er zu und schleppte erstmals so ein Tragl nach Hause.

Ja, und seitdem trinkt er es, das Bleifreie. Nicht immer, auch nicht immer öfter, aber immer wieder einmal zwischendurch. Selbst der erwähnte Braumeister hat inzwischen seine Meinung revidiert: Frisch aus dem Kühlschrank schmecke es nur noch nach Kasperl-Limo. Immerhin ein Fortschritt!

Die Faust im Nacken

Von der Frau des Komponisten Richard Strauss wird behauptet, daß sie, während der Meister komponierte, von Zeit zu Zeit in sein Arbeitszimmer eindrang und die Bogen nachzählte, die er mit Notenköpfen beschriftet hatte. Waren es ihrer Meinung nach genug, so nickte sie zufrieden mit dem Kopf und zog wieder ab. Waren es aber ihrer Meinung nach zu wenige, dann schimpfte sie mit ihm. Nicht, daß sich der Schwager mit dem großen Richard Strauss vergleichen möchte. I woher denn! Aber die Schwägerin, die hat schon eine verdammte Ähnlichkeit mit der Frau des Meisters!
Kaum sitzt der Schwager eine Weile an seinem Tisch, um den „Schwager" zu schreiben, streicht sie auf einmal ganz verdächtig um ihn herum und versucht, ihm über die Schulter zu schauen.
Ist was? fragt er.
Du hast ja noch keine einzige Zeile auf dem Papier, nörgelt sie. Ich glaub, du spielst nur mit deinen Bleistiften rum und träumst in die Gegend, anstatt ernsthaft zu arbeiten.
Entschuldige, sagt der Schwager, aber mir fällt absolut nichts ein!
Denk doch auch ein bißchen an deine Familie, tadelt die Schwägerin.
Ich denk ja unentwegt an sie, mault der Schwager. Das ist ja der Grund, warum mir nichts einfällt!
Du könntest etwas über die Fremden schreiben, schlägt die Schwägerin vor. München ist zur Zeit voll von ihnen.

Bleib mir mit denen vom Leib! Die rennen mit ihren Fotoapparaten durch die Stadt, knipsen uns alle Sehenswürdigkeiten weg und fahren dann damit zollfrei wieder nach Hause.
Und die vollen Fremdenbetten? Sind die nix? Was sich allein in diesen Betten so alles tut!
Soll ich mich vielleicht auf Pornographie verlegen?
Pornographie hat immer ihre Leser, sagt die Schwägerin, in guten wie in schlechten Zeiten.
Plötzlich hat der Schwager eine Idee und fängt flüssig zu schreiben an:
Brian schlug das Herz bis zum Hals herauf. Er spürte Astrid hautnah unter der Decke. Eine wilde Zärtlichkeit wallte in ihm. Er legte seine sehnigen Arme um ihren Nacken, über den das Gold ihrer Haare fiel, brachte seine Lippen so dicht an die ihren, daß man keine Ansichtskarte mehr dazwischen hätte stecken können, und sagte, als ihn ihr heißer, stoßweiser Atem traf: Mußtest du denn unbedingt noch diesen Münchner Wurstsalat mit seinen gräßlichen Zwiebeln essen? Oh Himmel, jetzt bin ich von einem Augenblick zum anderen impotent geworden!
Die Schwägerin hat mitgelesen. So was kannst du nicht schreiben, sagt sie, das ist erstens unappetitlich und zweitens sehr unwahrscheinlich.
Du hast eben noch keine Frau geküßt, die kurz vorher Wurstsalat gegessen hatte, sagt der Schwager.
Aber du schon, gell? Wann und wo war denn das, wenn ich fragen darf?
Im Moment könnt ich dir das gar nicht sagen, weicht der Schwager aus.
Wer A sagt, muß auch B sagen, fordert darauf die Schwägerin mit aller Härte.
Also gut, das muß im September 1968 gewesen sein, und

zwar kurz nachdem ich und die Betreffende die Alte Post in Hierlaching verlassen haben.
Und wer war diese unmögliche Person?
Niemand anderer als du, sagt der Schwager. Erinnerst du dich denn nicht mehr?
Aber soviel ich noch im Kopf hab, zurückgeschaudert bist du nicht!
Weil ich die Gabe der Beherrschung habe, erwidert der Schwager.
Dieses ganze Gerede bringt nichts, meint die Schwägerin. Ich geh jetzt zum Einkaufen. Und bis ich wiederkomm, möcht ich was auf diesen Blättern sehen!
Der Schwager sitzt wieder solo im Zimmer, allein mit seinen Bleistiften und den vielen, vielen leeren weißen Blättern. Und obwohl er sich jede Kritik an Richard Strauss streng versagen möchte: Für gewisse gequälte Passagen im Werk des Meisters gewinnt er zunehmend Verständnis.

Leberkäs-Laudatio

Über den Kaas, der auf der Zunge der Norddeutschen zum Käse verkommt, hat Joseph Maria Lutz schon einmal ein streng duftendes Loblied geschrieben.
Dem Leberkäs wurde, soviel der Schwager weiß, diese Ehre noch nie zuteil, er wurde einfach links liegengelassen, blieb außen vor, wie das Käse-Esser, aber niemals Kaas-Esser ausdrücken würden. Ja kruzitürkn, gehört er denn nicht zu den Grundnahrungsmitteln der Bayern, ist er nicht, neben der Weißwurst, das Brotzeitschmankerl Nummer eins, ohne das Maurer und Maler, Schreiner, Dachdecker und Installateure den Krempel hinschmeißen würden?
Es hat einmal ein volles Jahr gegeben, in dem sich der Schwager des Leberkäs enthalten hat – aus enttäuschter Liebe! Weil er in einem Wirtshaus einen Leberkäs serviert bekommen hatte, dem weder süßer noch scharfer Senf sein Ranzeln austreiben konnten.
Seitdem ging er an so manchem Metzgerladen vorbei, aus dessen Auslage ihn dampfende Leberkäs-Laibe anzumachen versuchten. Auch auf den Speiskarten der Gasthäuser tauchte er immer wieder auf. Nix da, dachte der Schwager und bestellte Cordon bleu. Das war echt bleu bzw. blöd von ihm! Als er kürzlich beim Vaas einkehrte, merkte er endlich, was er versäumt hatte. Die Küche war schon geschlossen. Aber an guatn Leberkaas hätt ma no, sagte der Hanse, der Wirt. Dem Schwager sträubten sich die Haare, aber in der Not frißt der Teufel bekanntlich Fliegen!

Machen wir's kurz: Es war ein Leberkäs vom Feinsten, vor dem sich Shrimps, Kaviar und Austern verkriechen hätten müssen! Und der Senf dazu!
In seiner Euphorie beschloß der Schwager, zur Buße eine Leberkäs-Laudatio zu schreiben.
Um sich sachkundig zu machen, blätterte er zunächst in seinem vierundzwanzigbändigen Lexikon. Oh Schreck, dort taucht er erst gar nicht auf, nur das Leberblümchen, der eklige Leberegel und die abscheuliche Leberzirrhose werden einer Würdigung wert befunden.
Zum Glück hat die Schwägerin zweiunddreißig Kochbücher im Regal stehen, und daraus erfuhr er nun immerhin, daß Leberkäs aus einem Brat von Rind (Stier) und Schwein und vielen Gewürzen hergestellt wird. Und daß sich altbayrische Metzger erfolgreich gegen Verbraucherverbände behaupteten, die verlangt hatten, daß namensgemäß Leber – auf den Kaas verzichteten sie großmütig – in ihm enthalten sein müßte.
Auch in der Bierwurst sei kein Bier und in der Wollwurst keine Wolle enthalten, hatten die Leberkäs-Dompteure gekontert. Und ist in der Königinsuppe schon jemals eine Queen geschwommen? hätte der Schwager frotzelnd hinzugefügt.
Aber das ist alles noch kein Lobgesang. Also schickte er die Schwägerin zum Metzger (es war gerade Brotzeit-Time) um einen Ranken warmen Lebenkäs, und nachdem er den mit zwei Loawen und süßem Senf verputzt hatte, floß ihm wie von selbst folgendes nahrhafte Poem aus der Feder:

Dampfa wiar a oida Dampfa,
Krustn wiar a Krataschlund,
so a Scherzl awimampfa
macht 'as Herzal wieda gsund!

Auf an Brettl muaßt 'n lagern
und in Würfe schneidn her,
besser is's, du nimmst an magern,
na kriagst gwieß hernach koa Gscherr.

Mit 'm Messa fahr in d' Brocka,
ja net auf 'n Senf vagiß,
und bis owi in de Socka
gspürst 'n na, den erstn Biß.

Raucha duat a wiar a Meila,
löschn konn ma mit a Maß.
Liaba wiar a Zahn, a steila,
is uns no a Leberkaas!

Gespräch mit einer Ameise

Eine Ameise wuselt über den Biergartentisch, erklimmt den Brotzeitteller des Schwagers, späht über den Rand und speichert in ihrem Kleinsthirn: gemischter Preßsack in Essig und Öl. Dann umrundet sie den Maßkrug und registriert: Reste einer Russenmaß. Schließlich besteigt sie seinen Daumen, vermutlich um zu erkunden, ob er zu einer weiblichen oder männlichen Pratzn gehört.
Du lebst gefährlich, Kleine, spricht sie der Schwager an. Erst hüpfst du auf meinem Teller rum, dann kitzelst du mich auch noch. Ein anderer hätte dich längst eliminiert!
Zu seinem maßlosen Erstaunen fängt das kleine Biest zu sprechen an: Entschuldige, sagt es, ich tu's ja nicht aus eigenem Antrieb, sondern auf allerhöchsten Befehl.
Auf wessen Befehl? fragt der Schwager zurück.
Auf Befehl meiner Königin. Ich gehöre nämlich dem geheimen Nachrichtendienst unseres Staates an und habe den Auftrag, die Freß- und Saufgewohnheiten der Besucher dieses Biergartens zu erkunden.
Aha. Und wie sind diese Gewohnheiten?
Abscheulich! Mein Volk würde dergleichen niemals anrühren. Wenn wir Hunger haben, fressen wir Larven, wenn wir Durst haben, melken wir Läuse.
Pfui Deife! ruft der Schwager entsetzt. Ihr tut mir ehrlich leid! Jetz probier einmal das da ... – Er schüttet ein winziges Lackerl aus seinem Krug auf die Tischplatte, und die Mini-Spionin verläßt tatsächlich seinen Daumen und beginnt an dem nassen Fleck zu zuzeln.

Öha, sagt sie, das kann man ja zur Not trinken. Aber bei Vollbier hab ich das letzte Mal meine Beine furchtbar durcheinandergebracht und auf dem Heimweg dauernd kichern müssen.
Das ist mir auch schon öfter passiert, gesteht der Schwager. Aber sag einmal, dein Auftrag ist ja wirklich lebensgefährlich! Auf fremden Tellern schnüffeln, da droht dir doch jedesmal Mord und Totschlag!
Wir Ameisen sind bereit, für unsere Königin jederzeit Leib und Leben zu lassen!
Ja, so blöd waren wir auch einmal, murmelt der Schwager, um fortzufahren: Und was sagst du dazu, daß euch Arbeits-Ameisen nicht einmal ein geregeltes Triebleben gestattet ist?
Das betrachten wir als großen Vorteil, denn dadurch bleibt uns viel Kummer und Verdruß erspart.
Da liegst du nicht einmal ganz so falsch, sagt der Schwager. Und was wirst du heute deiner Queen melden?
Daß der Fraß im Biergarten schauderhaft, im gegenüberliegenden Café aber erste Sahne ist.
Ja, spionierst du denn auch in Cafés?
Freilich – und viel lieber als hier. Besonders liebe ich Käsesahne. Meine Königin übrigens auch. Schon dreimal hab ich den Auftrag gehabt, ihr ein paar Brösel davon mitzubringen.
Das brave Tier ließ, nachdem es sich verabschiedet hatte und im Untergrund verschwunden war, einen sehr nachdenklichen Schwager zurück.
Mißtrauisch betrachtete er seine Preßsack-Reste und schielte dann sehnsüchtig über den Zaun zum nahen Café hinüber. Als regierender Ameisenkönig hätte er jetzt seinem Volke allerdurchlauchtigst die sofortige Herbeischaffung von drei Stück Käskuchen befohlen.

Waldeslüste

Gib fei obacht, daß d' net in Woid neikimmst! sagt man zu einem, der auf dem besten Weg ist, sich gründlich zu verrennen.

Zugegeben: Im Wald kann es finster sein und ungemütlich werden, und deshalb spitzen Angsthasen die Lippen zum Pfeifen nicht nur, wenn sie in den Keller gehen, sondern auch im Waldesdunkel. Obwohl der Raubmörder Kneißl, wenn er noch leben tät, da erst recht auf sie aufmerksam würde.

Ist das In-den-Wald-Hineinkommen aber nicht auch etwas Schönes, Erhebendes, Erholsames, Romantisches, Poetisches? Wer hat dich, du schöner Wald, aufgebaut so hoch da droben? fragt der Dichter, und wir antworten ihm, ohne lange überlegen zu müssen: Er selber, der Schöpfer!

Obwohl in der Großstadt geboren, hat der Schwager bereits als Kleinkind mit dem Wald Bekanntschaft geschlossen. Per Sonntagsausflug in den Sauerlacher Forst verfrachtet, wurde er in einer Lichtung auf eine alte Decke deponiert, während seine raffgierige Familie nach Himbeeren grapschte, Reherl und Steinpilze jagte und sogar vor dem Sammeln von Tannenzapfen als Anheizmaterial für den Küchenherd nicht zurückschreckte. Noch keinen Tropfen Alkohol im Blut, wurde er dennoch von lüsternen Bremsen vernascht und von kleinlichen Ameisen angepinkelt, aber dafür zum Trost auch manchmal von einem Schmetterling angeflogen und auf die Wange geküßt.

Später wurde auch er mit einem Becher ausgerüstet und im Beerenpflücken ausgebildet. Bei diesen Raubzügen in den Staatsforsten, die über Mutters Hand zu süßen Geleefreuden führten, konnte es nicht ausbleiben, von Blindschleichen, Ringelnattern, Kreuzottern und ähnlichem Gesocks angezwidert zu werden. Gegen seine schnellen Stiefel, deren Fersen er ihnen blitzartig zeigte, waren sie allerdings machtlos.

Heikler wurde es, als der Schwager siebzehn wurde und mit einer gewissen Hilde plötzlich erkannte, daß der Wald außer Beeren und Schwammerl auch noch andere Vorteile hat, z. B. seine absolute Verschwiegenheit (siehe auch „Das Schweigen im Walde" von Ludwig Ganghofer), gepaart mit guten Versteckmöglichkeiten. Wer in diesem Alter nicht auch zu zweit allein die offene, von allen Seiten einsehbare Prärie klopfenden Herzens verlassen hat und entweder zaghaft oder wild entschlossen zum Küssen und Kosen in die Waldeseinsamkeit abtauchte, der werfe den ersten Tannenzapfen auf ihn!

Und hier ist nun auch endlich einmal Gelegenheit, den Wildschweinen, Rehböcken, Hirschen und Oberförstern Dank und Anerkennung auszusprechen, weil sie immer diskret Abstand hielten. Und wenn wirklich einmal ein Eber durch die Zweige äugte, zog er sich schnell wieder zurück und trabte kopfschüttelnd davon.

Wenn heute der Schwager in den Wald geht, ist seine ehemalige Verlobte zwar meistens auch mit dabei, aber ihre Jacken breiten sie schon lange nicht mehr aufs Moos.

Ihr dringendes Verlangen ist vielmehr auf eine frische Maß und eine Brotzeit in der wohlbekannten Waldwirtschaft gerichtet. Die Waldeslust hält eben für jeden Lebensabschnitt spezielle Höhepunkte bereit.

Wenn du zum Weibe gehst ...

Wenn du zum Weibe gehst, vergiß die Peitsche nicht! Von einem Revolver hat Nietzsche nichts gesagt. Ein Mann, so steht in der Zeitung, hat jetzt seiner Gefährtin in den Hintern geschossen, weil sie ihm das Bett nicht aufgedeckt hatte. Rohe Kerle gibt's, nicht zu glauben. In den Po geschossen! Wenn's wenigstens der gleichnamige Fluß gewesen wär!

Der Schwager beschließt, über diese Sache einen „Schwager" zu schreiben. Denn so geht's nicht! Selbst die philosophisch empfohlene Peitsche gehört seiner Meinung nach nicht zu jenen Dingen, mit denen man dem zarten Geschlecht gegenübertritt.

Niemals käme der Schwager auf die Idee, die Schwägerin mit der Goaßl ... – niemals! Besonders nicht jetzt, da sie gerade seine Hemden bügelt.

Der Schwager beugt sich über sein Blatt und schreibt: Ob Nietzsche, dem die Frauenseele ein ewiges Rätsel blieb, jemals echte, treusorgende Liebe erfahren hat, kann mit Fug und Recht ...

Nein, so geschwollen geht's nicht! Alles was Fug und Recht ist!

Mach mir bitte Zitronenlimonade, sagt der brütende Schwager zur Schwägerin. Vielleicht läuft's dann besser!

Du siehst doch, daß ich bügle, entgegnet sie.

Dann mach ich sie mir eben selber, sagt der Schwager barsch. Sie soll ruhig wissen, wer der Herr im Hause ist.

Sind das ungespritzte Zitronen? ruft der Schwager aus der Küche.

Schmeck's, Kropferter! hallt es zurück. Manchmal hat die Schwägerin eine sehr burschikose Ausdrucksweise. Nun stimmt es ja, daß der Schwager einen kleinen Kropf hat; eigentlich ist es mehr ein Satthals. Trotzdem: So spricht man nicht mit dem Ernährer der Familie, so nicht!

Ich hab dir schon hundertmal gesagt, daß du nur ungespritzte Zitronen kaufen sollst! schreit der Schwager zurück. Hast du verstanden?

Dein Geplärr ist nicht zu überhören! entgegnet die Schwägerin. Aber glaub bloß nicht, daß du wirklich ungespritzte bekommst, wenn du sie verlangst. Die geben dir einfach, was sie gerade haben. Ob gespritzt oder nicht. Wer will das schon kontrollieren?

Wir leben heute offenbar in einer Zeit, in der man nicht einmal mehr den Obsthausierern trauen kann!

Der Schwager trinkt von seiner handgemachten Limonade und fühlt sich sofort leicht vergiftet. Keine leichte Aufgabe, in einem solchen Zustand einen „Schwager" zu schreiben.

Ich weiß gar nicht, was du immer mit deinen Hemden machst, sagt die Schwägerin. Alle Kragenecken sind abgestoßen.

Entschuldige, sagt der Schwager, ich mache gar nichts damit. Ich trage sie und arbeite darin – und zwar oft bis zum Überdruß!

Mein erster Mann hat nie so abgestoßene Ecken heimgebracht!

Vielleicht hast du dem bessere Hemden gekauft als mir, sagt der Schwager erbost. Oder sie schonender behandelt? Du mit deinen streichelweichen Händen!

Jetzt wirst du ausfallend, sagt die Schwägerin. Aber wenn du meinst, kannst du dir deine Hemden gern selber bügeln!

Sie knallt das Eisen auf das Bügelbrett, trinkt des Schwagers Limonade aus und rauscht aus dem Zimmer.
Der Schwager wendet sich wieder seiner Arbeit zu. Er streicht das bisher Geschriebene aus und schreibt: Friedrich Nietzsche, dieser große Denker, dürfte einer der wenigen Männer gewesen sein, die in die Abgründe des weiblichen Herzens ...
Aber horch, brandelt da nicht etwas? Natürlich haben es die Leserinnen längst erraten, und auch dem Schwager fällt nichts Besseres ein: Das Bügeleisen hat ein Loch in den Bügelbrettbezug gesengt! Er reißt den Stecker aus der Dose und pfeift gellend durch die Finger. Jetzt wird es sich herausstellen, ob die Schwägerin auf 'n Pfiff geht.
Sie geht nicht. Sie ist überhaupt nicht da. Ausgeflogen. Hat ihn einfach in der Gefahr sitzenlassen!
Der Schwager könnte sie jetzt anzeigen wegen versuchter Brandstiftung. Aber er tut's nicht. Er sprengt mit dem Stemmeisen eine Leiste vom Küchenkasten ab. Dann kerbt er sie an einem Ende ein. Und nun befestigt er daran eine Schnur. Wer einigermaßen geschickt ist, kann sich im Bedarfsfall auch eine solche Peitsche machen.
Der Schwager schnalzt probeweise in der Luft herum, da kommt die Schwägerin zurück.
Stell dir vor, sagt sie, endlich habe ich garantiert ungespritzte Zitronen bekommen. Aber was machst du mit meiner Küchenkastenleiste?
Weißt du, ich schreib gerade einen Artikel übers ... – Drallern. Und da habe ich mir zur Anregung eine kleine Peitsche gemacht, wie wir sie als Buben ...
So, und deshalb ruinierst du meinen Küchenkasten? Gleich gehst du in deine Ecke und schreibst den „Schwager" fertig!
Ein und besonders sein Weib zu peitschen ist leichter gedacht als getan!

Seitensprünge

Die meisten Bundesbürger finden nichts mehr an einem Seitensprung, liest der Schwager der Schwägerin aus der Zeitung vor, und sein Kommentar dazu lautet: Endlich einmal eine erfreuliche Nachricht. Oder bist du anderer Meinung?
Allerdings, sagt die Schwägerin. Es sei denn, es gilt gleiches Recht für alle. Auf deutsch: Wenn du darfst, dann darf ich auch!
Aber natürlich darfst du, wenn du dich traust. Sooft du willst sogar. Allerdings ist es leider fast noch überall verboten.
Wieso verboten? Meinst du von Gesetzes wegen oder mehr aus moralischer Sicht?
Weder noch, erklärt der Schwager. Das Verbot ist althergebracht. Ich habe es nie anders gewußt, als daß der Seitensprung nicht gestattet wird – zumindest öffentlich.
Du sprichst in Rätseln!
Also paß einmal auf: Seitensprünge wären an und für sich zwar nicht notwendig, aber sie entsprechen eben einem menschlichen Bedürfnis. Und wenn sie verboten sind, werden sie noch verlockender.
Ja, gibt die Schwägerin zu, das haben Seitensprünge so an sich. Aber wie kommst du auf die Idee, daß ich mich eventuell nicht trauen würde?
Wegen des Aufsichtspersonals, sagt der Schwager. Wenn du bestimmt wüßtest, daß das Aufsichtspersonal nicht aufpaßt, dann würdest du dich wahrscheinlich schon trauen. Aber sonst ist es fraglich.

Einen Schmarrn redest du zusammen, das ist sagenhaft!
Aber du würdest dich natürlich auf alle Fälle trauen?
Ich weiß nicht so recht, meint der Schwager. Sehr wahrscheinlich würde ich mich auch nicht trauen. Wenigstens heute. Früher war das was anderes!
Aha, du gibst deine Schandtaten jetzt endlich zu, ruft die Schwägerin blitzenden Auges. Und wie viele solcher Seitensprünge waren es insgesamt? Gestehe endlich, du Schurke!
Warum leugnen? Zwei- bis dreihundert waren es bestimmt!
Die Schwägerin starrt den Schwager fassungslos an. Und das wagst du mir ins Gesicht zu sagen? Du, du, du ...
Mäßige dich, beschwichtigt der Schwager. Ich hab dir doch gerade vorgelesen, daß die meisten nichts mehr dabei finden. Willst du dich denn dieser Mehrheit nicht anschließen?
Das tät dir so passen! Aber wann war denn das, daß du mich so schnöde betrogen hast? Hast du vielleicht gar schon nach den Flitterwochen damit angefangen, du Abschaum von einem Ehemann?
Öha, sagt der Schwager. Aber wieso betrogen? Was haben denn diese Seitensprünge mit dir zu tun?
Nur die Kleinigkeit, daß du mit mir verheiratet bist!
Und bloß deswegen sollte ich die altvertrauten Seitensprünge unterlassen? Ich hab doch schon mit acht Jahren damit angefangen!
Das ist ja nicht zu fassen!
Jawohl, kaum daß ich es gelernt hatte, das Schwimmen, hab ich auch schon damit begonnen. Und zwar im Dantebad.
Die Schwägerin bringt vor Staunen den Mund nicht mehr zu. Jetzt spinnst du endgültig, stellt sie fest.
Ich glaub, sagt der Schwager, daß wir von zwei ganz

verschiedenen Dingen reden! Du verstehst unter Seitensprung etwas, das ich gar nicht in den Mund nehmen will, so einen Abscheu hab ich davor. Ich dagegen verstehe unter Seitensprung das seitliche Hineinspringen in städtischen und anderen Bädern, das leider immer noch verboten ist.

Und den anderen Seitensprung lehnst du entschieden ab?

Es gibt nichts, was ich mehr verabscheuen würde!

Oh du scheinheiliger, hinterkünftiger, ganz und gar meineidiger Patron! ruft da die Schwägerin. Diesmal bin ich dir zwar auf deinen Leim gegangen, aber das nächstemal bist du wieder dran, das versprech ich dir!

Wenn ich dir dann nicht vorher seitlich wegspringe, sagt der Schwager lächelnd.

Geschlecht kein Hindernis

Man soll sich zwar nicht mit fremden Federn schmükken, aber wenn diese Federn imstande sind, einem Lachtränen in die Augen zu treiben? Und wenn es nicht nur möglich, sondern sogar sehr wahrscheinlich ist, daß einige dieser Federn auf dem eigenen Mist gewachsen sind?
Die Sache verhält sich so: In seiner Jugend Maienblüte besuchte der Schwager die Ludwigs-Realschule an der Damenstiftstraße, damals allgemein Lukasburg genannt. Dort unterrichtete ihn und seinesgleichen in Deutsch, Geographie und Geschichte ein Gymnasialprofessor Dr. Wolfgang Krämer, der mit einem markanten Römerkopf und weißem Spitzbart ausgestattet war und von uns kurz Kramsä genannt wurde.
Einerseits liebten wir diesen Halbgott der Halbgebildeten – das waren wir –, andererseits fürchteten wir ihn. Wenn er von seinen Rucksackwanderungen durch Spanien erzählte, hingen wir hingerissen an seinen Lippen, aber wenn er bei Schulaufgaben auf eine leere Bank stieg und wie ein überdimensionales Damoklesschwert über unseren hingeduckten Köpfen schwebte, um Spickereien (beinahe) unmöglich zu machen, wünschten wir ihm beim Abstieg Hals- und Beinbruch, und das im wortwörtlichen Sinn.
Der Kramsä war außerhalb der Schule ein bekannter Römerforscher, leitete diesbezügliche Ausgrabungen in seinem Wohnort Gauting und schrieb über die Vergangenheit des Ortes ein vielbeachtetes Buch. Sein zweites Hobby hing eng mit unseren Aufsätzen und sonstigen

schriftlichen Äußerungen zusammen. Er sammelte nämlich unsere stilistischen Ausrutscher und veröffentlichte sie unter dem Titel „Lukasburger Stilblüten".
Diese schmalen Bändchen erreichten enorme Auflagen. Der Schwager hat sich schon manchmal gefragt, ob er denn damals nicht am Schluß seiner Aufsätze jedesmal eigens vermerken hätte sollen: Nachdruck, auch auszugsweise, nicht gestattet.
Freilich, wenn alle so gehandelt hätten, dann hätte der Schwager schon so manches Mal, wenn er mit dem linken Fuß aufgestanden war und dringenden Trosts bedurfte, nicht nach Krämers unfreiwilligen Humor-Fibeln greifen und alsbald wieder ein heiteres Gemüt gewinnen können. Zum Beispiel bei Geistesblitzen wie diesen:

- Seine Mutter war eine Dame von der Ferse bis zur Zehe.
- Die Straße war ganz schwarz von hellgekleideten Menschen.
- Im Mittelalter wurden die Falken als Jagdhunde benutzt.
- Napoleon ließ den Buchhändler Palm erschießen, um ihn einzuschüchtern.
- Cäsar war ein großes Licht, Brutus hingegen nur ein armer Leuchter.
- Im Jahre 44 wurde Cäsar auf eine für seine Gesundheit sehr schädliche Weise umgebracht. Er wurde ermordet.
- Die Periode Maria Theresias zieht sich wie ein roter Faden durch die Geschichte Österreichs.
- Der Rhein ist Deutschlands schönster Strom, stolz wie ein König wälzt er sich in seinem Bette.
- Das Schwein ist ein Vorbild, wie wir nicht sein sollen.
- Als im Harz die Bergwerke kein Erz mehr lieferten,

klammerten sich die Bewohner desselben an die Kanarienvögel und gebrauchten diese als Hebel zur Selbsterhaltung.

- Wenn der 20. April naht, kann man in allen Schaufenstern den Gipskopf des Führers sehen.
- Als Napoleon seine nach Ruhm lechzende Zunge bis zu den Eisfeldern Rußlands ausstreckte, mußte er sich mit verbrannten Fingern zurückziehen.
- Als unser Hund nachts zu bellen anfing, ging meine Mutter hinaus und stillte ihn.
- Von Homer weiß man nicht genau, ob, wie, wo, wann und warum er geboren wurde.
- Goethe war nicht gerne Minister. Er beschäftigte sich lieber geistig.
- Der Hahn erwacht am Morgen durch sein lautes Krähen.
- Das Hochwasser vor wenigen Wochen ist noch in aller Munde.
- Ich war sehr bedrückt von den Schönheiten meiner Heimat.
- Schillers Faust ist eine ebenso erregende Sache wie seine Glocke.
- Wir sollen die Zähne bürsten an, auf, unter, neben, in, über, vorn, zwischen.
- Ein Gletscher, der von den Alpen heruntergeschoben kam, gründete das Alpenvorland.
- Die Nachtigallen sangen, die Spechte hämmerten, die Amsel schlug, die Baumwipfel rauschten, kurz: Stille, Stille ringsumher!
- Alle Staatsbürger sind vor dem Gesetz gleichgültig. Das Geschlecht ist kein Hindernis.

Leider ist der Schwager nicht mehr in der Lage anzugeben, wieviel er und sein Schülerjahrgang zu Professor

Krämers Stilblütensammlung beigetragen haben. Eines aber steht für ihn unverrückbar fest, und das hat gleichfalls ein ehemaliger Lukasburger Stilblütler von sich gegeben:

– Was für die Pflanze der Mist, das ist für den jungen Menschen die Schule.

Was geschah im Kopf der Bavaria?

Von Zeit zu Zeit seh ich die Alte gern und hüte mich, mit ihr zu brechen, denkt der Schwager frei nach Mephisto in Goethes Faust, als er sich der Bavaria nähert. Die imposante Dame mit dem Superdackl an der Seite hat ihm ja schon in den Kinderwagen geschaut, seine Jugend als eine Art Amme begleitet, allerdings mehr geistiger Art, denn eine echte Milli war aus ihren Eisendutten natürlich nicht zu erwarten.
Echt: Der Schwager entstammt derselben exquisiten Hochebene, auf der die Bavaria fußt. Allerdings näherte er sich der hochgestellten Dame stets von hinten, denn in ihrer Hoffart dreht sie der Schwanthaler Höhe den Rücken zu und schaut sturheil über die Theresienwiese hinweg ins Zentrum. Als ob es dort außer dem Glockenspiel um elf Uhr was Interessantes zu sehen gäb!
Entgegen der früheren Gewohnheit kommt der Schwager diesmal von vorn, nachdem er den Wiesn-Aufbau inspiziert hat. Nur ein paar Hansln fand er an den Bierbuden rumbasteln. Wenn das so weitergeht, dann beginnt das Oktoberfest diesmal erst an Allerheiligen! Wie er dann aber zur Bavaria emporschaut, vermeint er ein feines Lächeln in ihrem Gesicht zu sehen, als ob sie sagen wollte: Kümmer di net, i werd des scho macha!
Daß die Eisenerz-Gretl deshalb gelächelt hätte, weil sie ihn wiedererkannt hat, das kann der Schwager jedenfalls nicht glauben. Obwohl er ja zugegebenermaßen einmal mitten in ihrem Kopf eine ziemlich komische Figur abgegeben hatte! Aber das war ja schon vor ewig

langer Zeit! Und da hatte er ganz anders ausgesehen als heute!

Zwölf war er damals vielleicht, der Schwager, mit blondem Stiftenkopf, einem aufgeschlagenen Knie und zwei Zehnerl im Hosensack, die Laß mi aus! schrien. Und die Neumeier Mausi war auch dabei. Magst mitgehn in' Kopf von der Bavaria? fragte er sie, und sein Herz klopfte. Sie hatte zwei braune Zöpfe, Haselnußaugen und siebzehn Sommersprossen um die Nase.

Oh Glück: Oben angekommen beim eisernen Kanapee, waren sie die einzigen Besucher. Nachdem sie ausgiebig aus den Guckerln geschaut hatten, nahm er ihre Hand und preßte ein inhaltsschweres Du heraus. Sie blickte ihn stumm an, holte ein Taschentüchl aus ihrem Schürzl und band es über sein lädiertes Knie.

Du! sagte er ein zweites Mal.

Was is? fragte sie dagegen.

Nix, sagte er, bloß aso halt.

Sie kicherte und sprang die Treppen hinunter, und der Schwager folgte ihr wie betäubt mit hochrotem Bimmerl.

Doch das nur nebenbei. Was der Schwager eigentlich erzählen will, das ist, daß er bisher noch nie seinen Fuß in die Ruhmeshalle gesetzt hatte. Immer war das Gitter zugesperrt gewesen. Diesmal aber steht es weit offen. Mißtrauisch schaut er zum Eingang der Bavaria hinüber, ob man ihm nicht einen Eintritt abverlangen will. Nein, niemand interessiert sich für ihn. Also steigt er empor und tritt ein.

In viele bärtige Gesichter blickt er da, liest Namen, die nur noch blasse Erinnerungen wecken, wundert sich über Attribute wie: Weltweiser. In der ganzen Galerie keine einzige Frau! Waren Bayerns Weiberleut einst lauter Stummerl, Bummerl, Dummerl?

Etwas wie Mitleid mit diesen Steinköpfen will den Schwager anrühren. Zwar haben sie ein geräumiges Dach über dem Kopf, aber ständig Zugluft, keine Heizung, nicht einmal staatliche Ohrenschützer im Winter!
Allen Ruhmsüchtigen hierzulande sei's gesagt, daß es sich nicht lohnt, einen Platz auf einem solchen Sockel anzustreben! Lieber noch ein Kreuz haben, sei's nun ein Hauskreuz oder ein Verdienstkreuz, lieber mit Rum bekleckert und lebfrisch als mit Ruhm bekränzt und maustot!
Aufatmend begibt sich der Schwager aus dieser Aussegnungshalle des Geistes, der Kunst und des Kommerzes und schreitet, vom Blick der Bavaria begleitet, wieder die Stufen hinab zur hammerdröhnenden Arena der näherrückenden Wiesn-Freuden.

Ärzteschwemme im Kanal

Eine Ärzteschwemme überflutet uns, die medizinische Überversorgung wird allmählich weißkittelerregend! Kaum hast du irgendeinen Fernsehsender angeleiert, schon hast du einen Onkel Doktor im Wohnzimmer hocken. Aber den Puls fühlt dir dieser getürkte Mediziner mitnichten, und auch dein Ohrensausen ist ihm genauso Wurscht wie dein Fersensporn!

Wenn du ihm dann endlich deine belegte Zunge herausstreckst und umschaltest, erscheint prompt ein Herr Kollege, etwa der Bergdoktor, auch wenn du noch so tief im Tale wohnst, oder der Landarzt, selbst wenn du mitten in der Großstadt hustest.

Dr. Brockmann wiederum, der seine Praxis am Berliner Bülowbogen hat, praktiziert bis ins höchste Oberbayern hinauf. Unlängst erschien auf unserm Bildschirm sogar ein Tierarzt, den ein zugelaufener Affe lauste! Sind wir vielleicht alle Viecher mit zwei Haxen?

Der zur Serie verkommene Haus-, Heide-, Wald-, Berg-, Tal-, Kinder-, Natur- und sonstige Arzt verfolgt uns unerbittlich auf allen Kanälen! Ein Onkel Doc nach dem anderen kuriert, leider vergebens, an unserem Langeweile-Syndrom herum. Drei Finger aufs klopfende Herz: Langsam werden wir allesamt reif für die Schwarzwald klinik!

Auch die Flucht in die Lindenstraße nützt da nichts, dort werden wir gleichfalls von einem Arzt und einer Ärztin heimbesucht.

Die einzige, die, wenn nicht Medikamente, so doch wenigstens Ratschläge austeilt, ist unser aller langjährige Therapeutin Dr. Antje Katrin Kühnemann.

Regelmäßig jede Woche und stets in Begleitung angesehener Kapazitäten erscheint sie zum abendlichen Hausbesuch und versucht, ohne daß wir einen Krankenschein oder einen Versicherungsausweis vorlegen müßten, mit anmutig übereinandergeschlagenen Beinen unser gestörtes Innenleben wieder ins Hohlkreuz zu bringen.

Unterversorgt sind wir dagegen mit Zahnärzten. Offenbar scheut man sich, Bohrinseln in unserem trauten Heim zu errichten. An den perlweißen Gebissen der Zahnarztfrauen können wir uns indessen gut schadlos halten.

Wie der Schwager aus geheimen Kanälen erfahren hat, sind trotz der Vielfalt der auf deutschen Mattscheiben herumstreunenden Ärzte-Rudel schon wieder neue Weißkittel-Serien in Vorbereitung. Die Programm-Macher sind wohl der Meinung, wir seien noch längst nicht narkotisiert. Besonders von einer ziemlich losen Folge mit dem Titel „Der Traumschiff-Traumarzt" verspricht man sich hohe Einschaltquoten, aber auch dem „Gefängnisarzt Dr. Bruch", der uns in die intimsten Geheimnisse des deutschen Knasts einzuführen verspricht, wird Straßenfegertum zugetraut.

Am Ende fehlt nur noch der Schattenarzt, der als verdeckter Ermittler von Hämorrhoiden, Zysten und eitrigen Mandeln in unserem Wohnzimmer herumschnüffelt, uns die Droge Alkohol, ohne die wir dieses Programm nicht durchständen, wegsäuft und die Salzletten – wiederum angeblich zu unserem Besten – aus der Schale frißt!

Ein Dackel wollte Hochzeit machen ...

Eine bessere Dame, die er bisher nur vom Sehen gekannt hatte, war vor ungefähr zehn Wochen mit einem eindeutigen Angebot an den Schwager herangetreten. Sie hatte ihn frischweg auf der Straße angesprochen und gefragt, ob sie sich nicht zusammentun sollten. Da sie dabei aber nicht ihn, sondern ihre Dackeline und seinen Dackel mit liebevollem Blick umfing, mußte der Schwager erkennen, daß ihr Begehren seinem Wauwau galt.

Als hätten sie verstanden, um was es ging, beschwanzelten sich Bürschi und Mädi – so die Namen der zwei Schwerenöter – freudig erregt.

Sehen Sie, sie beginnen sich bereits zu lieben! rief die Dame entzückt. Das werden prächtige Kinderchen werden!

Aber warum wollen Sie sich bloß ein solches Kreuz auftun? fragte der Schwager.

Die Dame sah ihn ernst an. Es ist ein psychologisches Problem, sagte sie. Meine Mädi ist jetzt sechs Jahre, das entspricht einem menschlichen Alter von zweiundvierzig Jahren. Wenn sie nicht bald Junge bekommt, ist sie in höchster Gefahr, frustriert zu werden oder gar die Midlife-crisis zu bekommen. Glauben Sie mir, seufzte sie, ich kenn diesen Zustand nur zu gut!

Mein Dackel steht Ihnen jederzeit zu Verfügung, versicherte der Schwager. Wann soll denn das große Ereignis stattfinden?

Schätzungsweise in sechs Wochen wird sie wieder läufig.

Dann melde ich mich bei Ihnen. Sie müssen mir dann den süßen kleinen Kerl für ein paar Tage leihen.
Im Weitergehen freute sich der Schwager über all das Schöne, das seinen Dackel erwartete. Auch die Schwägerin hörte die frohe Kunde mit Genugtuung. Daß sie dem Bräutigam keinen Zylinder und keine weißen Glacéhandschuhe kaufte – sonst alles. Sie entfernte über ein Pfund Reisig aus seinem Fell, entflechtete seinen verzottelten Pelz und badete ihn jeden zweiten Tag mit Hundeshampoo.
Dem Schwager waren in der Zwischenzeit freilich schwere Bedenken gekommen. Wie, wenn sich sein Hundling als Versager herausstellen sollte? Würde es dann nicht in Umkehrung eines alten Sprichwortes heißen: Wie das Gscherr, so der Herr?
Ihm war nämlich eingefallen, daß sich Bürschi bisher aus läufigen Hündinnen wenig gemacht hatte. Während alle anderen Rüden im Umkreis von zehn Kilometern verrückt spielten, trottete er achtlos an den jeweiligen Damen vorüber und verliebte sich statt dessen in einen Hydranten.
Als im Fernsehen die Hirschbrunft gezeigt wurde, plazierte er deshalb sein Dummerl vor die Röhre. Der einfältige Bursche wendete jedoch im entscheidenden Augenblick dem Fernseher angewidert den Rücken.
Die Schwägerin machte dem Schwager indes wieder Mut. Du wirst sehen, die Natur wird siegen, sagte sie und klopfte zwei Eier in ein halbes Pfund Tatar. Natürlich nicht für den Schwager, sondern für den Hochzeiter, zur Anregung.
Es vergingen fünf Wochen, es vergingen sechs Wochen, sieben und acht. Die Dame meldete sich nicht.
Vorgestern nun traf sie der Schwager endlich beim gewohnten Gassigang. Als sie ihn sah, strebte sie schnell

auf die andere Straßenseite. Doch der Schwager folgte ihr auf dem Fuß.
Was ist jetzt? fragte er. Wir haben schließlich ein Recht, es zu erfahren.
Ich an Ihrer Stelle würde ganz still sein, sagte sie. Ich habe Erkundigungen über Ihren Hund eingezogen. Er hat den Briefträger gebissen, den Kaminkehrer und die Zeitungsfrau. Und mit einem Collie soll er auch schon etwas gehabt haben.
Was hat denn das damit zu tun?
Sehr viel, sagte sie. Wir weigern uns nämlich, Rabauken aufzuziehen. Sie und Ihr Hund hätten das Vergnügen, und wir hätten hernach die ganze Arbeit.
Wieso auch ich?
Es ist immer dasselbe, ereiferte sie sich, hernach drücken sich alle vor der Verantwortung! Oder wollen Sie die Jungen aufziehen?
Bin ich ein Dackel? fragte der Schwager ärgerlich.
Das schlechte Beispiel, das wir gaben, hatte inzwischen auf die Hunde übergegriffen. Sie kläfften sich wütend an, und Mädi biß Bürschi ins Ohrwaschel, daß er aufjaulte.
Gehen wir, sagte der Schwager erbittert und zerrte an der Leine. Und wenn Sie sich's anders überlegen sollten – jetzt mögen *wir* nicht mehr!
Ohne sich weiter um seine Braut zu kümmern, strebte Bürschi einem Hydranten zu, beschnupperte ihn liebevoll und gab ihm ein Bussi. Der Schwager aber sagte zu ihm: Samma froh, daß wir nicht in intime Beziehungen zu dieser Krampfhenna treten sind!

Schau ma mal!

Schaugn ma hoit amoi ... – Dieses Sprücherl, meist noch mit einem vorausgehenden „Dann“ oder „Jetz“, kannte der Schwager schon als Bub. Bat er seine Mutter um ein Zehnerl für einen Bienenstich, forderte er von seinem Vater einen Radlausflug an den Starnberger See anstelle eines langweiligen Spaziergangs im Sonntagsanzügerl durch den Nymphenburger Park, meist wurde die Entscheidung erst einmal vertagt: Schaugn ma hoit amoi!

Natürlich kannten auch Seine Majestät, unser vielgeliebter Kaiser Franz, diesen Spruch bereits, als er noch längst nicht der Herrscher vom runden Leder war, sondern noch barfuß in einem Hinterhof mit einem Gummiball seine ersten Flanken und Bauernspitze schoß. Wann der historische Tag nun wirklich war, an dem er ihn erstmals als geniale Drei-Wörterl-Packung – Schau ma mal! – vor einem breiten Fernsehpublikum herausließ und ihn damit bundesweit publik machte, läßt sich leider nicht mehr genau feststellen. Jedenfalls hatte er da seine Fußballstiefel schon an den berühmten Nagel gehängt, den Hals mit einer flotten Krawatte geschnürt und etliche Frauen ins Abseits gestellt.

Wenn den Schwager nicht alles täuscht, ist unserm Kaiser dieses „Schau ma mal!“ erst nach seiner Teamchef-Zeit entschlüpft, worauf es munter von Reportermund zu Reportermund hüpfte (wie das runde Leder eben) und alsbald in den niederen Hütten des Volkes wie in die Bungalows der Gwappelten zum geflügelten Wort wur-

de, nachgeplappert von Flensburg bis Berchtesgaden, von Rheinland-Pfalz bis Mecklenburg-Vorpommern.
Die publikumswirksame Wandlung und Verkürzung des Originalsatzes – Dann schaugn ma hoit amoi! – dürfte sich so abgespielt haben: Als krawattierter, modisch gekleideter Werbeträger konnte der Kaiser aus dem Münchner Vorstadt-Adel nicht mehr so ungewaschen daherreden wie ehedem, sondern mußte sich etwas feiner, allgemeinverständlicher ausdrücken, ohne indes an Volksnähe zu verlieren.
So nahm er also die ursprüngliche Fünfer-Kombination in den hochedlen Mund, kaute, angestrengt prüfend, darauf herum, spuckte dann ein Wörterl, das ihm unpassend erschien, aus, verschluckte ein anderes, das auch nicht unbedingt sein mußte, wälzte dann den Restbrei noch einmal gründlich von einer Backe zur anderen, wobei sich mundartliche Eigenheiten noch etwas abschliffen. Und schon war es soweit, die gängigste Floskel des ausgehenden zwanzigsten Jahrhunderts war geboren, brach wie eine Erleuchtung aus kaiserlichem Munde: Schau ma mal!
Wohin der Schwager seitdem auch kommt, mit wem immer er spricht, ob das nun Berliner, Saarländer oder Sachsen sind, überall wird er vom „Schau ma mal!“ begleitet, da und dort auch mit „Schaun mer mal!“ abgespeist. Wie eine neue Lustseuche durchzieht dieser sprachliche Triangel die deutsche Sprachlandschaft.
Der Schwager glaubt inzwischen, daß die Verdienste, die Seine Kaiserliche Hoheit als Sprachvereinfacher und Spruchverbreiter sich erworben haben, denen nicht nachstehen, die der Fußballer und Teamchef errungen hat. Wenn es in München schon ein Goethe- und Schiller-Denkmal gibt, dann wird es langsam Zeit, auch für ein Kaiser-Franz-Monument Vorsorge zu treffen.

Der Herr Oberbürgermeister, darauf angesprochen, sagte denn auch, wie nicht anders zu erwarten: Schau ma mal! Und er fügte, nicht unoriginell, schmunzelnd hinzu: Dann sehn ma's scho!

Alpiner Horror

Gestern wäre der Schwager beinahe aus dem Deutschen Alpenverein ausgetreten, bei dem er schon an die zwanzig Jahre Mitglied ist und deshalb jederzeit berechtigt, wenn nicht umsonst, so doch zu Vorzugspreisen auf dem Matratzenlager einer Alpenvereinshütte zu nächtigen. Eine Vergünstigung, die er bisher nur zweimal wahrgenommen hat, nachdem die streng ranzelnden Socken der neben ihm abgelagerten Bergkameraden seinen Schlaf empfindlich gestört hatten.

Deshalb wäre ihm freilich niemals der Gedanke gekommen, einfach auszutreten. Für den Fußschweiß einzelner kann schließlich die mehrheitlich nach Nagelfluh und doppeltem Enzian duftende alpine Gesamtheit nichts.

Auch, daß er ihn immer wieder durch fehlende Markierungen in die Irre leitet, lastet er dem Verein nicht an. Obwohl es schon seltsam ist, daß Wege und Steige, auf denen man sich nicht einmal mit verbundenen Augen verlaufen könnte, alle hundert Meter mit Farbtupfern bekleckst werden, aber kaum, daß sich der Weg gabelt oder gar in drei verschiedene Richtungen weiterläuft, jeder Hinweis fehlt. Dann serpentinert man ratlos zunächst den vermeintlich richtigen Pfad weiter, bis nach einem Kilometer immer noch kein Felsbrocken, kein Baum bepinselt ist, und kehrt schließlich kopfschüttelnd wieder um. Bei dem zweiten Wegerl dasselbe. Erst beim dritten tauchen nach einiger Zeit die vertrauten Markierungen wieder auf.

Warum die Pinsel so vorgehen? Ganz einfach: Entweder

sind es Sadisten oder laxe Einheimische. Für sie ist es glasklar, wo es weitergeht. Warum also ausgerechnet an Kreuzungen Farbe verschwenden?
Aber wegen einer derartigen Lappalie tritt der Schwager nicht aus einem solchen Traditionsverein aus. Nein, ihn empörte am Vereinsabend der Tourenbericht des zweiten Kassiers, der kaltlächelnd seinen Bergführer abstürzen sah und nicht die kleinste Hilfe leistete.
Auf ausgesetztem Grat, so erzählte er, habe er seinen Bergführer um Rat fragen wollen. Da sei dieser unversehens ins Rutschen, dann ins Straucheln gekommen und haltlos die fast senkrechte Felswand hinabgestürzt.
Wir alle am Tisch waren bestürzt. Und?! riefen wir. Was hast gmacht?
Was wer' i scho gmacht ham, nix hab i gmacht, sagte er und grinste, er war ja scho ziemlich alt, der Bergführer!
Jetzt reichte es dem Schwager. Wenn das die neue alpine Moral ist, sagte er, dann bin ich hiermit aus diesem Verein ausgetreten!
Reg dich doch nicht gleich auf, Schwager, sagte nun dieses Schlitzohr, es is doch oiß guat nausganga. Glei am nächstn Tag bin i in d' Buchhandlung und hab ma an neuen Bergführer kaafft!
Wo gibt es verzinktere Bergkameraden als in diesem Alpenverein? Der Schwager bleibt zahlendes Mitglied, zumal der Alpen-Münchhausen nach seinem Greuelmärchen sofort eine Runde Schnaps bestellte, natürlich Enzian. Auf daß der Almenrausch auch im Flachland blühe!

Alkohol-Spion am Container

In München und auch in der Region wird viel getrunken, und deshalb hat man an bestimmten Stellen, wo es das Ortsbild nicht stört, Container für die leeren Flaschen aufgestellt.
Auf diesen Containern sind oben Löcher angebracht, die grün, weiß und braun markiert sind. Weil es aber auch Farbenblinde gibt, steht auch noch dabei, um welche Farbe es sich handelt.
Man wirft nun, mehr oder weniger vorsichtig, seine im Kofferraum herbeigefahrenen Flaschen je nach ihrer Farbe in das zugehörige Loch, hinter dem sie scheppernd und teilweise mit Hals- und Bauchbruch verschwinden. Der Schwager zieht vorher immer noch die Korken heraus und schraubt die Blechverschlüsse ab, damit die Recycler, die Wiederaufbereiter, später leichtes Spiel haben.
Die Wiederaufbereitung stellt er sich so vor: Die Flaschen werden von einem automatischen Zermalmer unter furchtbarem Klirren und Krachen zerstampft und dann in riesigen Bottichen wie eine Suppe gekocht. Und aus dieser Suppe werden dann neue Flaschen, aber auch Krüge, Aschenbecher, Lüster, Blumenvasen, Schusser und anderer Schnickschnack riseiklt.
Der für den Schwager zuständige Container steht vor einer Hecke, und hinter dieser Hecke steht manchmal der Schwager, um die Trinkgewohnheiten seiner Nachbarschaft wissenschaftlich zu erforschen.
Also, was die so alles saufen, und in welchen Mengen!

Zum Beispiel die Berlingers: Sind nur zwei Leutchen und schleppen jeweils in acht Tagen zwei Dutzend Flaschen an. Darunter billigen Wermut und Kirschlikör.
Da sind die Reitmeiers schon von anderem Kaliber! Die fahren schlanke Williamsbirn-Flaschen herbei und Sektflaschen von den nobelsten Marken. Auch trinken sie nicht zu knapp Bocksbeutel.
Die Bleimaiers wiederum sind das totale Konstrastprogramm. Apfelsaft, Mineralwasser, Obstessig und Maiskeimöl, andere Flaschen haben diese Flaschen nicht zu bieten. Vielleicht sind sie Anhänger einer bestimmten Sekte, in der Sekt et cetera strikt verboten ist?
Manche verabschieden ihre Flaschen mit wehmütigen Blicken, als wollten sie ihnen für so manche schöne Stunde danken, andere feuern sie wütend hinein; die denken wohl an das verschluderte Geld oder auch an den Kater, den sie nach sich gezogen haben. Einer, dessen Name in seinem eigenen Interesse verschwiegen werden soll, nuckelt immer noch, bevor er sein Leergut im Dunkeln zerschellen läßt, den letzten Tropfen heraus.
Der Schwager selbst deponiert seine Flaschen nur nach Einbruch der Dunkelheit. Damit einer, der eventuell hinter der Hecke stünde, keine Etiketten mehr erkennen kann. Er möchte nämlich unter allen Umständen ein anonymer Alkoholiker bleiben und schließt als solcher mit dem selbstgestrickten Vers:

Ein leiser Hauch von Säuferwahn
schwebt über dem Container.
Wo träf man noch mehr Flaschen an,
das sag mir einer!

Ein Diskurs zu Erikas Hochzeit

Erika, die hübsche Sprechstundenhilfe von nebenan, hat geheiratet, und die Schwägerin hat ihr am Hochzeitstag eine Qualitäts-Präzisions-Küchenwaage ins Haus gebracht.
Nur weil sie uns eine Vermählungsanzeige geschickt hat, hättest du nicht gleich so in die vollen zu gehen brauchen, meint der Schwager. Gleich eine sündteure Qualitäts-Präzisions-Küchenwaage! Eine ganz normale hätt's auch getan! Und außerdem: Kochen kann die Erika ja sowieso nicht!
Die lernt's schon noch. Ich hab's auch lernen müssen!
Darauf sag ich lieber nichts, meint der Schwager, um fortzufahren: Hat jetzt die eigentlich in Weiß geheiratet, oder war es mehr eine Bauernhochzeit im Trachtenlook?
In strahlendem Weiß! Eine wunderschöne Braut ist sie gewesen, die Erika. Ein kleines Mäderl hat ihr den langen Schleier getragen und immer wieder schön hingerichtet im Kirchengestühl.
In Weiß also, sagt der Schwager. Früher hat man in Weiß nur geheiratet, wenn man noch im Stande der Jungfräulichkeit gewesen ist. Oder wenigstens den Anschein erwecken konnte, als ob. Aber heut setzt man sich über so was anscheinend einfach hinweg!
Woher willst du denn wissen, ob sie nicht zu Recht in Weiß geheiratet hat?
Das will ich dir sagen: Weil die Erika schon mit sechzehn geraucht hat.

Und deshalb ist sie keine Jungfrau mehr?
Deswegen nicht. Aber wer raucht, der nimmt auch die Pille – und schon gar als Sprechstundenhilfe! Die braucht doch bloß in den Schrank zu langen, und schon hat sie sie. Und jetzt frag ich dich: Warum nimmt sie die wohl? Vielleicht zur Gaudi?
Das sind schon sonderbare Theorien, meint die Schwägerin. Wenn du wenigstens gesagt hättest, daß sie vergangenes Jahr bereits zusammen in Urlaub gefahren sind, so hätt ich das noch eher gelten lassen.
Das hab ich nicht gewußt. Aber macht nichts: Meine These wird damit voll und ganz bestätigt.
Sei da nicht so sicher! Eine Freundin von mir, die Inge, war einmal mit ihrem Verlobten acht Tage in Rimini, und passiert ist total nichts. Sie hat es mir selber gesagt.
Das muß ja ein schöner Jammerlappen gewesen sein, entrüstet sich der Schwager, um nicht zu sagen: ein Unmensch! Den hat sie doch hoffentlich nicht geheiratet?
Natürlich nicht. Von da an war's aus! Für so was bin ich mir zu schade, hat die Inge gesagt und kurz darauf den Franz geheiratet. Jetzt haben sie vier Kinder.
Respekt! sagt der Schwager. Also, ich könnt mir das beim besten Willen nicht vorstellen, als junger Mensch einfach so nutzlos nebeneinander herumzuliegen!
Du brauchst mir nichts zu erzählen, meint die Schwägerin, ich bin ja schließlich mit dir auch einmal vor der Hochzeit ein paar Tage in Berchtesgaden gewesen. Da warst du noch stürmisch und voller Leidenschaft!
Ja, die Gewohnheit, die ebnet eben vieles ein, seufzt der Schwager. Und darum tun sie sich überhaupt keinen Gefallen, die jungen Leut, wenn sie heutzutage schon gar so früh mit den gewissen Sachen anfangen. Was soll denn da noch interessant und pulsbeschleunigend sein, wenn dann einmal die echten Flitterwochen anstehen?

Wie recht der Schwager damit hat, stellt sich schon einen Tag später heraus. Da trifft er die Erika auf der Straße. Sie bedankt sich artig für die wunderbare Qualitäts-Präzisions-Küchenwaage. Mach doch wegen dieser Kleinigkeit kein solches Aufheben! wiegelt der Schwager ab. Dann blinzelt er der Frischvermählten zu und meint schelmisch: Nun, Erika, wie war's denn in der Hochzeitsnacht?

Auch nicht anders wie sonst, antwortet sie schnippisch. Doch die Enttäuschung in ihrer Stimme war dabei nicht zu überhören.

Ja, der erotische Frust, der in der guten alten Zeit erst nach der silbernen Hochzeit voll ausgebrochen ist, heute hat er schon die Flitterwöchner am Wickel!

Von den Hunnen in Bayern

Meine Tante Oliv hat nicht nur einen exzentrischen Vornamen, sondern auch hervortretende Backenknochen, eine fahle, ins Gelbliche spielende Haut, kohlschwarze Haare und dunkle Schlitzäugerl. Wenn sie nicht ein so waschechtes Niederbayrisch spräche, hätte man sie in ihrer Jugend Maienblüte ohne weiteres als mongolische Prinzessin verkaufen können.

Wer mit offenen Augen – womöglich selber mit Schlitzaugen – durchs Bayernland fährt, trifft in bestimmten Gegenden immer wieder auf Gestalten, die vom Äußeren her keinen Verwandten zu Germanen oder Kelten haben. Im Voralpenland zwischen Augsburg und dem Inn, aber auch im Schwäbischen und jenseits der Donau den Bayerischen Wald hinauf sind sie anzutreffen. Ei, wo kommen denn diese weißblauen Steppenwölfe bloß her? Da gibt's zwei Theorien.

Die erste: Die germanischen Einwanderer führten sie bereits als eine Art Beutebayern mit sich. Als Hausmägde und Kuhhirten verrichteten sie niedere Dienste, ohne aber deshalb auf die Annehmlichkeiten der Fortpflanzung zu verzichten.

Die zweite These: Nach der Ungarnschlacht am Lechfeld im Jahr 955, die bekanntlich Otto der Große gewann, flüchteten die besiegten Reiterhorden in wilder Panik. Und da nun schnappten sich die Bauern entlang des Fluchtwegs Roß und Reiter und gliederten sie, wie man heute sagen würde, in den Arbeitsprozeß ein. Denn jeder mußte damals zusehen, wo er blieb. Gab es doch noch keinen Grünen Plan mit staatlichen Subventionen für die Landwirtschaft.

Möglicherweise haben auch beide Theorien durchgeschlagen. Alle Achtung jedenfalls vor den Weitgerittenen, die trotz aller seitdem stattgefundenen Vermischungen ihre Backenknochen und kohlschwarzen Haare bis heute durchsetzen konnten.

Da der Schwager nicht leugnen kann, mit der Tante Oliv blutsverwandt zu sein, muß er sich fragen, ob auch vielleicht er Steppenreiterblut in den Adern hat. Eine gewisse Vorliebe für Tatar scheint da nicht unverdächtig. Das Blut aus dem Osten könnte auf folgende Weise in seinen Stammbaum gekommen sein:

Eines trüben Nachts im Jahre 955 nach Christus hörte der Huberbauer von Mirskofen ein Klopfen und Scharren an der Tür. Er nahm einen dicken Prügel zur Hand und schob den Riegel zurück. Vor ihm stand ein junger, fremder Krieger mit einer klaffenden Wunde am Arm, der ein Pferd am Zügel führte.

Der sagte sinngemäß: Du mir geben Suppe für mich und Hafer für die Pferd, ich dafür dir geben Gold. – Denn es war ein Magyarenprinz, welcher der Schlacht am Lechfeld entronnen.

Nun hatte der Huberbauer eine wunderschöne Tochter. Sie hatte Haare hell wie ein Weizenfeld und hieß Irmingard. Sie erbarmte sich des Jünglings und bat ihren Vater, ihn gesund pflegen zu dürfen. Denn er hatte edle Gesichtszüge und sah total anders aus als die Lackln aus der Nachbarschaft. In Erwartung weiteren Goldes willigte der Vater ein.

Natürlich verliebten sich die beiden ineinander. Bald nannte ihn Irmingard zärtlich Buale. Nach seiner Genesung kaufte er mit dem Gold, das er immer noch in seinem Brustbeutel trug, in Haslbach einen schönen

Viereckhof mit dreihundert Tagwerk Grund und heiratete seine Irmitschka ...
So ungefähr stellt sich der Schwager zwei Urahnen von Tante Oliv (und sich) vor, doch wenn es bloß ein ungarischer Schafwascher und eine biedere Hausmagd mit Plattfüßen gewesen wären, soll's ihm auch recht sein. Denn man muß seine Vorfahren nehmen, woher sie kamen. Ob es nun bayerische Bauernschädel sind oder keltische Kellnerinnen, römische Legionäre aus Assyrien oder Gulaschköchinnen aus der Pußta, machen kann man dagegen im nachhinein nix mehr!

Die Sache mit der Lieblingscousine

Diesmal gibt es keinen „Schwager“, sagte der Schwager am Telefon zum *tz*-Redakteur, diesmal gibt’s eine „Cousine“.
Und warum, wenn man fragen darf? tönte es aus der Muschel.
Ja, das ist so, erklärte ich: Mich hat gestern, am Fabrikationstag des „Schwagers“, ein Hexenschuß niedergestreckt. Ich bin praktisch bewegungsunfähig. Meine Cousine hingegen ...
... also ich weiß nicht recht, sagte der Redakteur. Wir können doch nicht einfach über Ihre Kolumne anstatt „Der Schwager“ „Die Cousine“ schreiben.
Und wenn die Cousine über mich, den Schwager, schreibt? So daß es eigentlich ein Cousinenschwager ist?
Hm, wie sind Sie denn überhaupt zu Ihrem Hexenschuß gekommen?
Durch einen ungewöhnlich starken Katarrh. Ich hab so elementar, so gewaltig, so vulkanausbruchartig niesen müssen, daß es mir das Kreuz verrissen hat. Und zwar im Beisein meiner Cousine, meiner Lieblingscousine sogar.
Und wo war die Schwägerin?
Beim Einkaufen.
Aha. Und wie ging’s nun weiter?
Also, ich lag schmerzgekrümmt am Boden, und meine Lieblingscousine sagte: Oh du mein armer, lieber, dahingestreckter Lieblingscousin, du mußt sofort ins Bett. Ich lupf dich jetzt in deine Heia, dann entkleide ich dich und

zieh dir dein Schlafanzügerl über. Oder trägst du noch immer Nachthemden wie damals, als wir zusammen auf der Skihütte waren? – Sie brachte mich unter unsäglichen Mühen tatsächlich ins Bett. Als sie mich fast entkleidet hatte, stand plötzlich die Schwägerin in der Tür. Sie stieß einen gellenden Schrei aus und rief: Lotte, du Mistvieh, hab ich dich endlich erwischt?! Schreckst du denn wirklich vor gar nichts zurück, wie schon damals in der Skihütte?! Er hat mir nämlich alles von damals gebeichtet, du alte Matratzenlager-Kokotte!

Herrlich! rief der Redakteur am anderen Ende der Leitung. Das ist ja ein echtes Drama! So was Schönes steht oft einen Monat lang nicht im Polizeibericht!

Warten Sie nur, es kommt noch besser! Meine Cousine war so empört, daß sie meine Hose, die sie noch in Händen hatte, der Schwägerin kurzerhand um die Ohren schlug. Und dabei schrie sie: Wo warst du denn, du pflichtvergessene Ehefrau, als ich deinen armen, schwerkranken Mann zu Bett brachte?! Ich will es dir sagen: Sein Geld, das er mühsam mit Schwagerschreiben verdient, hast du leichtfertig ausgegeben und allerlei Schnickschnack dafür gekauft!

Ungeheuerlich! rief der Redakteur begeistert.

Die Schwägerin hatte meine Lieblingscousine inzwischen an den Haaren zu fassen bekommen. Sie bissen und sie schlugen sich und wälzten sich wie Berufscatcherinnen am Boden, wobei sie furchtbare, teilweise tierisch anmutende Schreie ausstießen, denen ich mich, durch neue Niesanfälle gepeinigt, anschloß. Nun wandte sich die Schwägerin endlich vom Teppich aus mir zu: Mein armer, bedauernswerter Gatterich, wehklagte sie, wie hat dich dieses liebestolle Weibsstück, diese deine sogenannte Lieblingscousine, bloß zugerichtet! – Ich hab doch nur einen Hexenschuß! erwiderte ich mit Tränen in den

Augen. Lotte leistete mir erste Hilfe! – Die Hex, die! rief die Schwägerin. Die ist schuld! Wie ich gegangen bin, warst du noch frisch und munter. Und dann ist sie gekommen und ist dir hint hineingefahren!
Eine tolle Story! rief der Redakteur aus der Muschel. Weiter!
Jetzt ist die Geschichte gleich aus. Meine Lieblingscousine ordnete ihre Haare, versorgte ihre Kratzwunden, knöpfte ihre Bluse wieder zu, die ihr im Kampf mit der Schwägerin aufgeplatzt war, und sagte schneidend: Nun reicht's mir! Ich eile jetzt heim, schreib über die unglaublichen Vorfälle in diesem Hause zum ersten Mal in meinem Leben „Die Cousine" und bring das Manuskript in die Zeitungsredaktion. Und dann werden wir sehen, hinter wem die Leser stehen – hinter der Schwägerin oder hinter der Lieblingscousine!
Köstlich! rief der Redakteur. Aber warten Sie – ich glaub ... – ja, das ist die Dame, von der Sie gesprochen haben! Sie kommt, ich erkenne sie an ihrem blauen Auge, gerade zur Tür herein. Aber sonst eine sehr stattliche Erscheinung. Also dann gute Besserung, bis auf bald!

Ilschen und Peterl heiraten

Wir wohnen im zweiten Stock, Holzmanns im ersten. Wir haben einen Sohn, Holzmanns eine Tochter. Der unsere ist fünf Jahre alt, die ihrige vier: Peterl und Ilschen. Vor ein paar Tagen, so gegen zehn Uhr vormittags, läutet es an unserer Tür: Es sind Ilschen und Peterl. Sie halten sich an der Hand, und Ilschen sagt: Tante Schwager, wir haben grad geheiratet, und drum zieht der Peterl jetzt zu uns hinunter!
Die Schwägerin verärgert: Ihr habt geheiratet? Fragen braucht ihr wohl nicht mehr, wie? Peterl, sag mal, liebst du denn Ilschen überhaupt?
Peterl: Naa!
Aber warum hast du sie dann geheiratet?
Mutti, *ich* hab sie gar nicht geheiratet, sie hat *mich* geheiratet!
Der dumme Bub! Bindet sich mit fünf Jahren schon, als ob er bereits fünfundzwanzig wäre!
Wie hat sie dich denn herumgekriegt, mein armer Liebling? fragt die Schwägerin, und Tränen treten in ihre Augen.
Sie hat mir versprochen, sagt Peterl, daß ich immer, wenn ich will, auf ihrem Dreirad fahren darf!
Ja, so machen sie's, die Weiber! Es ist das alte Lied! Aber wenn man dann auf ihrem Dreirad fahren will, dann sperren sie die Schlafzimmertür zu.
Jemand kommt die Treppe herauf. Es ist Peterls Schwiegermutter, Frau Holzmann.
So ein Glück, ruft sie überschwenglich, so ein Glück!

Daß ich das noch erleben darf! (Sie ist nämlich bereits achtundzwanzig Jahre alt.)

Ich weiß nicht so recht, sagt die Schwägerin pikiert. Für meine Begriffe sind die zwei noch arg jung. Ob die den Stürmen des Lebens schon gewachsen sind?

Jung gefreit hat noch niemand gereut, meint Frau Holzmann leichthin. Was kriegt er denn überhaupt mit, Ihr Peterl?

Das Übliche halt, sagt die Schwägerin gequält: sechs Hemden, sechs Unterleiberl und sechs Unterhosen, davon drei lang, drei kurz; außerdem seinen Roller, seinen Teddybären, den tönenden Kreisel und einen Legobaukasten.

Keine Bettwäsche?

Also gut, sagt die Schwägerin: zwei Leintücher, zwei Kopfkissenbezüge und ein Plumeau, alles mit den hübschen gelben Rändern versehen.

Na also, warum denn nicht gleich, sagt Frau Holzmann. Sie nimmt das Brautpaar energisch bei der Hand und zerrt es, obwohl Peterl bitterlich zu weinen beginnt und Muttimutti ruft, hinunter in ihre Wohnung.

Sei doch still, sagt sie zu unserm Sohn, gleich bekommst du dein Hochzeitsmus!

Abends kommt der Schwager nach Hause. Schluchzend wirft sich ihm die Schwägerin entgegen.

Stell dir vor, Peterl ist von Ilschen geheiratet worden! stößt sie hervor.

Das kommt mir bekannt vor, sagt der Schwager. Daß so etwas zweimal passiert in unserer Familie, das hätte ich nicht geglaubt. Aber das ist das unerbittliche Gesetz der Serie! Da zieht man ein Kind groß, und kaum ist es aus dem Gröbsten und über einen Meter raus, muß man es an wildfremde Leute abgeben. Hast du denn das nicht verhindern können?

Ich hab ja nicht die leiseste Ahnung gehabt, gesteht die Schwägerin. Er bat mich, in den Hof hinuntergehen zu dürfen zum Blindekuhspielen. Und dabei muß es passiert sein. Denn bald darauf haben sie als Frischvermählte an der Tür geläutet.
Aber jetzt muß ich schon dumm fragen, sagt der Schwager: Wie will er denn eine Familie ernähren? Außer seinem Taschengeld von vierzig Pfennig in der Woche hat er doch weiter keine Einnahmen.
Vielleicht lassen sie ihn Kinderarbeit verrichten, meint bitter die Schwägerin, denen ist wirklich alles zuzutrauen. Seine Aussteuer hab ich schon hinabbringen müssen: sechs Hemden, sechs Unterleiberl, sechs Unterhosen, davon drei kurz ...
Sag mal, unterbricht der Schwager, soll ich nicht hinuntergehen und ihm wenigstens gratulieren?
Tu's nicht, sagt die Schwägerin. Das Herz im Leib würde dir brechen, wenn du ihn sähst, wie er ängstlich auf das dreiste Geschöpf starrt, das keinen Augenblick von seiner Seite weicht. Ich glaub, er weiß überhaupt noch nichts mit ihr anzufangen!
Warum soll es ihm anders ergehen als mir bei meiner Hochzeit, sagt der Schwager.
In immer schwereren Gedanken sitzen Schwager und Schwägerin da, traurig hüpft der Kuckuck aus der gleichnamigen Uhr und verkündet Stunde um Stunde.
Kurz vor Mitternacht läutet es. Draußen steht der Hochzeiter im Schlafanzug, seinen Teddy im Arm.
Psst, sagt er, leise! Sie schlafen alle – und er deutet mit dem Daumen nach unten –, da hab ich mich einfach davongeschlichen.
Und deine junge Frau?
Die ist wohl die Allerletzte! Hat sich nicht einmal die Zähne geputzt vor dem Zubettgehen. Meinen Teddy

wollte sie mir auch wegnehmen! Aber morgen lasse ich mich von der Zicke wieder scheiden. Lieber ein Ende mit Schrecken als ein Schrecken ohne Ende!
Unglaublich, wie reif ein solches Erlebnis ein so kleines Kerlchen von einer Stunde zur anderen machen kann! Hochbeglückt herzen und küssen der Schwager und die Schwägerin ihren zurückgekehrten Flitterwöchner und legen ihn zusammen mit dem treuen Teddy in sein Bettchen.
Und wirklich: Er hält Wort! Schon am nächsten Morgen leitet er die Scheidung ein. Natürlich grüßen uns Holzmanns jetzt nicht mehr, und Ilschen streckt der Schwägerin, obwohl die immer noch pro forma ihre Schwiegermutter ist, jedes Mal die Zunge heraus. Auch weigern sie sich, die Mitgift herauszurücken: die sechs Hemden, die sechs Unterleiberl, die sechs Unterhosen, drei kurz und drei lang, und alles übrige.
Peterl erklärt deshalb dem baß erstaunten Schwager: Vati, wir werden den Rechtsweg beschreiten müssen, um wieder in den Besitz der Sachwerte zu gelangen, die ich gutgläubig in diese verdammte Frühehe eingebracht hab!

Pingpong mit Grappa

Während andere in dumpfer Hocke vor der Glotze die Olympischen Spiele verfolgten, nahm der Schwager an einem internationalen Tischtennisturnier in tausendvierhundert Meter Höhe teil. Zur Verwunderung der Schwägerin drang er bis ins Finale vor und unterlag nur knapp seinem Gegner, einem jungen Italiener namens Stefano Fredatti aus Cremona.

Das Turnier fand spontan und rein zufällig statt, an einem lauen Abend vor dem Heustadel eines Bergbauernhofs in Südtirol. Nach dem Abendessen hatten die gemischtsprachigen „Gäschte" zu den Schlägern gegriffen, die in einer alten Schuhschachtel lagerten, und sich nach einem schnell vereinbarten Modus gegenübergestellt. Es wurde verbissen gekämpft, und natürlich waren weder Gerd Rubenbauer noch andere TV-Sport-Heinis anwesend, um einer interessierten Öffentlichkeit berichten zu können.

Turniersieger Stefano ließ sich hernach nicht lumpen und stiftete der Konkurrenz, die weniger raffiniert die Bälle geschnitten hatte, einen Liter Grappa. Nach vier Stamperln war der Schwager enthemmt genug, einen Ertrinkungsversuch in den azurblauen Augen einer gewissen Paola zu machen. Zum Glück trat ihm in diesem gefährlichen Augenblick die Schwägerin auf die Zehen, so daß er gerade noch das rettende Ufer erreichte, nämlich ein Hirschgeweih an der Wand, an dem er sich mit den Pupillen festklammern konnte.

Paola, um auch das noch zu sagen, ist die Verlobte von

Stefano, eine wirklich molto bella Donna graziosa und dergleichen. Auch Stefano ist ein echt netter Bursch, der ideale Amoretto, oder wie das heißt, von Paola. Doch das Allererstaunlichste ist, daß beide aussehen wie waschechte Bayern.
Der Schwager wußte natürlich, als das letzte Grappa-Tröpfchen aus der Flasche gewunden war, was sich gehört, und bestellte bei Caroline, der wie aus einem Leibl-Bild entstiegenen Tochter des Hauses, eine zweite Flasche. Kaum das erste Glas gekippt, fühlte er sich bemüßigt, einen wissenschaftlich fundierten historischen Vortrag zu halten, der zwar manchmal in leichtes Lallen absackte, aber dennoch vom Theo, Hoferbe und Turnier-Dritter, satzweise ins Italienische übersetzt wurde:
Liebe Sportsfreunde, cari amici, begann der Schwager, ist es nicht schön, daß wir uns so gut verstehn, obwohl wir uns kaum verstehn? Jetzt will ich dir einmal etwas sagen, liebe Paola, und dir, lieber Stefano: Ihr könntet genausogut aus Monaco di Baviera sein wie ich ein Cremonese oder ein Milanese. Daß das nicht so ist, daran sind lediglich unsere Urahnen schuld. Der meine hatte wohl die Nase voll vom Völkerwandern, vielleicht hatte er auch Arthrose oder dicke Blasen an den Füßen. Die Alpen vor Augen, ging er jedenfalls keinen Meter mehr, während eure Urahnen noch gut zu Fuß waren und weiterzogen bis Verona, Torino, Ravenna, Genova. Mir san sozusagen alle Verwandte, und besonders dich, cara Paola, ernenne ich hiermit zu meiner Lieblingsschwester, und ich werde dir nun in inniger Freude, dich nach so vielen hundert Jahren wiedergefunden zu haben, einen Bacio auf deine blühenden rosa Wangen drücken.
Und damit erhob sich der Schwager, um zum Kusse zu schreiten, wurde jedoch von der Schwägerin jäh daran gehindert.

Tua net übertreibn, Babba, sagte sie und kippte ihn wieder in den Sessel zurück, das ist nicht üblich nach einem Männer-Einzel! Oder willst du, daß dich der Stefano morgen mit einundzwanzig zu null von der Platte schneidert?
Leider übersetzte Theo auch dieses seichte, unwissenschaftliche Geschwafel. Paola lächelte verschämt, Stefano und die anderen grinsten, und der Schwager sagte: Man hindert mich schon wieder am Völkerwandern! Trotzdem – uno, due, tre, gsuffa!
An Weiteres kann er sich leider nicht mehr erinnern. Aber wie er die Schwägerin kennt, wird sie ihn wohl kurz darauf abgeschleppt haben ins obere Stockwerk, wo er zehn Nächte lang ein gemischtes Doppelbettzimmer mit ihr bevölkerte.

Wählt die Rechte links?

Die Linke weiß oft nicht, was die Rechte tut. Sagt man, wenn es sich um Hände handelt. Und wenn nicht um solche? Dann weiß die Linke oft sehr wohl, was die Rechte, aber auch die Rechte, was die Linke tut oder plant, weil sich nämlich beide seit jeher argwöhnisch beobachten.

Kommunalwahlen stehen wieder einmal vor der Tür. Des Schwagers Linke ist verunsichert, hat keinen blassen Dunst, was seine Rechte am Sonntag tun wird. Müßten nicht beide eigentlich am selben Strang ziehen, wo sie doch am selben Corpus hängen?

Von Geburt an fühlt sich die Linke benachteiligt, ist auf die Rechte eifersüchtig. Weil der Schwager Rechtshänder ist, darf die Linke nur zweitrangige Dienste verrichten, soll der Rechten immer bloß zuarbeiten. Auch beim Urnengang wählt er natürlich rechts, das heißt, ob er rechts wählt, steht dahin. Doch die Rechte ist nun einmal seine Kreuzhand, mit der er belohnen oder demütigen kann. Gerecht gegenüber der Linken ist das nicht, wenn die auch oft linkischer agiert als die Rechte. Aber neugierig ist sie allemal.

Sie zwickt ihre Schwester in den Handrücken und sagt: Gestehe endlich, wo du am Sonntag dein Kreuz machen wirst, sonst sind wir geschiedene Hände!

Darauf die Rechte: Wenn er (womit sie den Schwager meint) das wollte, wäre er Linkshänder geworden. Dann würde ich als Rechte nicht wissen, was du als Linke wählen würdest.

Aber ich würde es dir sofort sagen, meint die Linke.
Auch wenn du rechts wähltest?
Dann gerade, meint die Linke.
Darauf die Rechte: Wer's glaubt, wird selig!
Aber eine Hand wäscht doch die andere, entrüstet sich die Linke. Erst heute früh haben wir das wieder praktiziert. Da willst du immer die Rechte sein und bedienst dich linker Tricks!
Langsam wird dem Schwager das Gestreit lästig. Ich bitte mir Ruhe aus, sagt er. Oder soll ich jeder von euch eins auf die Finger klopfen?
Da würdest du dir bloß selber wehtun, höhnen nun beide.
Jetzt gebt einmal acht, belehrt sie der Schwager: Wohin ich mein Kreuzl mache, entscheidet weder die Linke noch die Rechte! Richtig ist, daß die Rechte ankreuzelt, aber wo, das bestimme allein ich. Und nun faltet euch schön zusammen und bittet für einen glücklichen Wahlausgang in meinem Sinn!

Der Zorn der Bayern

Die Schwägerin schäumte. Ein nicht näher bekannter Professor war mittels Bildschirm ins friedliche Heim gedrungen und hatte ihr mitten ins Gesicht hinein gesagt, daß die Bayern Deutschlands aggressivster Volksstamm seien. Kurzerhand packte sie den Schwager am Krawattl, schüttelte ihn derb und forderte ihn auf, ihr diesen Burschen im Polizeigriff vorzuführen, um ihm zu beweisen, daß wir in Wirklichkeit die sanftesten Menschen von der Welt sind.
Der Schwager allerdings fühlte sich nicht angesprochen und blieb, ein spöttisches Lächeln auf den Lippen, die Ruhe selbst.
Die Schwägerin: Ich versteh nicht, wie man da lachen kann, wenn man als brutal und aggressiv beschimpft wird!
Der Schwager: Mich hat kein Mensch beschimpft!
Die Schwägerin giftig: Bist du vielleicht kein Bayer?
Der Schwager: Allerdings nicht!
Die Schwägerin starrte den Schwager fassungslos an: Ja, was bist 'n dann?
Der Schwager erhob sich zu voller Größe und blickte sie von oben herab an. Ich, sagte er stolz, bin ein Kelte!
Der Schwager weiß, was er sagt. Und es gelang ihm auch, bereits mit seinem ersten Argument die Schwägerin zu überzeugen. Er fragte: Glaubst du wirklich, so wie du mich kennst, daß ich jemals zu Fuß von Böhmen nach Oberbayern marschiert wäre?
Die Sache ist nämlich so: Als die ollen Bajuwaren um

das Jahr 500 hinter dem Böhmerwald herauskamen und nach Bayern rübermachten, fanden sie hier noch eine Menge Leute vor, die dem Bockshorn nicht die Ehre gegeben hatten, sondern weiterhin den Acker bestellten, ihre Kühe molken, dickes Bier brauten und Handel trieben. Das waren die Kelten.

Die neuen Herren waren nun nicht so dumm, diesen brauchbaren Menschen die Köpfe vor die Füße zu legen, sondern stellten sie zu einem allerdings sehr schuftigen Stundenlohn als Knechte und Mägde, als Vorarbeiter und Verwalter an. Der Schwager kann sich noch gut an diese Zeit erinnern, denn er war ja selber einer von diesen Immer-schon-Dagewesenen, ein schmucker Kelte mit roten Haaren und von echtem Hopfen und Malz.

Als damals die Bayernbüffel mit ihren komischen Wadlstrümpfen und mit ihren Knödlschleudern anrückten, versteckte er sich hinter einem Gebüsch, aber weil er so lachen mußte, wurde er entdeckt und von einem dicken Unterstammführer als Erzieher seiner sieben Kinder zwangsverpflichtet. Er entsinnt sich noch, daß er den Schrazen als erstes das Schneuzen und dann den Gruß „servus" beigebracht hat.

Der Schwager muß hier bemerken, daß er zu jener Zeit nicht mehr keltisch sprach, sondern von den vormaligen und inzwischen flüchtigen Herren, den Römern, ein sehr gefälliges Latein angenommen hatte, das ihn später befähigen sollte, in einer Münchner Stadtpfarrkirche nahtlos in die Rolle eines Ministranten zu schlüpfen. Doch dies nur nebenbei.

In jenen turbulenten Tagen beschaffte er sich als erstes ein bajuwarisches Wörterbuch, und bald sprach er die neue Sprache besser als die Bayern selber, die ja von einer Grammatik oder Syntax nicht die geringste Ahnung hatten.

Es kam, wie es kommen mußte. Die Nichte des Unterstammführers, die schöne Luitgard, warf ihr blaßblaues Auge auf den Schwager, und da man höheren Orts erkannte, daß dem Geschlecht Blutauffrischung nicht schaden konnte, erhörte man ihr Flehen, vermählte uns und gab uns den heutigen Hackerkeller zum Lehen.
Die Schwägerin: Ausgerechnet den Hackerkeller? Aber sag, was war denn diese Luitgard für eine? Wohl ein bißchen primitiv?
Nicht so primitiv, wie du denkst! Die hatte ganz schön was auf dem Kasten! Aber beunruhige dich nicht, es ist ja nur ein Beispiel für das, was damals geschah. An allen Ecken und Enden hielten sie um unsere keltischen Hände an, und in unserer Gutmütigkeit gaben wir sie ihnen auch; denn einem Stamm, der sich veredeln will, dem soll man keine getrennten Betten in den Weg legen!
Die Schwägerin: Du sagst veredeln. Waren denn diese Kelten wirklich so einmalig?
Oh ja, das waren sie. Sie hatten viele hervorragende Eigenschaften. So liebten sie stark berauschende Getränke, fraßen aber auch sehr gern über den Hunger, und beim Festefeiern waren sie stets die ersten wie die letzten. Auch waren sie gegen jede Obrigkeit, stolz, aufbrausend und jähzornig, dazu rauflustig wie die Teufel – kurz und gut: Individualisten in des Wortes schönster Bedeutung.
Was sagst du da, fuhr die Schwägerin auf, aufbrausend, rauflustig, jähzornig? Sie hatte den armen Schwager schon wieder am Schlafittchen und schüttelte ihn. Dann haben wir Bayern unsere Aggressionslust also von euch Kelten geerbt?
Kann schon sein, aber deswegen brauchst du mich nicht gleich zu erdrosseln; denn es hat ganz den Anschein, daß in deinen Adern ebenfalls Keltenblut fließt!

Was auch immer darin fließt, sagte die Schwägerin, jedenfalls sollen sie sich vorsehen!
Und sie versetzte der Mattscheibe, obwohl sie jener bewußte Professor bereits verlassen hatte, einen Schlag von sanfter Brutalität, der einerseits dem keltischen Erbe, andererseits aber auch dem feinen bayerischen Gefühl für Sachwerte gerecht wurde.

Auf dem Barhocker nach Casablanca

Morgen geht's leider nicht, da fliege ich in geschäftlicher Mission nach Casablanca ...
Wie kam der Schwager bloß dazu, solch eine dreiste Lüge in die Welt zu setzen? Nun, er saß nach langer Zeit wieder einmal dort, wo er schon früher selten genug Platz genommen hatte: auf dem Barhocker einer besseren Kneipe. Und wahrscheinlich hatte er auch schon einiges über den Durst getrunken.
Zunächst war er um diese Nachmittagsstunde der einzige Gast gewesen. Er war auf einen der Barhocker geklettert, die wie ihrer Spitze beraubte Eiffeltürme vor der Theke standen, und hatte die vielen Flaschen im gegenüberliegenden Regal betrachtet. Sollte er einen Curaçao nehmen? Nein, er entschied sich für einen Campari Soda, den er von der Adria her in rötlicher Erinnerung hatte.
Als der Schwager nun so schlürfte, gedachte er ehrfürchtig diverser großer Geister, die Jahre ihres Lebens auf Barhockern verbracht hatten, als da sind: Jack London, Ernest Hemingway, Tennessee Williams, Humphrey Bogart und Curd Jürgens.
Nach dem vierten Gefäß betrat eine Dame die Bar und nahm zwei Barhocker neben dem Schwager Platz. Nun ist das auf diesen Hockern dumm eingerichtet: Wenn du deinen Nebenmann oder deine Nebenfrau betrachten willst, mußt du den Kopf neugierig herumdrehen. Als Mann von Welt, der schon in jungen Jahren die Sowjetunion und den Balkan in Viehwaggons bereist hat und

später mit der Vespa bis nach Cattolica gekommen ist, tut der Schwager so was nur, wenn es unbedingt sein muß. So wie im vorliegenden Fall.
Die Dame war von angenehmem Äußeren und hatte genau das Alter, das ihm sein Arzt verschrieben hatte: so um die Dreißig herum. Sie trug ein dünnes Seidenkleid, das die Schwägerin wahrscheinlich einen Hadern genannt hätte und das die Takelage eines gewissen Halters verführerisch durchschimmern ließ. Was den Schwager immer an seine Jugendzeit erinnert, in der er ein vortrefflicher Gummischleuder-Schütze war.
Es lag nun an ihm, die Konversation zu eröffnen, und er tat dies äußerst geschickt und geistreich mit den Worten: Eine furchtbare Hitze heute da draußen, gell?
Die Dame fand das auch, und der Schwager – er war inzwischen doch zu Curaçao umgeschwenkt – erklärte ihr nun ohne Umschweife, daß sie das sympathischste Wesen sei, das er seit Jahren auf Barhockern angetroffen habe. Und ob sie wohl wisse, daß er schon einmal vom Zehnmeterturm im Dantebad gesprungen sei?
Sie wußte es natürlich nicht, offenbarte ihm aber dafür, daß sie mit Immobilien makle. Und daß er ein sehr interessantes Bauherrenmodell besichtigen könne, wenn er morgen mit ihr nach Rottach-Egern führe.
Daraufhin nun hatte der Schwager, der sich trotz Blaustiches keinen Illusionen über seine finanzielle Lage hingab und außerdem mehr an Damenbaumodellen als an Bauherrenmodellen interessiert ist, mit dem Reizwort Casablanca die Flucht nach vorne angetreten.
Wohin fliegen Sie? fragte sie, aufs höchste überrascht.
Der Schwager: Nach *Cablasanca.*
Denn er war, wie man so sagt, mit einem Male seiner Zunge nicht mehr mächtig. Die Dame lächelte.
So, so, sagte sie, und gleich morgen schon?

Der Schwager versuchte zu retten, was noch zu retten war. Er winkte den Barkeeper herbei, verlangte die Rechnung und bat, ihm ein Taxi zu bestellen, damit er ins Hilton zurückfahren könne.
Und viel Spaß morgen in *Cablasanca,* rief ihm die Dame nach, als der endlich erschienene Taxifahrer den Schwager vom Barhocker hievte, ihn an der Hand nahm und hinausführte.
Doch der Schwager wahrte sein Gesicht, ließ sich tatsächlich zum Hilton fahren und ging dann, möglichst eine gerade Linie einhaltend, zum nächsten S-Bahnhof.
So erging es einem ungelernten Barbesucher, der an einem dieser verdammt heißen Nachmittage bloß in aller Ruhe ein paar Wässerchen gegen den Durst trinken wollte. Und zu allem Überfluß jetzt auch noch Cassa blanca ist!

Wenn der Berg anruft

An den herbstlich besonnten Wochenenden fing in den vergangenen Jahren regelmäßig der Berg – nicht ein bestimmter, sondern der Berg an sich – zu rufen an. Wie staunte deshalb der Schwager, als gestern plötzlich gleich ein dutzend Berge nicht nur riefen, sondern bei ihm zu Hause anriefen. Der technische Fortschritt hat jetzt offenbar den Gipfel erreicht!

Zuerst war es ein relativ kleiner Zwackl, der sich meldete: Ja servus, du alte Bretterhüttn, sagte er, hier spricht die Neureuth! Wo bleibst denn heuer? Die letztn Jahr warst um die Zeit schon längst da. Also reiß di zsamm!

Ehe der Schwager eine Entschuldigung stammeln konnte, hatte die Neureuth wieder eingehängt. Und schon klingelte es wieder. Diesmal war der Heimgarten am Apparat: Wie wär's denn mit uns zwei an diesem Samstag? Fahrst meinetwegen mit dem Sessellift auf den Herzogstand, und dann balancierst auf dem wunderschönen Grat zu mir rüber, woaßt as ja eh! Hernach steigst zum Walchensee ab und laßt dir a frische Forelln serviern, wär des nix?

Der nächste war ein größerer Brocken, der Schinder. Zehn Jahr lang hast di jetzt druckt, beklagte er sich.

Ja weils d' net umasunst Schinder hoaßt, meinte der Schwager.

Aber dafür biet ich auch vom Gipfel eine sagenhafte Aussicht, und hernach kannst in d' Erzherzog-Johann-Klausn absteign und dir an guatn Südtiroler einschenken lassn!

Aber leider net auf deine Kostn, du Bazi, du oider! rief der dem Schinder nicht mehr ganz abgeneigte Schwager in die Muschel.
Je mehr sich die Anrufe häuften, desto unsicherer wurde er. Die Firstalm bestellte schöne Grüße von Brecherspitz und Bodenschneid, der Leonhardistein erinnerte an die erste Besteigung mit den Kindern im Schlepptau, Kampen und Guffert mahnten einen längst fälligen Besuch an, und weiter östlich versprachen Hochgern und Hochfelln die Neuauflage alter Gipfelfreuden.
Sogar der Wilde Kaiser ließ sich herab, anzuläuten. Hast mei Fernglasl gfundn, fragte ihn der Schwager, des i vor zwanzg Jahr bei einer Rast auf der Goinger Halt über an Latschnast ghängt und dann vergessn hab?
Mit solchen Kleinigkeiten könne er sich nicht befassen, meinte der Wilde Kaiser allerdings etwas ungnädig.
Woher die nur alle seine Telefonnummer hatten? Der Kramer über Garmisch erinnerte an die schöne Stunde, die der Schwager einst mit einem gewissen Annamirl etwas abseits des Gipfels verbracht hatte. Schließlich riefen gar noch der Gantkofel, die Laugenspitz, das Weißhorn und die Roßzähne aus Südtirol an. Was denn bloß mit mir müdem Heini los sei, und ob ich vergessn hätt, wie vortrefflich es sich auf ihnen steige und wie köstlich hernach der Speck und die Speckknödelsuppn schmeckten?
Jetzt wurde der Schwager echt zornig: Ja kruzinäsn, rief er, i konn mi doch net zreißn! *Da* sollt i nauf, und *dort* sollt i nauf, *drent* sollt i kraxln und *herent* aa! I hab doch bloß zwoa Füaß und oa Paar Bergstiefe! Wenn jetzt koa Ruah is, dann ruaf i d' Bergwacht o wegn alpiner Nötigung!
Damit war die Anruferei tatsächlich beendet. Schon kurz darauf holte der Schwager aus Schrank und Kommode

seine roten Nordwandstrümpfe, seine Cordbundhose, sein rotkariertes Bergsteigerhemd, den Anorak und seinen zerbeulten Trenkerhut.
Auf geht's! – Aber wohin?

Servus, altes Standl

Wie der Schwager neulich über seine geliebte Schwanthaler Hochebene pirscht, kommt er gerade dazu, wie ein Bagger den letzten Bissen seines alten Bärendreck-Drugstores ins Maul nimmt und dann schnell auf einen Lastwagen spuckt, als würde ihm vor der windschiefen Guatl-Burg grausen. Und er denkt so für sich: Wieder ein Stück weniger, das du gekannt hast und das wohl auch ein klein bißchen dir gehört hat.

Trinkhalle nannte sich in schierem Größenwahn dieser beliebte Treffpunkt der Vorstadtsöhne. Denn außer der Besitzerin, weitum als Fünferl-Maari bekannt, und einem eisernen Sparofen hätte kein Schwein mehr darin Platz gehabt. Ausgenommen Sparschweine, von deren Inhalt die Fünferl-Maari schlecht und recht lebte.

Wir freilich nannten diesen aus Brettern erstellten Eckzahn, hinter dem sich ein weites Lagergelände ausdehnte, stets nur Standl.

Bereits um ein Fünferl gab es da alle Todsünden für das erste Gebiß, das aber sowieso bald von selber herausfiel: saure Drops und Himbeerguatl, Kokosriegel und Waffelbruch, Reisschoklad und Marzipanstangerl; dann Kaugummi, ein Glasl Limonad oder eine Tüte Brausepulver, das man in die Hand schüttete und genüßlich mit der Zunge aufschleckte, wobei es ganz gefährlich prickelte und zischte.

In der Speiseeiszeit signalisierte ein rotes Fahndl schon von weitem kühlen Schleck-Genuß. Man verlangte „um a Fünferl gmischt“ und bekam dann zwei verschieden-

farbige Halbkugeln in der respektablen Größe von Roßbolln auf eine Waffelstranitze abgepaßt.
Doch auch im Winter ließ die Fünferl-Maari ihre Kundschaft nicht verkommen. Da braute sie in einem riesigen Hafen ein heißes Getränk, hielt mit listigem Lächeln eine Rotweinflasche darüber und nannte es daraufhin Punsch. Es wurde in dickrandige Gurgelgläser ausgeschenkt und kostete natürlich: a Fünferl.
Auch Zigaretten und Stumpen der billigeren Sorten führte die Maari, und daneben noch Romanheftl, Zeitschriften und Illustrierte. An die üblichen Ladenzeiten nicht gebunden, profitierte sie von den abendlichen oder sonntäglichen Gelüsten der Nachbarschaft.
Der Schwager erinnert sich schmunzelnd, wie er sich als heranwachsender Gent nach Feierabend oder an Sonntagnachmittagen am Standl von der Fünferl-Maari mit seinen Spezln getroffen hat. Und wenn wir vielleicht gerade vom Merkur-Kino gekommen sind, wo Tom Mix über die Leinwand geritten war oder Hans Albers „Wasser für Canitoga“ geschürft hatte, dann haben wir wohl unsere Limoglasln an die Lippen gesetzt, als tränken wir Whisky pur in einem Western-Saloon, und nebenbei heimlich aus der hohlen Hand noch eine Zuban geraucht. Yes Sir!
Die Fünferl-Maari, wann mag die wohl gestorben sein? Sitzt sicher schon lange da droben und verkauft den himmlischen Heerscharen Negerküsse und Zigarillos.
Bei der Nachfolgerin hatte der Schwager, kam er zufällig vorbei, stets ein paar Stangen Bärendreck gekauft. Aus alter Anhänglichkeit. Und auch deshalb, weil er einmal in einem „Ärztlichen Ratgeber“ gelesen hat, daß Lakritze gut für den Magen sei.
Als hätte es ein Erdbeben dahingerafft, so liegt das abgebrochene Standl nun auf dem Lastwagen. Das Ofen-

rohr schaut aus dem Bretterchaos heraus wie eine Kanone. Die Verwandlung einer Trinkhalle in Sperrmüll ist abgeschlossen. Der Fahrer steigt ein, der Lastwagen rollt davon. Servus, altes Standl, Freudenspender aus längst abgelebten Tagen! Ob dich wohl jemand vermissen wird?
Der Schwager auf alle Fälle. Wo soll er nun seinen Bärendreck kaufen?

Love-Story für Insider

Es war einmal ein very nice Bavarian Girl, das alle Baby callten. Es, oder say wir better sie, hatte einen well gestylten Body und lebte fresh and free nach der Message: Don't worry, be happy! Sie hatte much Fun mit Sonnyboys, war öfter high als down, also really kein uncooler Typ. Sie liebte einen trendy Sound, insbesondere die groovy Top-Ten-Hits, die sie mit einem beautiful Smile aus ihrem High-Fidelity-Walkman receivte, sie hatte ein easy Outfit samt small-sized Handy und war ein Fan von Fast-Food-Restaurants, wo sie zu sweet Popcorn und mighty Big-Macs light Coke schlürfte. Sie spielte super Squash und Tennis, bei welch letzterem sie es gar nicht erst zum nervy Tie-Break kommen ließ, da sie zu ihrem Hard-Pressing-Longline-Powerplay auch einen World-Class-Service und last, not least einen Highest-Performance-Topspin auf dem Racket hatte und meist als Queen of the Match unter Standing Ovations vom Court ging.
Natürlich hatte sie schon some lucky Love-Stories hinter sich. All right, ihr last Lover war just ein Flop. Einerseits spielte sich this Fuzzi als He-man und Macho auf, dann wieder erwies er sich als beshittened Softy ohne any Power, der noway den full Drive vorlegte. Es war really ein bloody Horror-Trip mit ihm, bei dem der total Crash schon im Setup programmiert war.
In einem Down-Town-Fashion-Center, in dem es fancy Sportswear für modern High-Society-Ladies gab, hatte er bei ihr angedockt. Er schwenkte einen Designer-Suitcase wie wow what a Marketing-Manager und ließ seine

Hollywood-Hero-Muscles jumpen wie shockin' Rambo. Doch als sie mit ihm early morning durch den Forstenrieder Park joggte, hatte er null Speed in den Shorts, und beim Fitness-Run auf den Nockherberg fiel er – echt heavy – mit einem Blackout und Flashs vor den Augen von seinem brandnew Power-User-Mountain-Bike.
Nach diesem Ultra-Desaster war der Greenhorn-Yuppie so mega out bei ihr, daß sie ihm sogar das sexy T-Shirt mit dem funny hot Park-and-ride-Slogan an der pretty Oberweite zurückgab, das er for cash in einem Second-Hand-Shop in der City für sie geordert hatte. Ein Kick, ein Side-Step, no Trouble – und schon war das crazy Monster forever aus ihrer Skyline gecanceled.
Nun war Baby wieder Single und auf dem Look-out nach einem lovely Newcomer. Er brauchte nicht unbedingt Superman, Inside-Trendsetter oder Member der upper Ten zu sein, der außer Job, High-Tech, Software, Big Business und Money womöglich nothing checkte, sollte sich aber erst recht nicht als Nobody, Loser oder Underdog outen, auch keinesfalls als einer ohne eigene Homepage, der vielleicht gar die Midlife-Crisis hatte und als Stranger in the Night am next Corner herumhing und lonely Oldies anturnte. No Sir, der new Lover-Boy mußte ein okay Feeling haben. Wer simply mit Small Talk seine One-Man-Show abziehen wollte, hatte no Chance, ihr special Master und private Highlight zu werden.
Baby-Darling talkte bei einem geshakeden Longdrink im Drugstore zum Schwager: Youngsters, die in meiner Hitparade Topstar und my very personal Federation-Cup-Winner werden wollen, müssen vor dem first Meeting noch strongly an sich powern. Fairplay, Cleverness und Success braucht der Fellow, um mich zu seiner Lady-Love und sich unter Umständen, aber never unter anderen, zu meinem Dancing-King zu promoten. Hast me, hey?

Eine Art weiblicher Udet

Und wenn ich dich unter Alkohol oder starke Drogen setze? fragte der Schwager.
Auch dann flieg ich nicht, erwiderte die Schwägerin. Aber bitte, wenn du unbedingt abstürzen willst, dann flieg halt du!
Die Sache war nämlich die: Durch die Laune von Frau Fortuna hatte die Schwägerin bei einem Preisausschreiben eine Wochenend-Flugreise für zwei Personen nach Sardinien gewonnen. Indem sie erriet, daß sich ein mittelalterlicher Sänger, wenn man ihn vorne mit einem „S" schreibe, zu einem Inselbewohner wandle, den sie im Gewinnfalle dann in seinem Heimatland im Plural antreffen werde. Und schlau, wie die Schwägerin nun einmal ist, brachte sie schnell heraus, daß ersterer ein Barde und der zweite dann eben ein Sarde sei. Und kein Sardinier, wie vielleicht so mancher Ungebildete meint.
Etwas Furchtbares ist passiert! Mit diesen Worten hatte dann eines Abends die Schwägerin den Schwager empfangen. Auf ihren Wangen glühten hektische rote Flekken und ihre Augen flackerten unruhig. Dem Schwager fiel ein Riesenstein vom Herzen, als er die Ursache ihres Kummers erfuhr: eben jenen Gewinn einer Flugreise nach Sardinien.
Anstatt dich zu freuen, machst du einen solchen Zirkus, sagte er. Das wird ein wunderschönes Wochenende! Du hast wohl noch nie was von der Costa Smeralda gehört?
Aber ich setz mich in kein Flugzeug! Da würde ich vor

Angst umkommen! Schreikrämpfe würde ich kriegen! Wenn ich nicht gar aus dem Fenster spränge!
Alles Einbildung! entgegnete der Schwager. Fliegen ist schön! Tausende fliegen jeden Tag. Und wir fliegen noch dazu über die Alpen!
Um Gottes willen, auch das noch! Daß wir an den Felsen zerschellen! Ich werde wahnsinnig!
Wie man nur so feig sein kann! Aus den Statistiken geht klar hervor, daß im Straßenverkehr viel mehr passiert als in der Luft.
Aber die Luft hat keine Balken!
Und wenn schon! Im Fall des Falles werden ganz bestimmt Fallschirme ausgegeben!
Jetzt schrie die Schwägerin auf: Aber ich springe mit keinem Fallschirm!
Auch wenn es um Leben oder Tod geht?
Aha, jetzt gibst du selber zu, wie gefährlich das Fliegen ist!
Schließlich ist es dem Schwager aber doch noch gelungen, der Schwägerin die Angst vor dem Fliegen zu nehmen. Er mußte dazu freilich einen ganz raffinierten psychologischen Trick anwenden.
Also gut, sagte er, dann flieg ich eben allein. Das heißt, wir könnten die zweite Karte dem Fräulein Angermeier von vis-a-vis geben. Der sind wir sowieso verpflichtet, seit sie für dich eingekauft hat, als du die Grippe hattest.
Sooo? sagte die Schwägerin gedehnt. Ausgerechnet der? Was willst du denn mit einem so jungen Ding die ganze Zeit reden? Da liegen doch Welten dazwischen.
Höchstens Halbwelten, meinte der Schwager.
Die Schwägerin drückte einige Zeit herum. Du, ich glaub, sagte sie endlich, daß ich mich vielleicht doch noch überwinden könnte. Weil es für dich einfach schöner ist, wenn *ich* dabei bin und keine wildfremde Person.

Der Schwager gab sich schwer begeistert: Wenn du dich wirklich aufraffen könntest, würdest du mich zum glücklichsten Menschen unter der Sonne machen!
Auf diese einmalig schönen Worte gab die Schwägerin endgültig ihr Jawort. Möglicherweise steigert sie sich bis zum Abflug sogar noch bis zu einer Art weiblichem Udet. Es kommt eben alles auf die richtige Motivation an!

Örtchen vom Feinsten

Bitte ausnahmsweise diesen „Schwager“ nicht lesen! Oder nur dann, wenn Sie einiges an Zumutungen und harschen Ausdrücken vertragen können. Denn die Behälter, die der Schwager heute auftischt, sind wirklich nicht hasenrein. Andererseits gehört das alles zum täglichen Leben. Ohne diese gewissen Schüsseln und Becken wäre der Alltag erst recht unanständig, übelriechend und obszön.
Hat der Schwager jetzt doch, bei aller Sensibilität, die Ihnen eigen ist, Ihre Neugierde geweckt, so daß Sie es nicht lassen können, trotz seiner Warnungen begierig weiterzulesen? Nun ja, dann war seine Einleitung gar nicht mal so schlecht!
Zunächst einmal muß er – als Kontrastprogramm – an jene geschmacklosen, ordinären Örtchen erinnern, wie sie ehedem an der Tages- und Nachtordnung waren und die den heutigen nie und nimmer das Toiletten-Wasser reichen können.
Geradezu ins Schwärmen aber kommt er, wenn er an die unglaubliche WC-Eleganz denkt, die insbesondere die gehobene Gastronomie nunmehr ihren Gästen bietet. Dort erwarten einen Urinsammler von wahrlich erlesener Schönheit. Einmal sind sie barock ausladend, dann wieder von klassischer, schnörkelloser Form und wieder woanders erinnern sie in ihrer bizarren Gestalt an moderne Kunstwerke. Die Farben wechseln von makellosem Weiß bis zu Karamel, von Oker über Lilablaßblau bis Violett, wie es eben die nobel gekachelten Wände, die

mit herrlichem Marmor belegten Böden erfordern, um vollendete Harmonie herzustellen.
In manchen dieser Örtlichkeiten herrscht eine Hygiene, wie man sie auch in der Küche des Hauses erwarten möchte. Da und dort ertönt auch noch leise Musik, meist klassische, in Gebirgsnähe auch Alpinkatzenähnliches, so daß der Aufenthalt zu einem angenehm berieselten Genuß wird.
Ein weiterer Clou, von dem frühere Toiletten nur träumen konnten: Kaum tritt man vom Becken zurück, spült ein wahrscheinlich computergesteuerter, geheimnisvoller Wasserfall automatisch nach, so daß sich niemand seiner hinterlassenen Rückstände schämen muß. Erhobenen Hauptes tritt man vor das Waschbecken, auch das wie von einem italienischen Designer gestylt, säubert sich, wo es kaum was zu säubern gibt, worauf einem die Hände flugs von einem hübschen Wandfön getrocknet werden. Wem das immer noch nicht genügt, der kann noch von einem Papierhalter serviettenähnliche Quadrate zum Nachputz fordern, worauf er gepflegter als zuvor wieder in die Gaststube zurückkehrt.
War das ganze nun wirklich so schlimm? Der Schwager hofft, daß Sie beim Lesen nicht immer wieder in laute Pfuirufe ausgebrochen sind. Denn nehmet alles nur in allem: In Wahrheit wurde hier ein Hoheslied auf die moderne Hygiene gesungen, die nicht wie einst aus dem Häuschen ist, sondern nunmehr mittendrin sitzt!
Nur die öffentlichen Toiletten, die hinken da noch meilenweit hinterher, und drum lassen wir sie auch hier, wie man neuerdings sagt, außen vor.

Der Kampf um den Mist

Wenn d' Kuah net gschissn hätt, wäre das alles nicht passiert, und auch nicht, wenn der Schwager keinen so niederträchtigen Nachbarn hätte.
Dieser Schuft und Schurke hat schon mehrmals unterm Zaun ein Loch gegraben, durch das alsbald ganze Kompanien von Schnecken in das Gemüsebeet des Schwagers eingefallen sind und es grausam verheert haben. Auch hat er seine ausgedehnte Blattlaus-Kolonie auf die saftiggrünen Johannisbeersträucher des Schwagers gehetzt, so daß sie in ein paar Stunden völlig kahlgefressen waren.
Schließlich hat sich, um auch das noch zu erwähnen, Ende August die Nachbarin, die ihrem Mann an Niedertracht kaum nachsteht, zwischen Dunkel und Siehgstminet in des Schwagers Garten geschlichen und dort die einzige Rose gepflückt, welche die Schwägerin unter unsäglicher Mühe zum Blühen gebracht hatte. Wenigstens behauptet ein uns befreundeter Gasableser, eine Rose in der Vase der Nachbarin als die unsere wiedererkannt zu haben.
Dies alles wäre jedoch noch zu ertragen gewesen, wenn d' Kuah net gschissn hätt!
Nämlich: Aus dem Agrarland um Erding bekam dieser feine Nachbar eine ganze Fuhre allerbesten Kuhdungs frei Haus geliefert. Jeder Gartler weiß, was eine solche Naturgabe in unserer kunstdüngerverseuchten Zeit bedeutet, und dem Schwager krampfte sich denn auch vor Neid das Herz zusammen, als der duftende und

dampfende Geleitzug an seinem Haus vorüberstank, auf der Straße eine feine Spur wie von allerzartester Milchschokolade hinterlassend.
Charakter hin, Charakter her, aber einem solchen Mist widerstehe, wer mag! Der Schwager eilte in Nachbars Garten und entbot seinen demütigen Gruß. Dann wandte er sich dem Ökonomen-Gold zu. Ah, was war das für ein herrlicher Haufen! Er roch köstlich nach Odelshausen und war von einem wunderbaren Strohhalm-Muster durchwirkt. Kein Land-art-Künstler hätte ihn vollendeter formen können!
Angesichts solchen Überflusses war der Schwager geneigt, zu vergessen. Er sagte: Nachbar, nennen Sie mir einen angemessenen Pfundpreis, und ich nehme Ihnen zwei Zentner von diesem stinkenden Zeug ab!
Nee, mein Guter, sagte da der Kerl – wieso haben überhaupt Leute, die nee sagen, so gute Beziehungen zu Erdinger Ökonomen? –, nee, sagte er also, das brauch ich alles selber. Seit Ihre Schnecken meinen Garten verwüstet haben, Ihre Blattläuse meine Bäume und Hecken fressen und Ihre Frau heimlich in der Nacht, wie mir gesagt wurde, unsere Tulpen geerntet hat, benötigt meine Scholle doppelt kräftige Nahrung!
Daß wir gebildeten und feinen Leute doch immer im Nachteil sein müssen, wenn man uns mit so groben Unverschämtheiten kommt! Nein, dem war der Schwager einfach nicht gewachsen, wenigstens nicht bei Tage! Zornbebend zog er sich zurück.
Zunächst beobachtete er mit den Seinen hinter den Vorhängen die Operationen des Feindes. Mit dreizinkigen Gabeln verteilten sie den Mist auf die abgeernteten Beete und gruben ihn, wie es sich gehört und auch im Gartenbuch steht, eine Spatenbreite tief unter die Erde.
Was werden die nächstes Jahr für Gurken und Kohlrabi

ernten! sagte die Schwägerin bitter. Doch der Schwager tröstete sie: Warte nur, Annamirl, auch bei uns wird es blühen und sprossen!

Zum Glück senkte sich, noch ehe sie die Fladen zur Hälfte verscharrt hatten, die Nacht hernieder, und der Schwager bemerkte mit Genugtuung, wie sie den Rest mit einer Folie zudeckten, damit er nicht ausrauche und sein Aroma verliere.

Für zwei Uhr nachts, wenn alles im besten Schlaf liegt, wurde der Wecker gestellt. Was bei den Tulpen geglückt, warum sollte es beim Kuhdung mißlingen?

Mit leeren Marmeladeneimern stiegen wir vorsichtig über den Zaun, über die Hände Gummihandschuhe gestülpt, um voll hineingreifen zu können und doch keine Fingerabdrücke zu hinterlassen. Zwanzig Kübel Mist schleppten wir herüber, dann begannen wir leise wie Heinzelmännchen mit dem Eingraben. Gaben es aber schnell wieder auf. Es war zu finster dazu, und eine Taschenlampe anzuknipsen wäre zu gefährlich gewesen. Wenn am Morgen nur ein einziger Fladen herausschaute, wären wir verloren gewesen! Was tun?

Lieber ein falscher Entschluß als gar keiner. Der Schwager zischte: Alles ins Haus tragen, eine Decke ausbreiten und schön aufschlichten!

Um acht Uhr kam schon die Polizei. Sie werden beschuldigt, Ihrem Nachbarn achtzig Kilo erstklassigen Kuhmist entwendet zu haben, sagte Kommissar Erik Ode. Dürfen wir ins Haus?

Das ist eine Ungeheuerlichkeit! Haben Sie jemals schon gehört, daß jemand Kuhfladen gestohlen hätte? Und wo ist Ihr Hausdurchsuchungsbefehl?

Der Schwager redete und redete. Es galt, Zeit zu gewinnen. Nach zehn Minuten gab ihm die Schwägerin ein Zeichen, und er sagte: Also bitte, wenn Sie unbedingt meinen, dann kommen Sie herein. Aber auf Ihre eigene Gefahr!

Zunächst ging es in die Küche. Der Kommissar riß alle Schränke auf und schaute in Tiegel und Suppenhäfen. Natürlich nichts! Dann kroch er im Wohnzimmer unter die Couch und schraubte den Fernsehapparat auf, ob wir ihn vielleicht dort versteckt hätten. Schließlich wollte er auch noch das Schlafzimmer sehen. Der Schwager ging voraus. Auf der Treppe lag ein feuchter Bollen. Es gelang ihm, ihn unauffällig aufzuheben und in die Hosentasche zu stecken.

Hier riecht es aber ganz verdächtig, sagte Erik Ode, als wir im Schlafzimmer standen.

Kein Wunder, meinte der Schwager, die Fenster sind ja auf, und des Nachbars Mist stinkt bis zu uns herauf.

Aber er hatte nun einmal Verdacht geschöpft. Er wühlte unter den Nachtkastl-Socken, grapschte im Kleiderschrank in den Röcken der Schwägerin herum, schaute unter die Betten. Aber er fand nichts. Der Kommissar mußte sich schließlich mit vielen Entschuldigungen wieder zurückziehen.

Als er gegangen war, sah der Schwager der Schwägerin lange in die Augen. Ich danke dir, sagte er innig, du hast unseren Ruf gerettet! Aber sag mir um Himmels willen, wo du ihn so schnell versteckt hast?

Es ist mir nichts anderes übriggeblieben, sagte die Schwägerin und schlug die Hände vors Gesicht, ich hab ihn einfach in die Betten gelegt.

Daß wir solche Schweine sind, damit hatte der Kommissar nicht rechnen können!

Ein Auto in Tränen

Muckl steht in der Garage und weint. Die Tränen rinnen ihm nur so über die Scheibe, und wenn er sie nach einiger Zeit mit dem Wischer beiseite räumt, gibt es jedesmal ein unangenehm kratzendes Geräusch.
Hör endlich auf, sagt der Schwager ärgerlich. Schau lieber andere Autos an, die kalt ins feindliche Leben hinausgestartet werden und jederzeit mit Rutschgefahr und Blechschäden rechnen müssen, während du gemütlich im warmen Stall stehst und dir die Zylinderhaube über den Vergaser ziehen kannst!
Von wegen warmer Stall, begehrt Muckl auf, ein feuchtes, kaltes Loch ist das, nicht einmal gut genug für die Ratzen. Mich friert ganz erbärmlich in die Achsschenkelbolzen, meine Kardanwelle ist schon ganz steif, und was meinen Öleinfüllstutzen anbelangt ...
Du führst dich auf wie ein altes Weib! unterbricht ihn der Schwager. Vorgestern hast du dir Zündspulwürmer eingebildet, gestern Schmerzen in der Greuelstange ...
In der Greuelstange?! Muckl stampft erbittert mit seinen neuen Winter-Gummischuhen auf. Jetzt lenkst du mich schon neun Jahre und weißt immer noch nicht, daß es Pleuelstange heißt! Wahrscheinlich hast du nicht die geringste Ahnung, wo sich meine Pleuelstange überhaupt befindet. Aber das paßt ganz zu einem, der meist fährt wie eine gesengte Sau!
Öha, sagt der Schwager, nur nicht ausfallend werden, gell! Wer hat denn letztesmal bei hundert Sachen plötzlich den Keilriemen abgeschnallt, ich oder du?

Muckl stößt einen Stoßdämpfer aus: Das kommt davon, wenn man seinen treuen Kameraden so vernachlässigt wie du!
Ein gescheites Auto kümmert sich um seine Sachen selber, meint der Schwager.
Aber der Muckl gibt keine Ruh: Wann hab ich denn überhaupt die letzte Ölung gekriegt? bohrt er weiter. Wer kümmert sich um mein Ventilspiel und um meine Leerlaufeinstellschraube? Kein altes Schwein, um wenigstens diesmal den Ausdruck Sau zu vermeiden.
Äußerst ungehalten antwortet der Schwager: Vielleicht verlangst du in Zukunft auch noch, daß ich dich zur Wunschmassage fahre?! Anstatt daß du endlich einmal in die Ortskrankenkasse eintrătest, damit ich nicht jede verstopfte Düse deinerseits privat behandeln lassen muß. Diese Kerle verlangen ja Honorare, daß einem die Zündkerzen ausgehen! Für die Nockenwelle, die du kürzlich erhalten hast, hätte meine Frau, deine vielgeliebte Herrin, sieben Dauerwellen bekommen!
Muckl schaut trübselig aus den Scheinwerfern. Wegen meines fortgeschrittenen Alters und deiner Überholmanöver nimmt mich keine Krankenkasse auf, sagt er, das weißt du doch. Dabei müßte ich dringend am Auspuffrohr operiert werden. Und unten, wo andere den Unterbodenschutz haben, hab ich den chronischen Rotlauf. – Er beginnt wieder zu weinen. – Ich möchte dich ja nicht beunruhigen, greint er, aber Gürtelreifenrose hab ich, glaub ich, auch schon wieder ...
Jetzt sei nur ruhig, tröstet ihn der Schwager, so schlimm wird's schon nicht sein! Schau lieber mal, was mit deiner Heckleuchte ist, die ist grad ausgegangen.
Entschuldige, sagt Muckl, aber mir hat's gerade vor Kummer die Sicherung herausgehauen!
Ist ja gut, Alter, tröstet ihn der Schwager und klopft ihm

begütigend auf die Schnauze. Weißt du was, ich schick dir in einer Viertelstunde die Schwägerin herunter, die soll dir ein warmes Schaumbad machen. Das wird dir guttun!

Vor Freude blinkt Muckl ein paarmal mit dem Fernlicht auf und schwanzelt, als wäre er ein Dackel, mit dem Kofferraumdeckel. Schaumbäder, noch dazu von der Frau des Hauses, liebt er nämlich über alles.

Die Schwierigkeit, sich im Straßenverkehr zu beherrschen

Der Schwager fuhr durch die Nacht nach Hause, mitten durch einen tiefen Forst und mit aufgeblendeten Scheinwerfern. Ein anderer Wagen überholte, der Schwager blendete ab und nach einiger Zeit, als der andere schon weit davongezogen war, wieder auf. Aber dem war das offenbar noch zu früh. Er fühlte sich in seiner Ehre und in seinem Rückspiegel gekränkt. Was tat er? Er stieg von seinem geheiligten Gas, ließ den Schwager wieder überholen und knallte ihm dann, in kürzestem Abstand hinter ihm herfahrend, das Licht seiner aufgeblendeten Scheinwerfer voll in den Wagen.
Wer weiß, was passiert wäre, wenn der Schwager nicht diese Gabe der Beherrschung hätte!
Er drosselte das Tempo und dachte so für sich: Oh du armer Irrer, irgendwann wird es dir zu dumm werden, und dann mußt du wieder nach vorne. Und dann freu dich!
Und so geschah es denn auch. Nach fünf Minuten Rache mittels Lichtdusche preschte der Bursche wieder vor. Der Schwager forsch hinter ihm drein und das Licht aufgeblendet, was die Scheinwerfer hergaben!
Und schon wieder konnte sich der andere nicht beherrschen! Erneut verlangsamte er sein Tempo, bloß daß der Schwager diesmal nicht darauf hereinfiel. So langsam konnte der gar nicht fahren, daß er nicht noch langsamer gewesen wäre. Der Bursche muß gekocht haben!
Der Schwager konnte sich gut in ihn hineindenken. Aber

was konnte der andere schon viel machen? Anhalten? Ja, genau das tat er. Der Schwager hielt ebenfalls, etwa fünfzig Meter hinter ihm. So standen sie mitten in der Nacht mitten im Wald hintereinander, der höfliche Schwager und der andere, der die Beherrschung verloren hatte.

Wenn der Schwager nicht den kühnen Einfall gehabt hätte, nach einer Weile seine Scheinwerfer ganz abzustellen und scharf rechts ranzufahren, so daß der Vordermann ungewisses Ungemach aus dem schwarzen unheimlichen Klecks hinter sich vermuten mochte und auf einmal in wilder Panik davonfuhr, so stünden sie vielleicht heute noch dort, der beherrschte Schwager und die unbeherrschte Wildsau vor ihm.

Der Schönste im ganzen Land?

Wer das Märchen vom Schneewittchen kennt, der kann auf diesen Gedanken schon einmal kommen: sich vor den Spiegel zu stellen, ein gefälliges Lächeln aufzusetzen und dann die eitle Frage an ihn zu richten:

Spieglein, Spieglein an der Wand,
wer ist die/der Schönste im ganzen Land?

Der Schwager tat es kürzlich vor dem Badezimmerspiegel, einem von Zahnbürsten und Gurgelgläsern umstandenen schmucklosen Blender. Aber er erhielt keine Antwort, sofern man die Tatsache, daß sich der zunächst blitzblanke Reflektierer mit feinem Dunst beschlug, nicht als solche ansehen will.
Offenbar gibt es über den sieben Bergen bei den sieben Zwergen einen Schneewitterich, der schöner ist als er. Wer könnte das wohl sein, wo mochte dieser elende Schurke wohl stecken? Der Schwager ließ sofort seine Spezln im Geiste Revue passieren. Mein Gott, da gab's ja wirklich greislige Teifen genug: Gschwoischädl, Plattnsimerl, Schnapsnaserte, Augensackträger, Angerunzelte, die ihm nie und nimmer den Adamsapfel reichen konnten! Hatte denn dieser verdammte Spiegel jeden Geschmack, jedes Urteilsvermögen verloren?
Außerdem: Über den sieben Bergen – war das etwa in Bozen oder Meran oder gar in der Toskana? Hatte sein Spieglein vielleicht den berühmten David von Florenz im Hinterkopf, der seine überdimensionale Nacktheit

schamlos fotografierwütigen Touristinnen darbietet, die vor, neben und hinter ihm stehend tatsächlich zu Zwerginnen werden?
Der Schwager fing jetzt an, sich die Zähne zu putzen und sie ausgiebig seinem Verleumder zu zeigen. Natürlich hätte er auch einen der zahlreichen anderen im Hause herumhängenden Spiegel befragen können, aber er fürchtete, daß sie sich mit dem Toilettenspiegel solidarisch erklären würden.
Die Sache verhält sich so: Die Schwägerin hat gewissermaßen einen Spiegeltick. Wo immer sich ein freier Platz an einer Wand anbietet, pflastert sie ihn unbarmherzig mit runden, ovalen, quadratischen, länglichen und sechseckigen Konfrontations-Scherben zu. Das Wohnzimmer führt sich gar auf, als wollte es mit dem Spiegelsaal von Versailles in Konkurrenz treten.
Der Schwager kann sich wenden, wohin er will, er entrinnt sich nicht, begegnet sich selber permanent auf Schritt und Tritt. Ist es da ein Wunder, wenn er sich gründlich an sich abgesehen hat?
Übrigens: Mit Alkohol im Blut traut er sich schon lange nicht mehr heimzukommen! Wie er sich da, von Spiegel zu Spiegel torkelnd, dargestellt findet, das ist zum Davonlaufen, zum Heulen und Zähneklappern! Dieser stiere Blick, dieses verschwommene Gesicht, diese riesige Nase, diese Elefanten-Ohren!
Ehrlich: In diesem Zustand würde er es niemals wagen, dieses

Spieglein, Spieglein an der Wand,
wer ist der Schönste im ganzen Land?

auszusprechen. Er wüßte schon im voraus, wie die Antwort lauten würde: Du amoi net, du Saufaus!

Zittern mit der Zither

Es hat schon bayerische Herzöge gegeben, die waren tadellose Zitherspieler, und auch der Schwager, einst Drallerkönig von der Schwanthaler Höh, wäre gern ein Meisterzupfer auf dem Kraigadern geworden.
Leider hatten ihn jedoch seine Eltern zu etwas Höherem bestimmt und zwangen ihn ans Klavier, an dem ihm lediglich der drehbare Sessel gefiel. Er ist denn auch nicht sehr weit über „Gold und Silber lieb ich sehr" hinausgedrungen – und aus Rache später ein eiskalter Konzertmuffel geworden.
Was den kleinen Schwager an der Zither so beeindruckt hat, war die Verwendbarkeit des Kastens als Einsitzer-Rodel. Und daß jedesmal gut eine Viertelstunde mit dem Stimmen verging. Das wußte er von seinem Blutsbruder Mandi, den er manchmal zu seinem Zitherlehrer begleitete.
Das Schönste aber war wohl dies: Wenn man die Zither gegen den Wind schwang, dann kamen so wehmütig-schaurige Seufzer aus ihr heraus, daß sich einem schier der Buckel aufringelte. Jetzt aber probiere das einer einmal mit einem Klavier! Wegen seines unhandlichen Formats kann man es ja nicht einmal in einen Rucksack stecken und damit auf die Berge steigen!
Wie anders wäre wohl das Leben des Schwagers verlaufen, wenn man seinem Drang zum Saitenschlagen nachgegeben hätte! Anstatt seinen Wurstsalat mit Zwiebeln an einem Schreibtisch erdienen zu müssen, dessen Platte vom verzweifelten Hinstieren schon ganz

abgewetzt ist, zöge er mit seinem Instrumenterl von Alm zu Alm, überall freudig begrüßt mit Enzianschnaps, gewildertem Rehrücken und dem leckeren Kaiserschmarrn.

Und wenn er dann am Abend seine letzten Akkorde verklingen ließe, dann machte wohl die Mirzl geschwind die Fensterläden zu und wendete sich kichernd dem Kreister zu. Wer aber nicht weiß, was ein Kreister ist, der soll es sich hiermit merken für alle Zeiten: nicht mehr und nicht weniger als die Liegestatt der Sennerin.

Im Winter aber säße der Schwager in den Wirtshäusern des Oberlands am Kachelofen, umdrängt von lauschenden Rinderzüchtern und Gewerbetreibenden, ja sogar von niederem Landadel, und würde von molligen Wirtinnen – Frau Wirtin hat auch einen Zitheristen! – umhegt und umpflegt werden.

Über ihm, gut sichtbar, hinge das Schild: Wegen der Gefährlichkeit seines Berufes (Blasenleiden) nimmt ihn keine Lebensversicherung und Krankenkasse auf. Vielen Dank!

Manchmal, wenn es der Schwager wieder einmal satt hat, erwägt er noch heute den Gedanken, sich in eine Zither-Lehre zu begeben. Er ist ja erst ... – Wie, wenn er um seine Rente eingeben und versuchen würde, noch einen Zipfel der entgangenen Freuden zu erhaschen?

Schließlich aber läßt ihn im letzten Augenblick immer wieder das Beispiel des Schriftstellers Wugg Retzer zurückschaudern. Der wollte ja auch einmal dasselbe Versäumnis seiner Jugend wettmachen. Also nahm er Zitherstunden beim Kiem Edi, dem Bruder des Pauli.

Aber schon nach einer Woche Unterricht wurde der Wugg beim Einmarsch in Österreich gebraucht. Nach neuem Anfang in den Sudeten. Und nach abermaligem Beginn schickte man ihn in den Polenfeldzug. Doch

unbeirrt klopfte der Wugg im Sommer 1945 wieder beim Kiem Edi an. Da aber meinte der sonst so distinguierte Musikpädagoge barsch:
Woaßt was, du leckst mi am Arsch, jedsmoi, wenns du 's Zitherspuin ofanga möchst, bricht a Kriag aus!

Kalte Füße, warme Füße

Im Treppenhaus begegnet der Schwager der Frau Baldauf vom zweiten Stock, die auf den Fünfziger zumarschiert. Sie blickt ihn mit waidwunden Augen an und hält sich seufzend am Treppengeländer fest. Ja was haben S' denn, Frau Baldauf, ist was nicht in Ordnung? fragt er besorgt.
Sie beginnt zu weinen. Draufkommen bin ich ihm, daß er eine Freundin hat, eine ganz junge noch dazu, schluchzt sie heraus.
Wem sind S' draufkommen, Frau Baldauf?
Ihm halt, meinem Mann. Der alte Trottel, der! Zu müd, daß er abends mit dem Dackel um den Stock geht, und dann das! Und wissen S', was er als Begründung angegeben hat? Weil er immer so kalte Füß hat! Was sagn S' jetzt?
Der Schwager gibt sich entsetzt. Wenn das jeder und jede so machen tät, besonders jetzt, wo der Winter anfängt!
Wissen S' was, rät er der Frau Baldauf, wenn Ihr Mann wieder einmal in der Nacht kalte Füß hat, dann stehen S' auf, stellen einen großen Topf Wasser auf den Herd, und wenn es kocht, dann lupfen S' die Bettdecke und schütten S' ihm das Wasser über die Haxen. Wern S' sehn, so schöne warme Füß hat der noch nie ghabt!
Das ist zwar gut gemeint, sagt darauf die Frau Baldauf genüßlich, aber hernach werd halt ich kalte Füß kriegn. Was meinen S', wie der plärren tät!
Dann bleibt bloß noch, meint der Schwager, daß Sie aus Rache Ihre Füß auch woanders aufwärmen lassen.

An das hab ich auch schon gedacht, sagt sie. Aber das Dumme ist: Ich hab nie kalte Füß, im Gegenteil, fliegende Hitzen hab ich. Meine Füß sind manchmal so heiß wie Bratäpfel, die frisch von der Ofenplatte kommen.
Dann versteh ich nicht, warum Ihr Mann diese günstige Gelegenheit nicht wahrnimmt. Da bräucht er doch bloß seine Füß an die Ihren hinreiben, und schon wär ihm geholfen!
Wem sagen S' das! Aber da hätt er wahrscheinlich Angst, daß ich dann glaub, er müßt ...
Frau Baldauf stockt und schweigt betreten vor sich hin, und der Schwager, obwohl absolut unschuldig an ihres Mannes Pflichtvergessenheit, tut es ihr gleich. Nach einer Weile des Nachdenkens sagt er: Aber was will er denn ausgerechnet mit einer Jungen, wenn es *so* mit ihm steht?
Sie schutzt die Achseln. Vielleicht ist es da anders, meint sie, wenigstens hab ich in der „Bunten" einmal so was gelesen.
Aber das hält nicht lang vor, tröstet sie der Schwager und fährt, um nicht in falschen Verdacht zu geraten, fort: Zumindest hab ich das in der „Quick" gelesen. Also nur den Mut nicht sinken lassen, Frau Baldauf, er wird noch einmal froh sein um ihre warmen Füß!
Der Schwager verabschiedet sich hastig und eilt die Treppe hinunter. Er befürchtete ernsthaft, daß Frau Baldauf bei Fortgang des Gesprächs ihren Schlappschuh ausgezogen und ihn gebeten hätte, die Temperatur ihrer Füße zu begutachten.
Da es in der vergangenen Nacht erstmals fünf Grad minus gehabt hat, fühlt er schon nach den ersten Schritten, wie sich die Kälte in seinen Schuhen einnistet. Das schlechte Beispiel des Herrn Baldauf vor Augen, trabt er eine Weile hinter einer flotten Biene her, aber da sich

seine Füße dabei kein bißchen wärmen, schwenkt er nach links und tritt in ein Schuhgeschäft, um sich dort schöne dicke Filzpantoffeln zu kaufen – immer noch die billigste und zudem eine sittlich einwandfreie Art, sich warme Füße zu holen.

Kalte Güsse, heiße Küsse

So urgesund zu leben, daß man mit neunzig noch das Matterhorn besteigen kann und am selben Abend der flotteste Tänzer im Palast-Hotel ist, den junge Engländerinnen verschämt um den Zimmerschlüssel bitten, dieses hohe Ziel hat sich ein Bekannter des Schwagers gesetzt.
Er ist jetzt neunundvierzig, schaut aber erst wie achtundvierzig aus. Wenn er am Morgen erwacht, raspelt er sich mit einer großen Bürste die Haut, bis sie so rot ist wie das Kommunistische Manifest. Dann springt er in die Badewanne und schüttet sich zehn Kübel eiskaltes Wasser über Brust und Gliedmaßen, wobei er fürchterliche Schreie ausstößt. Schnatternd wie Donald Duck begibt er sich nunmehr ins Bett zurück und beginnt seine Atemübungen.
Nach seiner Vorstellung nimmt er dadurch Verbindung mit dem All auf. Er schnüffelt die Luft ein wie ein Nasenbär und läßt sie mit dem seltsamen Spruch „si-ti-ti-tu-pu-fu" wieder entweichen. Dann übt er sein Zwerchfell, indem er es zu den Silben „piff-puff" und den herausgepreßten Sätzen „Zittre, Wicht!", „Stieglitz zwitschert!" und „Still bist du, Susi!" auf- und niederhüpfen läßt.
Der Schwager muß zugeben, daß er den Mann ob seiner Konsequenz bewundert, wenngleich er nicht recht versteht, warum er ausgerechnet auf junge Engländerinnen so scharf ist. Darüber befragt, sagte ihm der Gesundheitsapostel, es handle sich lediglich um ein Beispiel. Für Matterhorn könne man auch Monte Rosa setzen, und an

Stelle von Engländerinnen dürften es genausogut Holländerinnen oder Schwedinnen sein.
Aha, sagte der Schwager. Insgeheim aber dachte er sich, daß der Mann wohl etwas zur Wankelmütigkeit neige.
Nach den Atemübungen arbeitet der Bekannte eine Viertelstunde mit Expander und Strickhupfer. Dann nimmt er sein Frühstück zu sich, das aus Kräutertee und Bircher Müsli besteht. Nachdem er auf die Wange seiner Frau einen herzhaften Kuß geschnalzt hat, eilt er federnden Schrittes davon.
Es bedarf keiner besonderen Erwähnung, daß der Mann nicht raucht, nicht trinkt, nicht schnupft und niemals durch die Paul-Heyse-Unterführung geht. Statt dessen macht er Waldläufe und reibt sich regelmäßig mit Sojabohnenöl ein wie ein japanischer Berufsringer.
Es konnte nicht ausbleiben, daß dieser Mensch dem Schwager als leuchtendes Beispiel hingestellt wurde, und eines Morgens ertappte er sich dabei, wie er ein Armbad nach Pfarrer Kneipp nahm. Wahrscheinlich hatte es ihn bis ins Innerste getroffen, daß ihm die Schwägerin schon mehrmals die Munterkeit jenes Kaltabgießers vorgehalten hatte, der sich sogar mit neunzig noch zutraue, es mit jungen Engländerinnen aufzunehmen.
Und die eheliche Treue, spielt die keine Rolle? fragte der Schwager.
Bei dir in diesem Alter bestimmt nicht mehr! entgegnete sie.
Durch diese harten Worte erlitt der Schwager einen schweren Schock. Er schränkte sofort das Rauchen ein und schraubte den Alkoholkonsum auf drei Halbe pro Tag zurück. Gleichzeitig aß er nur noch Brot aus vollen Roggenkörnern, die auf garantiert organisch gedüngtem Boden gewachsen waren, machte jeden Tag zwanzig Kniebeugen, daß die Scharniere knarzten, und nahm von

Zeit zu Zeit kalte Sitzbäder zur Abhärtung und Frischhaltung gewisser Körperteile; denn er war nicht länger gewillt, das Matterhorn und vor allem die arglosen Engländerinnen diesem Wüterich zu überlassen. Die Schwägerin sollte ihre unbedachten Worte noch einmal bitter bereuen!

Wer weiß, wie gesund der Schwager mit der Zeit noch geworden wäre, wenn er dieser Tage nicht zufällig die Frau jenes Bekannten auf der Straße getroffen hätte. Sie trug Schwarz, und dem Schwager kam der Verdacht, daß sie Witwe geworden sei. Und so war es denn auch!

Ihr Mann war, als er gerade das Angebot in der Auslage eines Sexladens begutachtet hatte, von einer herabfallenden Dachplatte am Kopf getroffen worden, und alle Kunst der Ärzte hatte ihn nicht mehr retten können, da seine Konstitution durch die dauernden kalten Güsse schwer angeschlagen war.

Der Schwager verzichtet hiermit feierlich auf die jungen Engländerinnen, und was das Matterhorn betrifft, war es ihm damit sowieso niemals Ernst!

Auf das Schaffell gekommen

Der Schwager hat sich ein Schaffell gekauft. Irgend jemand hatte ihm gesagt, daß es nichts Kuscheligeres gebe, als auf so einem Fell zu schlafen. Nicht nur die Träume würden angenehmer, auch mit dem Kreuzweh am Morgen sei es kein solches Kreuz mehr.

Also fuhr er zu einer Schafhalterin und verbrachte mit ihr ein angeregtes Schäferstündchen. Da die Schwägerin auch dabei war, verlief es natürlich in allen Ehren.

Sie plauderten über Schafhaltung, Schafzucht, Schafmilch, Schafschur, Lammfleisch und sogar über Schafboidderln. Als nebenberuflicher Komposteur interessiert sich nämlich der Schwager auch für die humusanreichernden Hinterlassenschaften dieser Tiere und bekam auch am Ende des Schäferstündchens, sozusagen als Zuwaage, einen Kübel davon überreicht. Eine noble Geste!

Also, das Schaffell kostete siebzig Mark. Die Schäferin kramte einige Dankschreiben hervor, in denen frühere Käufer in gefälligen Worten ihre Zufriedenheit und ihren Dank ausgedrückt hatten. Eine Dame schrieb von einem völlig neuen Schlafgefühl, ein älterer Herr fühlte sich beim Zubettgehen jedesmal wie von einer seidenweichen Schmusekatze gestreichelt. Ob das ein stiller Vorwurf an sein Eheweib war, stand nicht in dem Brief.

Wieder daheim, breitete der Schwager das Fell sogleich auf sein Bett, zog den Pyjama an, obwohl die Nachmittagssonne noch durch das Fenster schien, und brachte sich genüßlich in die Waagrechte.

O ja, das war wirklich ein schönes Gefühl, das ihn da vom Nacken abwärts bis hinter das Gesäß beschlich. Aber wo blieb die Wohltat für die Füße? Und ob er die Arme während des Schlafs immer so eng würde anlegen können, daß sie in Tuchfühlung mit dem Fell blieben?

Wir hätten zwei oder drei, noch besser vier Felle kaufen sollen und sie dann zusammennähen, nörgelte der Schwager.

Und warum nicht auch gleich noch die Wände mit Schaffell tapezieren, damit es der Herr angenehm und schnurrbehaglich haben? fragte die Schwägerin.

Nun gut, eines hatte sie jedenfalls nicht bedacht: daß nämlich der Schwager nächtens ein wilder Träumer ist. Immer wieder wirft er sich unkontrolliert umher, einmal hinum, dann ruckizucki herum. Die Folge: Das brave, unschuldige Fell liegt jeden Morgen zerknüllt in einer Bettecke, konnte seine segensreichen Wirkungen kaum entfalten.

Dic Schwägerin, auf dieses Problem angesprochen, meinte: Entweder änderst du deine ungezügelten Schlafgewohnheiten, oder ich zieh dir sicherheitshalber das Fell über die Ohren!

Ganz schön gemein, gell! Der Schwager hat inzwischen damit begonnen, von seinem Taschengeld Woche für Woche ein paar Mark zurückzulegen. Nach vorsichtiger Schätzung wird er in wenigen Monaten soweit sein, bei einem zweiten Schäferstündchen, dann aber ohne Schwägerin, drei weitere Felle zu kaufen.

Bis dahin liegt das erste auf einer Truhe, wo es sich sehr dekorativ macht. Immer, wenn sein Blick darauf fällt, freut sich der Schwager schon auf die erste Nacht, in der er auf vieren dieser Dinger, wenn auch nicht nahtlos, glücklich sein wird ...

Aufgebahrt zur Zahnbehandlung

Als der liebe Gott dem Menschen Nase, Ohren, Augen und Fingernägel verpaßt hatte, kam er auf die unglückliche Idee, ihn auch noch mit zweiunddreißig echten Zähnen auszustatten. Anstatt von vornherein mit einem dauerhaften künstlichen Gebiß.

Der Schwager wickelte einen Wollschal um seine geschwollene Backe, wurstelte sein Herz aus der Hosentasche, in die es gefallen war, wieder nach oben und begab sich in stumpfer Verzweiflung zu seinem Zahnarzt. Ein volles Jahr lang war er von der Karies, jener Caritas für Zahnärzte, verschont geblieben. Jetzt war es wieder soweit. Obwohl er nie Gummibärle aß und Schokoladeriegel lutschte wie gewisse andere, die aber trotzdem keine Löcher in ihren groben Schmelz bekommen. Ist das gerecht? Der Schwager drückte die Klingel.

Hoppla, was war denn da passiert? Neue Tapeten, neue Teppiche. Habt ihr modernisiert? fragte der Schwager die blonde Eva, Sprechstundenhilfe und Kinnhalterin vom Dienst.

Ein bißchen, sagte sie und schob den Schwager in das Behandlungszimmer Nummer zwei. Nehmen Sie bitte schon einstweilen Platz!

Der Schwager riß Augen und Mund auf. Am Fenster stand nicht mehr jener alte, gediegene Zahnarztstuhl, in dem er schon so viele schöne, schmerzerfüllte Stunden verbracht hatte, sondern ein hochmodernes Liegemöbel, über dem allerlei Apparate wie kleine Kräne schwebten.

Ja was ist denn das? wollte der Schwager wissen.
Das ist die allerneueste Behandlungsliege, sagte sie. Hat irrsinnig viel Geld gekostet.
Aber geht es denn im Liegen auch? fragte der Schwager. Nein, fuhr er eigensinnig fort, ich möchte es im Sitzen haben! Wie ich es gewohnt bin von früher.
Seien Sie nicht kindisch, meinte Eva. Im Liegen ist es viel angenehmer.
Auch außerhalb der Praxis? fragte der Schwager leichthin.
Bitte nehmen Sie jetzt endlich Platz, sagte sie ungnädig, drängte ihn auf das neue rachitische Kanapee, band ihm einen Latz um den Hals und entschwebte.
Schon beim letztenmal war es dem Schwager aufgefallen: Seit diese Eva selbständig den Zahnstein entfernen durfte, hatte sie etwas Selbstgefälliges, Hochmütiges, Gschnappiges angenommen. So, als ob eigentlich sie die Zahnheilkunde erfunden hätte.
Wie dem auch sei, der Schwager lag jetzt jedenfalls flach hingestreckt, den Oberkörper leicht angehoben, einen Sabberlappen auf der Brust, schaute auf die kahlen Bäume vor dem Fenster, schloß die Augen. Es war still, unheimlich still. Irgendwie kam er sich aufgebahrt vor. Er roch Blumen neben sich, Kränze. War da nicht auch Musik?
Jawohl, aus unsichtbaren Lautsprechern rieselten Hammondorgelklänge auf ihn herab. Zuerst kam das Lied „Schenkt man sich Rosen in Tirol“, dann „Oh mein Papa war eine wunderbare Clown“ – alles ganz leise, ganz getragen, ganz feierlich.
Jetzt bräuchten sie nur noch das „Ave Maria“ von Gounod zu spielen, dachte der Schwager, dann wüßtest du wirklich nicht mehr: Bist du schon gestorben, oder scheint’s nur so?

Offenbar war es ein Tonband. Die Lieder wiederholten sich. Das „Ave Maria“ war nicht dabei. Vermutlich gehörte das alles zur Ruhigstellung des Patienten: zahnärztliche Psychologie.

Der Schwager schloß die Augen, döste dahin. Auf einmal sah er seine Verwandten um sich versammelt. Wie ausgezehrt er ausschaut, hörte er seine Schwiegermutter sagen, bloß die linke Backe ist noch voll und rund und blühend!

Mit Genugtuung registrierte der Schwager, daß zwei der Trauergäste leise schluchzten, während andere, von denen er das nie erwartet hätte, ungeniert plauderten und lachten. Jetzt sollte ich noch mein Testament ändern können, dachte er grimmig.

Eine Hand faßte nach der seinen. Hatte er überhaupt noch einen Puls? Die Nachtschwester beugte sich besorgt über ihn.

Wie lange wird's noch dauern? flüsterte der Schwager.

Ich mach ihnen jetzt zuerst den Zahnstein weg, sagte eine Stimme.

Der Schwager schlug die Augen auf. Es war Eva, die um ihn herumhantierte. Die Musik verstummte, wurde abgelöst von dem Surren eines elektrisch betriebenen Marterhakens.

Wenn Sie zucken, dann tut's noch weher, sagte Eva.

Trotzdem: Zum erstenmal empfand der Schwager so etwas wie Dankbarkeit an dieser Stelle. Mit gewohnter Grobheit bestätigte ihm Eva, daß Adam noch nicht gestorben, daß er noch auf dieser Welt präsent war.

Ja, es war schön, noch zu leben und durch das Fenster auf die Bäume zu blicken, und sei es auch mit ängstlich aufgerissenen Augen. Und etwas Wunderschönes stand dem Schwager außerdem bevor:

Bald würde der Schmerz nachlassen!

Der Maier-Clan

Man muß nicht Kennedy und nicht Rockefeller heißen, um einem Clan anzugehören: Auch der Name Wadlbeißer genügt dazu und ein Konto mit tausend Mark minus. München ist voll von solchen Clans, und der Schwager gesteht mit Stolz, daß er auch einem solchen angehört, und zwar dem hochberühmten und weitverzweigten Maier-Clan – der den Kennedy-Clan vielleicht zwar nicht finanziell, aber gewiß zahlenmäßig an die Wand drücken könnte. Um nichts in der Welt möchte der Schwager, auch nicht für hunderttausend Dollar, in die erwähnten amerikanischen Clans hinüberwechseln, weiß er doch nur zu gut, was er am Maier-Clan hat.
Erstens einmal stammt der Maier-Clan aus Niederbayern – was man vom Kennedy-Clan nun wirklich nicht behaupten kann –, und noch dazu von dort, wo es am tiefsten ist und das Schmaischnupfen erfunden wurde. Zweitens hat dem Schwager, als er sieben Jahre alt war, die Maier-Tant von ihrer schmalen Rente ein Paar wunderschöne Fußballschuhe gekauft, was eine Tante Rockefeller unter gleichen Umständen wohl niemals getan hätte. Und drittens hat der Schwager innerhalb seines Clans schon so viele herzbewegende Hochzeiten und tieftraurige Beerdigungen erleben dürfen, so viel Vertrautheit und Einbezogenheit von klein auf, daß er sich ihm sozusagen auf ewig verbunden fühlt.
Der Schwager möchte sich weiter nicht rühmen, aber es läßt sich nun mal nicht leugnen, daß sein Clan eine Reihe bedeutender Persönlichkeiten hervorgebracht hat. Zum

Beispiel den Onkel Hans, der es bis zum Justizobersekretär gebracht hat und in seinen schönsten Jahren, wie sich vielleicht noch etliche alte Leute im Westendviertel erinnern werden, bei Achtzehnhundertachtzge geboxt und neben einem gebrochenen Nasenbein auch eine Reihe schöner Pokale und Zinnteller heimgebracht hat. Oder die Tante Gusti, die, eine Art weiblicher Dior, drei Generationen Weiblichkeit um Landshut herum eingekleidet hat – als Störnäherin.

Auch die Altvorderen dürfen in diesem Zusammenhang nicht vergessen werden.

Da ist die Urahne aus Mirskofen, die eine vergilbte Fotografie als resolutes Kopftüachl-Weiberl zeigt. In weitem Umkreis genoß sie scheue Verehrung, war ebenso geachtet wie Schullehrer und Viehdoktor. Ihr Beruf: Häuslerin und Hebamme. Dann der Bruder des Großvaters, der einen großmächtigen Bauernhof erheiratet und ihn durch ungeheueren Fleiß im Trinken schon nach zehn Jahren auf die Gant gebracht hatte. Noch heute, da er längst im Grabe ruht, zollt ihm der Clan für diese einmalige Leistung Respekt.

Die edelsten Köpfe unseres Clans, hat man sie auch bloß ein einziges Mal gesehen, vergißt man so schnell nicht wieder. Es sind makellose Rundschädel, und wenn man sich Nase und Ohren wegdenkt, könnte man sie ohne weiteres zum Kegelscheiben verwenden. Die Weiber des Maier-Clans neigen zur Fülle und zu Kaffee-Ausschweifungen, die Männer geben sich patriarchalisch, lieben von Hand gemachte Kartoffelknödel und halten den Daumen nach unten, wenn von der Gleichberechtigung der Frau die Rede ist. Und natürlich haben die jungen Hupfer in unserem Clan den Mund zu halten, wenn die Alten vom Siebziger Krieg erzählen, den sie noch beinah mitgemacht hätten.

Der Maier-Clan tritt in unregelmäßigen Abständen zusammen. Je nachdem, ob es sich um eine Hochzeit oder eine Beerdigung handelt, trifft er sich mit Küchenwaagen und ähnlichen Geschenken in einer Wirtschaft, die ziemlich geräumig sein muß, oder in Trauerkleidung auf einem Friedhof; auf alle Fälle jedoch – dies ist der einzige Jour fixe – an Allerheiligen gegen zehn Uhr am Hauptportal eines Münchner Friedhofs.

Dort bildet er einen vorwiegend schwarzgekleideten Igel und behindert den Zustrom der übrigen Clans, die sich mühsam einen Weg um ihn herum bahnen müssen. Erst wenn die letzte der dreizehn Tanten und Großtanten, der letzte der neunundzwanzig Vettern und dazu das allerletzte Baserl vom Land eingetroffen sind, setzt sich der Clan wie eine würdevolle Dampfwalze in Bewegung und schreitet unaufhaltsam den Gräbern der Sippe zu.

Wer an Allerheiligen dem Zug zufällig begegnet, der sollte ihm ehrfürchtig Platz machen. Mag es ungefährlich sein, den Kennedy-Clan zu reizen, den Maier-Clan zu provozieren wäre verhängnisvoll!

Immer an der toten Tante vorbei

Bald ist wieder Allerheiligen, der Tag der Toten, und in München auch noch der Tag der Polizei.

Schon seit einer Woche herrscht im Präsidium und in den Revieren emsiges Treiben. Die Polizisten sitzen singend in ihren Stuben und wienern ihr Koppelzeug auf Hochglanz, bessern ihre Unterwäsche aus, nadeln geplatzte Hosennähte zu, nähen die Knöpfe an ihren hübschen grün-beigen Uniformen fester. Andere rubbeln ihre Hälse, lackieren ihre Fingernägel, färben ihre Handschuhe mit frischer weißer Farbe ein oder üben vor dem Spiegel den bekannten polizeiwidrigen Blick.

Der Lautsprecher gibt indessen laufend Meldungen von Verkehrszusammenbrüchen, Unglücksfällen und Einbruchdiebstählen durch. Aber die Beamten hören gar nicht hin.

Im Präsidium tagt unterdessen pausenlos der Einsatzstab unter Leitung des Präsidenten. Aufmarschpläne werden entworfen und verworfen, Halte- und Parkverbotszonen aufgestellt und mit der Zeit immer mehr erweitert. Für Stadtviertel, die das Pech haben, mehrere Friedhöfe zu besitzen, wird ein totales Fahr-, Geh- und Aufenthaltsverbot erwogen. Friedhöfe, die erfahrungsgemäß besonders stark bedrängt werden, sollen total umzingelt, beziehungsweise hermetisch, also luftdicht, abgeriegelt werden.

Tatsächlich ist es in den letzten zwanzig Jahren keinem einzigen Toten gelungen, am Allerheiligentag aus einem dieser Friedhöfe zu entweichen.

Ist der Einsatzplan bis zum letzten i-Tüpfelchen fertiggestellt, beginnen die Vorbereitungen im Gelände. Tausende von Halte- und Parkverbotsschildern werden auf Polizei-Lastkraftwagen verladen und unter Leitung der höheren Chargen rund um die Friedhöfe aufgerichtet. Selbst längst aufgelassene Gottesäcker werden nach dem Gleichheitsprinzip nicht vergessen. Nach Abschluß dieser Arbeiten fahren der Präsident und sein Stellvertreter alle Einsatzbereiche ab, und je mehr Schilder sie vor einem Friedhof antreffen, um so satter und zufriedener wird ihr Lächeln.

Am Tage A (so wird Allerheiligen im Polizeijargon genannt) werden schon um sechs Uhr früh Rum mit Tee, Kunsthonig, Margarine und Vollkornbrot an die Truppe ausgegeben. Selbst Innendienstler und Krankgeschriebene finden sich vollzählig ein, um diesen Tag der Polizei-Allmacht nicht zu versäumen. Es fehlen nicht die Beamten der Mordkommission, nicht die Spezialisten von Spreng und Greif noch jene von der Dirnen- und Falschspielerbetreuung.

Was die Führungskräfte betrifft, so wollen auch sie nicht zurückstehen an diesem Parade-Tag. Sie haben sich in das schlichte Grün und Beige des gemeinen Polizisten gehüllt, haben auf Rangabzeichen und Orden verzichtet, um an den Brennpunkten des Allerheiligen-Geschehens das Schönste zu tun, was es für unsere Freunde und Helfer gibt: uns zu leiten, uns umzuleiten und uns rundherumzuleiten – um die Friedhöfe.

Der Schwager kann sich nicht erinnern, jemals an einem anderen Tag im Jahr so viele sauber herausgeputzte Polizisten gesehen zu haben wie an Allerheiligen. Dicht bei dicht stehen sie neben den schmucken Verbotsschildern die Friedhöfe entlang und winken unentwegt mit lässiger Gebärde: Weiterfahren! So daß es vorkommt, daß

man, wenn man Onkel Ferdinand im Waldfriedhof besuchen wollte, bei der Tante Ulla im Sendlinger Friedhof ... – vorbeifährt. Und auf der Theresienwiese landet, wo überhaupt kein Mensch beerdigt ist.
Die Generalmobilmachung der Münchner Polizei an Allerheiligen ist in der Tat genial zu nennen. Wann sonst hätte sie die Möglichkeit, praktisch fast die ganze Einwohnerschaft an so verhältnismäßig wenigen Orten anzusprechen und zu beeindrucken?
Es ist, als ob uns die Polizei bedeuten wollte: Außer der Macht dort oben, die euch zu Asche und Staub zurückverwandelt, gibt es noch jene andere, die in diesem Leben allerlei verbieten kann. Alle Schwägerinnen und Schwäger sollten Trost schöpfen aus der Erkenntnis, daß es am Tag der allgemeinen Trauer eine feste Größe in unserem Dasein gibt, einen Halt im Halteverbot!

Allerlei Warnungen aus dem Dampfradio

Väterchen Frost stelzt mit seinem Spreizfuß über die deutsche Ackerscholle, und aus unserem Volksempfänger vernehmen wir prompt die Warnung an die Zuckerrübenanbauer, sich und ihre Ruam in acht zu nehmen.

Dem Schwager schießt der Gedanke durch den Kopf, wie angenehm es doch sei, in diesen frostigen Tagen frei von Zuckerrüben und der Sorge um sie zu sein. Und wie unser guter bayerischer Dampfradio durch seine ständigen Warnungen zur Beruhigung der Hörer, ausgenommen der wenigen Betroffenen natürlich, beitrage. Nach dem Motto: Hören? – Ja! – Sich wundern? – Ja! – Handeln? – Nein!

Die nächste Warnung läßt den Schwager leise lächeln. Er soll nicht mit Sommerreifen auf den Staller Sattel, das Grödner Joch, den Falzarego, den Mendelpaß, den Gampen und schon gar nicht auf den Pissoir fahren. Denn dazu sei Winterausrüstung unbedingt erforderlich.

Wie wenn er das ernsthaft vorgehabt hätte! Um ganz ehrlich zu sein: Auf den Pissoir wollte er zwar schon seit langem. Aber doch nicht mitten im November! Und vielleicht gar noch bei Schneetreiben und Nebel! Bloß damit er hernach sagen könnte: Hallo Bayern drei, ich bin auf dem Pissoir gewesen, und tatsächlich war es nur die Winterausrüstung meines Autos, die mich dort hinaufgelangen ließ!

Nach einer gefälligen Zwischenmusik (Bayern Zopf) folgt Warnung drei. Auch diesmal können der Schwager und ein paar hunderttausend andere Hörer gelassen bleiben: Ein Geisterfahrer ist bei Grunzenried falsch in die Autobahn eingefahren. – Wo ist überhaupt Grunzenried? Vielleicht bei Blökhausen? Trotzdem: Deppen gibt's, das gibt's gar nicht!

Nach weiteren fünf Minuten haut es den Schwager aber dann fast vom Sessel, bei folgender Durchsage:

Der auf Höhe der Ausfahrt Grunzenried falsch in die Autobahn eingefahrene Verkehrsteilnehmer hat seinen Irrtum bemerkt, gestoppt und fährt jetzt im Rückwärtsgang weiter. Erschrecken Sie bitte nicht, wenn ein Fahrzeug auftaucht, das Ihnen, in gleicher Richtung fahrend, die Frontseite zuwendet, und Sie daher den Kopf des Fahrers nicht wie üblich von hinten, sondern ausnahmsweise von vorne sehen!

Der Schwager springt vom Stuhl auf. Das ist einmal eine Meldung nach seinem Herzen! Ein Gruseln läuft ihm den Rücken hinunter. Denn im Rückwärtsgang ist nicht zu spaßen!

Der Schwager rennt im Zimmer auf und nieder. Endlich eine neue Durchsage. Betrifft aber nur die Zuckerrübenanbauer. Heute nacht nun doch keine drohende Frostgefahr. Wie schön für sie!

Nach einer Viertelstunde, in der sich James Last und Ambros Seelos ein hartes Verfolgungsrennen über alle Tonleitern liefern, kommt die Erlösung:

Achtung, Autofahrer! Das Gespenst, das bei Grunzenried in falscher Richtung in die Autobahn eingefahren war, dann seinen Irrtum bemerkt hat und im Rückwärtsgang weitergefahren ist, hat die Autobahn bei Rülpsdorf wieder verlassen.

Sicher ebenfalls arschlings, wenn das auch der Sprecher

nicht eigens erwähnt. Weil sich bessere Hörerinnen und Hörer an diesem Ausdruck stoßen könnten.
Noch manch andere Warnung erreicht den Schwager an diesem Tag. Doch keine so außergewöhnliche mehr. Deshalb seine Bitte an Bayern drei: Sendet bald wieder solch einen Geisterfahrer, der im Rückwärtsgang über die Autobahn prescht, selbst wenn darüber ein paar Zuckerrüben erfrören. Es gibt in der Verkehrsfunk-Warnerei nichts Vergleichbares!

Der Herr Präsident läßt grüßen

Eines haben die Eltern des Schwagers bei seiner Erziehung versäumt: Sie haben ihn nicht darauf hingewiesen, daß er sein ganzes Sinnen und Trachten darauf richten solle, dermaleinst den schönsten Beruf der Welt zu ergreifen und Präsident zu werden. Je älter der Schwager wird, um so mehr erkennt er:

Biste einmal Präsident,
schüttelt jeder dir die Händ,
kannste reden dumm und schlau,
kommt sich gleich die Abendschau.

Das Schönste am Beruf eines Präsidenten ist neben der Anerkennung, die er bei seiner Milchfrau genießt, der Vorzug, daß die Leistungen der von ihm Präsidierten voll auf seine werte Person zurückstrahlen und ihn schließlich weit über sie hinausheben, so daß er beinahe Gottnähe erreicht; während er umgekehrt beim Versagen seines Haufens stets völlig unschuldig ist.
In einem solchen Fall nimmt der Herr Präsident die Pose des schwer enttäuschten Führers ein und verkündet in schlichter Größe, daß er ein besseres Volk verdient hätte. Er spricht von Konsequenzen und davon, daß die Verantwortlichen zur Rechenschaft gezogen würden, und stellt rollende Köpfe in Aussicht. Auf die Idee, daß er selber der hauptverantwortliche Kopf einer Flaschensammlung sein könnte, kommt ein richtiger Präsident niemals. Wie man ja auch noch nie gehört hat, daß sich ein Präsident wegen Unfähigkeit selber entlassen hätte.

Das Äußerste, wozu sich ein Präsident herbeiläßt, ist die in die Kulisse gesprochene Drohung, bei Fortdauer der Krise (oder der Angriffe) zurückzutreten, oder besser gesagt: seinen Posten zur Verfügung zu stellen. So macht der Präsident vor aller Welt deutlich, wie schmählich ihn die von ihm Präsidierten im Stich gelassen haben.
In Wirklichkeit ist aber die Drohung mit dem Rücktritt das am wenigsten ernst gemeinte aller Präsidentenworte. Erstens einmal weiß ein richtiger Präsident nur zu gut, daß er in Wahrheit unersetzlich ist, und zweitens wäre er ja dann von einem Tag zum andern bloß noch ein x-beliebiger Meier oder Huber. Und so was tut sich ein Präsident nur mit dem größten Widerwillen an.
Wie sehr Präsidenten an ihrem Titel hängen, geht daraus hervor, daß sie selbst bei höchster Vergreisung nur dann zum Rücktritt zu bewegen sind, wenn man ihnen hoch und heilig verspricht, daß sie sich bis an ihr seliges Ende Ehren- oder Alterspräsident nennen dürfen.
Es gibt nun die unterschiedlichsten Präsidenten, wie zum Beispiel die von Sterbekassenvereinigungen, von Kaninchenzüchterverbänden und vielerlei Gesellschaften und Kuratorien, etwa für bayerisch-grönländische Zusammenarbeit, den internationalen Austausch von Bienenköniginnen oder zur Verhinderung des Mißbrauchs von Gartenzäunen. Es gibt Bundes-, Landes-, Bezirks- und Unterbezirkspräsidenten, Parlaments-, Senats- und Kammerpräsidenten, Haupt- und Unterpräsidenten von Post und Eisenbahn, ferner Handball-, Hockey-, Radsport- und alle anderen Arten von Sportpräsidenten einschließlich der hinlänglich bekannten von Fußballvereinen, von denen jedes Pfürzchen, das sie abzugeben sich die Ehre geben, von der Presse mit genauer Angabe seiner Länge und Brenndauer breitgetreten wird.
Nur am Rande sei vermerkt, daß Sportpräsidenten, um

den nötigen Abstand zu den von ihnen Geführten zu wahren, sich in der Regel jedweder sportlichen Tätigkeit enthalten und es strikt ablehnen, die hundert Meter unter einer Minute zu laufen. Merke: Präsidenten laufen nicht, sondern schreiten, sie essen nicht, sondern speisen, und sie sind nicht da und dort, sondern weilen.

Die Bedeutung des Präsidentenamtes kommt in Bayern besonders sinnfällig zum Ausdruck durch die von der Schriftsprache abweichende und weit gewichtigere Aussprache: Herr Präsadent. In dem für das i eingeschobene a wird gewissermaßen die ganze Würde und Bürde des Amtes hörbar.

Bezeichnungen wie Präse, die zwar jovial klingen, jedoch nicht im Einklang stehen mit der Ehrfurcht, die man diesem Titel zu schulden hat, werden von echten Präsidentenpersönlichkeiten mit dem Hochziehen der rechten Augenbraue zurückgewiesen.

Der Schwager verhehlt nicht, daß er Anstrengungen unternommen hat, irgendwie doch noch Präsident zu werden, und sei es auch bloß beim Verein für betrügerisches Einschenken. Doch selbst hierfür reichte es nicht. Er mußte erkennen, daß ihm eine wesentliche Voraussetzung für das Präsidentenamt fehlt.

Ein Präsident muß nämlich die hohe Kunst beherrschen, aus dem Stegreif eine Stunde lang und länger Bla an Bla zu fügen, indes der Zuhörer, ohne daß er zu sagen wüßte, warum, die Erkenntnis gewinnt, Zeuge von hochbedeutsamen Ausführungen zu sein. Auf heikle Fragen (etwa von Reportern) muß ein Präsident so schwallartig selbstbewußt antworten, daß man zunächst glaubt, er sei über seinen Schatten gesprungen anstatt über die Tatsachen.

Herr Präsident! Schweren Herzens nimmt der Schwager Abschied von dem Gedanken, doch noch eines Tages Ihresgleichen werden zu können!

Wettern übers Wetter

Früher machte man keine Umschweife (koane Daanz), nannte auch widrige Dinge ohne Scheu beim Namen, sind diese auch noch so drastisch gewesen. Heute hat da der Schwager echte Hemmungen. Zum Beispiel wagt er auf Anhieb nicht, die derzeit herrschende Witterung coram publico so zu benennen, wie er das einst, ohne mit der Lippe zu zucken, getan hätte!
Oder soll er vielleicht doch über seinen Schatten springen? Das anstößige Wort einfach hinschreiben und dann warten, was passiert? Auf alle Fälle riskierte er damit einiges Stirnrunzeln und Kopfschütteln, setzte seinen Ruf, ein halbwegs gebildeter und anständiger Mensch zu sein, leichtfertig aufs Spiel. Und wenn grobe Briefe empörter Leser einträfen, was sollte er antworten? Etwa noch gröber zurückschlagen und damit alles noch viel schlimmer machen?
Ein kluges Köpfchen behält ein solches Wort erst einmal für sich, gewarnt durch Schillers Gedicht „Die Kraniche des Ibykus", in dem es heißt:

Doch dem war kaum das Wort entfahren,
möcht er's im Busen gern bewahren ...

Natürlich ahnt der Schwager, daß eine schweigende Minderheit, wenn nicht gar Mehrheit, durch sein Wenn und Aber neugierig geworden, nun die Karten auf den Tisch gelegt haben will. Was für ein Wetter ist dieses Wetter nun, heraus mit der Sprache!

Also daheim traut sich der Schwager dieses Wort gerade noch sagen. Kein anderes trifft dieses feuchte Geniesel, diese novemberliche Tristesse, dieses naßkalte Gewürge mit Blätterfall, Nebelschwaden, Kartarrh-Explosionen und Seelenfrust besser. Unter diesem Wort kann sich sowohl der Dümmste wie auch der Gescheiteste sofort das Richtige vorstellen, da bedarf es keiner weiteren Erklärung mehr. Aber, leider, es ist nun einmal ungehobelt, kommt daher wie aus einer Fäkalien-Handlung!

Erst gestern ist es ihm wieder entschlüpft. Einfach so. Als er frühmorgens aus dem Fenster schaute, purzelte es spontan heraus. Die Schwägerin, obwohl keine Italienerin, quittierte es mit einem mißbilligenden: No, no, no! Mit der Bemerkung: D' Kinder kenna ja nimmer verdorbn wern, de san scho aus 'm Haus! konnte er sie dann allerdings über seine zugegebenermaßen grobe Ausdruckweise beruhigen. Zumal sie ihm in der Sache durchaus recht geben mußte.

Um die Spannung nicht ins Unermeßliche zu steigern, ist der Schwager nun gnadenhalber bereit, wenigstens eine Eselsbrücke zu dem besagten Wort zu bauen. Also: Eine Übersetzung in gehobenes Deutsch könnte Toiletten-Witterung lauten.

Ist er aber damit nicht schon zu weit gegangen? Wenn ja, dann springt er jetzt auch noch über die letzte Hemmschwelle und nennt zum guten oder bösen Ende dieses Wetter so, wie es das längst verdient hat: Scheißhaislweda!

Garderoben-Schelte

In dem Aufzug kannst du nicht aus dem Haus gehen, sagt die Schwägerin und schaut mißbilligend auf des Schwagers ausgebeulte Jeans, den abgewetzten Pullover und vor allem auf seinen Hals, der wieder einmal von keiner Krawatte gedrosselt wird.

In dem Aufzug gehn andere auch, entgegnet der Schwager. Hast du nicht gestern abend in der Fernseh-Talkshow die lässigen Typen gesehen in Flatterhosen und schlampigen Sweatshirts? Einer trug sogar ungeniert Hosenträger zur Schau.

Deswegen mußt aber du nicht gleich Strapsleiberl anziehen, spöttelt die Schwägerin. Ab einem gewissen Alter achtet man eben mehr auf sein Äußeres.

Willst du also sagen, daß ich dadurch den zunehmenden Verlust von sonstiger Attraktivität ausgleichen sollte?

Nicht direkt, aber wenn man eine nicht zu übersehende Kahlstelle am Hinterkopf hat, dann setzt man eben besser einen Hut auf.

Obwohl ich noch weit davon entfernt bin, erwidert der Schwager leicht gereizt, würde ich mich auch einer Platte nicht schämen.

Meinst du eine Wurstplatte oder eine Glatze?! feixt die Schwägerin. Bei Wurstplatten hast du dich tatsächlich noch nie geschämt, sondern immer fest zugelangt, sogar schon mit der bloßen Hand.

Nun reicht es dem Schwager: Jetzt stehst du bis zum Hals im Schmarrn! Ich verlasse das Haus! Und komme so schnell nicht wieder!

Zieh aber den Popeline-Mantel an und nicht wieder diese gräßliche Lodenkotze, in der du ausschaust wie eine Sondermischung aus Wildschütz Jennerwein und Förster vom Silberwald!
Ich zieh den Anorak an, merk dir das! Und misch dich nicht dauernd in meine Bekleidungsgewohnheiten. Wer bin ich denn?
Du gibst vor, ein Schriftsteller zu sein, sagt die Schwägerin.
Eben. Und weißt du, was Frank Wedekind über diesen Berufsstand gedichtet hat? Der Schriftsteller geht dem Broterwerb nach mit ausgefransten Hosen ...
Früher vielleicht schon, aber heute bestechen Schriftsteller durch Eleganz und nobles Outfit.
Und nicht mehr durch guten Stil?
Jedenfalls nicht durch ausgefranste Hosen! Schau, fährt sie fort, es geht ja bei deiner Neigung zum Gammellook auch um mich und meinen guten Ruf. Denn je schlampiger du daherkommst, um so eher heißt es: Was muß das für eine Frau sein, die ihren Mann in einem solchen Aufzug auf die Straße schickt!
Aber erst gestern hast du gemeckert, weil ich die schöne, frischgebügelte Hose und das weiße Leinenhemd angezogen hab, wendet der Schwager ein.
Jetzt schlägt die Schwägerin die Hände über dem Kopf zusammen.
Das ist ja das Kreuz, ruft sie, zur Gartenarbeit und zum Autowaschen ist dir das Beste gerade gut genug! Ich warte bloß noch auf den Tag, an dem du am Vormittag deinen gestreiften Zweireiher anziehst, um beim Hanslbauer einen Schubkarrn Stallmist zu holen, und am Abend den Jogginganzug rausholst für die Opernfestspiele.
Dieser Tag liegt vorerst noch in weiter Ferne, mit der

Zeit könnte er aber doch langsam näherrücken, meint der Schwager lächelnd, setzt, tonsurhalber, ein Käppi auf und entschwebt leichtfüßig auf Boris-Becker-Sandalen.

Ganz München im Winterschlaf

In die menschliche Natur ist der Winterschlaf nicht eingebaut worden. Was der Herr dort oben Dachs und Bär, Igel und Fledermaus gewährt hat, ist der „Krone der Schöpfung“ versagt geblieben. Ohne die Anordnungen der höchsten Planstelle kritisieren zu wollen, darf der Schwager doch soviel sagen, daß der Gedanke eines menschlichen Winterschlafs bestechend ist. Schon mit einiger Phantasie kann man sich ausmalen, wie es wäre, wenn ...

Angenommen, der 1. Dezember stände im Abendland rot im Kalender als erster Winterschlaftag. Dann legten sich an diesem Tag überall in Europa die Menschen – ob groß, ob klein, ob jung, ob alt – in ihr Federbett, stellten den Wecker auf den 21. März (Frühlingsanfang), streckten sich zufrieden aus und schliefen mit einem befreiten Seufzer ein.

Denn sie hätten ja die Gewißheit: Nicht nur sie selber sind nun ein Vierteljahr gut auf ihren Matratzen aufgehoben, es schlafen auch die Finanzämter, die Politessen, die Ohrenhöhler, die Trickbetrüger, die Staatsanwälte, die Bürovorsteher und die Regierung, und dies sowohl auf Landes- wie auf Bundesebene.

Schauen wir einmal in eine typische Münchner Familie hinein, die sich termingerecht zum Winterschlaf rüstet. Schon am frühen Abend läßt der brave Hausvater die Jalousien herab, schlurft dann noch einmal kontrollierend durch die Zimmer und gähnt dabei immer herzhafter. Die Kleinen liegen schon im Bettchen. Die Mutti

in einem wallenden Nachthemd beugt sich zärtlich über sie zu einem langen Winterschlafkuß.
Arthur! sagt die Frau dann, sich gleichermaßen dem Bett wie ihrem Gemahl zuwendend: Beeil dich, damit dich der Winterschlaf nicht wieder in der Küche überfällt! Du weißt schon, wo du bis zum 21. März auf dem unbequemen Hocker geschlummert und dir das Rückgrat verkrümmt hast.
Mit einem Plumpser läßt sie sich in die Heia fallen und atmet dann hörbar auf: Ade auf ein Vierteljahr, du garstige Welt, ade Putzen, Waschen und Flicken, Abspülen, Kochen und alte Tapeten!
Der Mann wendet sich nun gleichfalls den Ehebetten zu. Höchste Zeit, sonst sänke er hin auf den Fleckerlteppich! Sorgfältig deckt er sich zu, denn ein Vierteljahr ist lang, und greift dann gewohnheitsmäßig noch zu seinem Weibe hinüber. Irgendwie ist ihm, als müsse er noch eine Anstanspflicht erledigen, aber da überfällt ihn der Winterschlaf mit so jäher Gewalt, daß die Hand kraftlos auf das Plumeau niedersinkt, und schon ist er weggetreten in die Traumgefilde.
Ein Gang durch München zur Winterschlafzeit ist etwas Gespenstisches. Die Baustellen liegen herum wie Mondlandschaften, die Türen der Häuser sind verrammelt, die Autos rosten traurig vor sich hin. Durch die Stadttore heult der Wind, nachts streunen manchmal Füchse durch die Kaufinger/Neuhauser Straße und heulen den Mond und die Frauentürme an. Tagelang schneit es, niemand räumt die Gehsteige und Fahrbahnen. Allerorten ruht der Verkehr, sogar der im sündigen Schwabing, die Laternen sind erloschen, die Gulaschsuppen erkaltet, der Fernsehturm bohrt ein Loch in den Himmel, und neuer Schnee fällt daraus auf die Stadt hernieder.

Wenn dann das Gemeinwesen am 21. März, wie von einer Zauberhand berührt, wieder erwacht, lacht die Frühjahrssonne vom Himmel. Alles ist gut ausgeschlafen und daher bester Laune. Um sich wieder langsam ans Leben zu gewöhnen, nimmt jeder erst einmal drei Wochen Urlaub.

Die deutsche Politik, eifrig wie sie ist, macht sogleich da weiter, wo sie aufgehört hat: am Nullpunkt. Wenigstens haben die Politiker, während sie schliefen, nichts verderben können. Das soll nun wieder anders werden!

Schnulze mit Bärten

Es ist der Abend des 5. Dezember. Schaurig fegt der Winterwind durch den Bergwald, zaust die Zweige, daß sie wie Peitschen durch die Luft knallen. Bleich wie ein Gespenst geht auf der Lichtung der Mond spazieren. Hirsch und Reh, Has und Fuchs haben sich längst verbittert in ihre Nester zurückgezogen. Auf deutsch: Es ist eine Witterung zum Speibn!
Da erschallt unvermutet ein tückisches Lachen im Unterholz. Man hört Äste knacken, und heraus tritt der Silber-Jackl, der berüchtigtste Wilderer weitum. Doch wie sieht er aus!
Der mit allen Wassern gewässerte Bursche hat sich – ausgerechnet er! – als Nikolaus verkleidet. Mit Mitra und wallendem Mantel, mit weißem Falschbart und mit dem Bischofsstab in der Hand, in dem sich der todbringende Stutzen verbirgt, pirscht er den Waldrand entlang. Selbst auf den Sack mit Äpfeln, Nüssen und Kletzenbrot hat er nicht vergessen.
Gell, Jackl, wenn dich jetzt dein Todfeind, der Förster, aufspürte, dann würdest du sagen, du seist unterwegs zu den Kindern deines Bruders in Randolfszell. O du gemeiner Hund, dem nichts, aber auch schon gar nichts heilig ist!
Nun fängt es auch noch zu graupeln an. Sind schon Graupeln in der Suppe widerwärtig, so erst recht jene, die naß und kalt in freier Natur fallen! Dem Jackl aber kommen sie wie gerufen als Tarnvorhang.
Doch verlassen wir den wüsten Gesellen, und suchen wir

für ein Viertelstündchen die behagliche Stille des nahen Forsthauses auf. In der geschmackvoll mit ausgestopften Vögeln eingerichteten Stube blickt ein Büblein in lockigem Blondhaar zu seinem Mütterlein auf und richtet folgende Worte an es: Wann tommelet er denn, der Herr Likomaus, ha?
Wart nur, bald wird er tommelen, antwortet die schmukke Försterin, die Sprechweise des Kleinen liebevoll nachäffend. In ihren Augen leuchtet der Widerschein familiären Glücks. Gemütlich rasselt die Uhr an der Wand wie ein alter, asthmatischer Großvater. Auf der Ofenbank schnurrt ein Kater mit dem oberbayerischen Gebirgsschweißhund Waldmann um die Wette. Und der Kachelofen speit, was er nur speien kann.
Gehen wir einen Stock höher. In der Intimität des Elternschlafzimmers zieht sich Förster Franz-Xaver zum Likomaus um. Lächelnd über die drollige Bechstubenverwachslung seines Söhnchens, schlüpft er in den goldbestickten Mantel, zieht die großen Filzstiefel über und setzt die Bischofsmütze aufs Haupt, das praktischerweise bereits von einem Naturbart umrahmt ist.
Doch horch, war da nicht ein Schuß gefallen? Der Förster reißt eine Büchse aus dem Gewehrschrank und stürmt in seinem Bischofsornat in die Nacht hinaus. Franz-Xaver, Franz-Xaver, schallt es klagend hinter ihm her. Doch der Pflichtbesessene achtet der wehen Rufe nicht.
Über den Wildenholzer Schlag ruft ein Käuzchen sein schauriges Uruhguruh. Dem anschleichenden Förster stockt das Blut in den Arterien: Ein heiliger Nikolaus kniet da vorne am Boden und weidet einen Rehbock aus! Gedeckt hinter einer Fichte bringt der Förster seine Büchse in Anschlag. Dann tritt er vor. Ein saumäßiger Zorn steigt in ihm hoch.

Hund, elendiglicher, ergib dich, oder i schiaß! schreit er. Höllsakratuifl! Fluchend wirft sich der Silber-Jackl herum und sieht, daß es ebenfalls ein Nikolaus ist, der ihn gestellt hat. Etwa gar der echte? Langsam hebt er die Hände. Dann winselt er: Heiliger Nikolaus, hör mich an! Ich wollt die Kinder meines Bruders bescheren, drüben in Randolfszell, und wie ich durch den Wald geh, springt mich der Rehbock an. Ich hab in Notwehr gehandelt, in reiner Notwehr!

Jetzt endlich erkennt der Förster, wen er vor sich hat. Silber-Jackl, donnert er, schreckst nicht einmal vor dem Heiligsten zurück, du Frevelbube?! Aber wart, jetzt hat dein letztes Stünderl gschlagen.

Halt ein, Franz-Xaver, halt ein! Aus der Ferne zirpt ein zartes Stimmlein über den Schlag. Likomaus, Likomaus! ruft es klagend.

An der Hand seiner sterbensbleichen Mutter tritt des Försters Büblein auf den Plan. Verwundert reibt sich der Kleine die Augen. Gleich zwei Likomäuse! ruft er beglückt. Seine Augen strahlen. Er beginnt, ein Gedichtlein aufzusagen.

Da wird dem Silber-Jackl gar seltsam ums Herze. Er kramt in seinem Sack und schenkt dem Büblein seines Todfeindes der Nüsse, Äpfel und Kletzen gar viele. Eigenartig bewegt, läßt nun auch Förster Franz-Xaver sein Gewehr sinken.

Woaßt as no, Jackl, spricht er gerührt, wias d' mi beinah amoi daschossn hättst? Des wer i dir nia vagessn!

Nun mischt sich auch die Försterin, diese edle, vornehme Dame, ins Gespräch: Wißts was, ihr Nikoläus, sagt sie, jetzt geh ma olle mitanand hoam, macha uns a Hafal Kaffä und telefoniern 's am Schwager, daß die Gschicht net so tragisch nausganga is, wia s' leicht nausgeh hätt kenna!

Kein Hirte weit und breit

Bald ist Heiliger Abend, da gibt's wohl keinen im Land, der das nicht wüßte. Und deshalb läge der Schwager völlig falsch, wenn er jetzt etwas anderes schreiben würde als Weihnachtliches.
Wen interessiert denn da noch der verregnete Sommer? Niemand! Die paar heißen Tage im August haben die Badeseen nur noch mäßig aufgewärmt. Seltsamerweise sind die Tomaten auf dem Balkon im September dann doch noch errötet.
Einmal ist der Schwager aus Versehen in die Pupplinger Au hineingeraten und hat dort an die dreißig Gestalten herumliegen sehen, wie sie Gott in seinem Zorn erschaffen hat. Aber da ist auf einmal von hinten wer an ihn herangetreten und hat ihm ein Taschentuch um die Augen gebunden und ihn schnell fortgeführt. Wer das war? Niemand anderer als die Schwägerin.
So etwas kann man natürlich vor dem Heiligen Abend nicht breittreten, das paßt einfach nicht!
Oder wie er an Johanni über das Sonnwendfeuer gesprungen ist, aber zu früh abgehoben hat und deshalb mit dem Rückgebäude mitten im Feuer gelandet ist. Da wenn er nicht seine lederne Hose angehabt hätte, wären wohl sehr wertvolle Teile von ihm geröstet worden.
Aber das nur nebenbei, denn an Weihnachten hat so eine brandheiße Geschichte wirklich nichts verloren!
Auch der Urlaub in Südtirol ist kein Thema mehr. Obwohl man ihn dort richtig genervt hatte. In einer Wirt-

schaft hatte er Herrengröstl bestellt, und da sagte die Bedienung schnippisch: Herrengröstl ist fertig.
Also dann her damit! meinte er.
Darauf wieder sie: Ich hab Ihnen doch gesagt, es ist fertig!
Stellen Sie sich vor, andächtige Weihnachtsleser, jetzt sagen die dort anstatt aus: fertig. Zu was haben wir denn diese zugegebenermaßen schöne Gegend vor mehr als tausend Jahren besiedelt? Daß sie sich jetzt solche Ausrutscher erlauben?
Am besten wird's wohl sein, er verzeiht und vergißt und beginnt jetzt endlich, von den Hirten auf dem Felde zu erzählen. Aber sind denn die Hirten auch immer zur Stelle, wenn sie gebraucht werden?
Der Schwager bestieg im Juli einen sehr abgelegenen Berg, und da umzingelten ihn plötzlich an die hundert zu allem entschlossene Geißen. Von einem Hüter weit und breit keine Spur! Diese Bestien wollten ihn wahrscheinlich als Geisel nehmen, um einen Zentner leckeres Salz zu erpressen. Nur eine überstürzte Flucht durch ein wildes Latschen-Labyrinth konnte ihn schließlich retten, und noch lange verfolgte ihn ihr mordlüsternes Meckern!
Aber Schluß damit! Der Schwager beginnt jetzt unwiderruflich mit seiner Weihnachtsgeschichte. Das heißt, er begänne, wenn der Platz für diese Geschichte nicht schon längst gefüllt wäre. Also dann bitte Geduld bis zum nächsten Weihnachtsfest!

In der Punschfalle

Ja, du Lalli, du lallst ja, sagt die Schwägerin zum Schwager. Wo kommst du denn her?
Direkt von den Hirten auf dem Felde, antwortet der Schwager vergnügt und versucht, ihr einen Schmatz aufzudrücken.
Bleib mir vom Leib mit deiner Fahne! Sich am hellichten Nachmittag vollaufen lassen! Habt ihr vielleicht eure berüchtigte Betriebsweihnachtsfeier gehabt? Mit dem Fräulein Wildmoser als gefallenem Engel?
Nein, erwidert der Schwager, unser Betriebsweihnachten findet erst übermorgen statt. Da kannst du vor Mitternacht nicht mit mir rechnen. Ich war ganz woanders, ich war auf dem Christkindlmarkt – um dir eine Freude zu machen!
So! Und aus was besteht diese Freude? Vielleicht aus deiner roten Nase?
Nein, ich wollte dir was Hübsches mitbringen. Etwas, das zu dir paßt: zum Beispiel einen Wecken Kletznbrot.
Tu dich mäßigen, gell! Zeig mir lieber das Geschenk!
Ja, das ist jetzt so eine Sache, zögert der Schwager. Weißt du, ich bin gar nicht so richtig in den Christkindlmarkt hineingekommen ...
Aha! Hat vielleicht der Herr Oberbürgermeister Barrikaden errichten lassen, um dich und deinesgleichen vor Fehlkäufen zu bewahren?
Das gerade nicht. Aber gleich am Eingang hat mir eine Punschbude den Weg versperrt. Und weil es mich ganz furchtbar in die Finger gefroren hat ...

Und Handschuhe hast du keine?
Hätte ich schon. Aber du selber bist es gewesen, die sie mir heut in der Früh nicht mitgegeben hat!
Dann wundert mich bloß, daß du nicht in Unterhosen ins Geschäft gegangen bist. Denn deine Hose, die hab ich dir ja auch nicht angezogen.
Ja, leider, seufzt der Schwager. Der Service könnte wirklich besser sein!
Und ich hab immer geglaubt, ich wär mit einem Mannsbild verheiratet und mit keinem Wickelkind! ruft die Schwägerin blitzenden Auges.
Also, wie schon gesagt, fährt der Schwager fort, es hat mich sakrisch in die Finger gefroren, und da hab ich mir gedacht: An einem Glas heißen Punsch könntest du dir die Klupperl wieder aufwärmen.
Mit anderen Worten: Die kalten Händ müssen für deinen Alkoholismus herhalten! Sag endlich klipp und klar: Wie viele Glasl sind es insgesamt gewesen?
So genau könnt ich dir das gar nicht mehr sagen. Da war nämlich nebenan noch ein Stand, dort hat's Schweinswürstl mit Kraut gegeben. Da bin ich immer so hin- und hergependelt.
Aha, deshalb hängen also an deinem Schnurrbart Krautfäden! Hat's dich vielleicht in die Lippen auch gefroren?
Ohne auf diese Gehässigkeit näher einzugehen, sagt der Schwager: Sechs oder höchstens sieben Gläser, mehr waren es nicht. In dem Punsch war Zimt drin und Nelkengewürz. So was Gutes habe ich schon ewig nicht mehr gegurgelt.
Gewissen Leuten könnt man wahrscheinlich sogar Abspülwasser verkaufen, wenn man nur genügend Schnaps hineinschüttet, meint darauf die Schwägerin. Aber hast du nicht etwas von einem Geschenk gefaselt?
Ach so, ja. Aber stell dir vor, was passiert ist: Als ich

meine Punsch- und Würstlrechnung beglichen hatte, waren meine Bargeldreserven erschöpft.

Und da bist du dann stehenden Fußes heimgetorkelt!

Stehenden Fußes nicht, sondern gehenden Fußes. Ich wollte so schnell wie möglich bei dir sein, um dich an meiner guten Laune teilhaben zu lassen.

Der Schwager hat wieder zu lallen angefangen. Während er sich, schwankend wie ein Rohr im Winde, seines Mantels entledigt, denkt er: Neugierig bin ich, ob sie mir morgen endlich Handschuhe mitgibt.

Schenk mir die Vergangenheit!

Ein Mann, vor vielen Jahren Kind gewesen, wandert zurück in die Vergangenheit. Je weiter er kommt, um so deutlicher treten die Geschenke vor sein Auge, die er einst unterm Christbaum gefunden und glückselig an sich gerissen hat. Während er sich an die Gaben der letzten Jahre kaum noch erinnern kann.

Angelehnt an den mit weißen Tüchern drapierten Küchenhocker, auf dem ein kleines Bäumchen stand, hob sich ein Radlrutsch, umstrahlt vom Glanz der Sternwerfer, aus dem Dunkel. Das erste Radlrutsch seines Lebens! Eine unsagbare Freude durchzitterte sein Herz. Jetzt gehörte auch er zu jener schnellen Truppe, die mit kräftigem Antritt fremde Hinterhöfe erkundete und sich untertan machte. Dieses Radlrutsch, mit Kugellager, Trittbremse und Winker, schloß das Strapsleiberl-Zeitalter ab. Von nun an trug er Unterhosen wie der Vater. Man kam voran im Leben!

Einige Jahre später dann die nickelglänzenden Schlittschuhe zum Anschrauben und der dicke hellgraue Pullover mit den roten und gelben Querstreifen, den einen vorher schon die Mutter mit verbundenen Augen hatte probieren lassen. Man sah darin auf dem Schulhof-Eis aus wie der kommende Weltmeister. Tollkühn sprang man über zwei kniende Kameraden, und nur den dritten streifte man ein bißchen im Kreuz. Mit einer Fünferl-Überraschung ließ man seine Klagen schnell verstummen.

Draußen, auf den schneeglatten Straßen, hing man zu

zweit und zu dritt an den Dreiradlern, die es auch schon lange nicht mehr gibt. Die Welt flog vorüber wie ein Bilderbuch, bis ein hervorstehender Kanaldeckel das rasante Unternehmen bremste. Reumütig, mit dem abgerissenen Absatz in der Hand, kehrte man zur Mutter zurück und empfing mit erhobenen Händen ihre Gegengabe, ein paar saftige Kopfnüsse.

Das war jene Zeit, da sich Vater einen Dreifuß kaufte und daranging, mit eigener Hand frische Sohlen auf die Schuhe zu kleben. Doch nach wenigen Tagen löste sich die Spitze wieder, und die Stiefel klappten ihr Maul auf wie ein gefräßiges Krokodil. Der Dreifuß verschwand im Keller, und die Schusterrechnung blieb auf der Höhe.

Ohje, nun kam das Matrosenanzügerl! Was war bloß in die Eltern jener Jahre gefahren, daß sie ihren Buben solche Anzüge bescherten? Wo es doch im ganzen Stadtviertel weit und breit kein Meer gab! Der Jubel über dieses Geschenk hielt sich in Grenzen.

Man ahnte bereits, wie einen ein solches Kleidungsstück einengen würde, und in der Tat sind mit ihm äußerst langweilige Sonntagsspaziergänge, Krankenhausbesuche und ähnlich triste Unternehmungen verknüpft.

Seine ersten Skier wird der Mann nie vergessen! Sie lehnten in der Ecke und lachten ihn mit neulackierten Spitzln an, während er im ersten Stimmbruch mit dem Lied „Stille Nacht, heilige Nacht“ kämpfte.

Das Christkind hatte die Brettl günstig vom Vetter Max besorgt, dem sie zu klein geworden waren. Auch seine Stiefel hatte er der Einfachheit halber gleich mitgebracht, frisch aufgerichtet, versteht sich, und die vielen Schrammen im Oberleder sorgfältig mit Schuhcreme zugebürstet.

Unbandig! sagte er, als er die Skier im Zimmer anschnallte. So sagte man damals, um seine höchsten Gefühle auszudrücken.

Oh nein, ins Gebirge fuhr er an den Weihnachtsfeiertagen nicht. Die Berge waren weit, unerreichbar lagen sie im Süden, die Theresienwiese aber, die lag nah. Er übte und übte, unermüdlich stieg er das Bergerl hinauf und schoß hinunter, rappelte sich nach Stürzen wieder auf. Die Hänge waren voll von seinesgleichen. Auch jüngere Erwachsene waren darunter, bargeldkrank wie die meisten.

Bald konnte er mit seinen Spezln darangehen, eine Schanze zu bauen. Oben am Geländer saßen die Mädchen, schlenkerten mit den Beinen, kicherten und tuschelten. Da ging er in die Spur, drückte sich ab, riß die Arme nach vorne, schoß hinaus – und blieb bewußtlos liegen. Es waren bloß zwei, drei Minuten. Als er aus seiner Ohnmacht erwachte, standen sie im Kreis um ihn.

Vier Meter fünfzig, verkündete ihm der Wolfi.

Der Gestürzte erhob sich, tastete seine Beine ab. Alles in Ordnung. Auch die Neumeier Muschi war heruntergelaufen.

Du bist aba oana, sagte sie leise.

Er fühlte, daß es eine Liebeserklärung war, und sein Herz fing laut zu klopfen an ...

Herrschaftseiten, laßt den Schwager doch in Ruhe mit euren seidenen Schlafröcken, mit elektrischen Rasierapparaten, mit dicken Bildbänden, mit Beethovenplatten! Er möchte sein altes Radlrutsch wiederhaben, seine ersten Brettl und, wenn es sein muß, sogar das blaue Matrosenanzügerl!

Wunschlos glücklich

An Liesbeth, Erich, Toni, Luise, Margot, Paul, Tante Anna, Onkel Franz, Schwager Lukas sowie die Firmen Kinateder, Brachsl, Ungemach, Fellerer und andere:
Über eure Wünsche für ein gesegnetes Weihnachten und ein glückliches neues Jahr habe ich mich sehr gefreutärgert! Zwölf Monate lang habe ich von euch kaum etwas gehört, und jetzt das!
Freilich ist es zu begrüßen, wenn ihr mir Gutes wünscht, aber ich hätte bestimmt nicht das Gegenteil geglaubt, wenn ihr nicht zum Federhalter gegriffen hättet. Daß die eine und der andere auch noch gute Gesundheit für mich erfleht, hat mich am meisten getroffen. Sehe ich wirklich so angeschlagen aus, daß ihr das eigens erwähnen mußtet?
In den letzten Tagen ist viel von der stillen, besinnlichen Zeit die Rede gewesen. Wie schaut's aber damit aus, wenn einem jeden Tag ein Packl Glückwunschkarten aus dem Briefkasten entgegenfällt? Ist nicht jede davon, ob nun mit Rehlein im Winterwald oder Nikolaus mit Pelzmütze und geschultertem Sack, eine eindringliche Mahnung zur Retourkutsche? Was ihr da leichtfertig veranstaltet, sei's nun aus der Ferne oder Nähe, ist nichts anderes als Nötigung zum Schreiben. Hättet ihr uns unbehelligt gelassen, hätten wir euch unausgesprochen froheren Herzens ein gutes Fest gewünscht!
Die größten Heimtücker unter euch aber sind jene, deren Karten so kurz vor dem Heiligen Abend eintreffen, daß sie nur noch mit Neujahrswünschen beantwortet

werden können. Wir sollen wohl als Spätzünder entlarvt werden?
Liebe Absender, mit eurer Schreib- und Glückwunschmanie gefährdet ihr in Wahrheit, allerdings zum Wohl der Post, den Weihnachtsfrieden und stürzt eure Adressaten, anstatt sie besinnlich werden zu lassen, in schwere Hektik! Zunächst muß der Schwager ins Schreibwarengeschäft rennen. Da er nicht Gleiches mit Gleichem vergelten will, wählt er nur künstlerisch Wertvolles, das entsprechend kostet. Dann rennt er auf die Post um Briefmarken. Und dann rennt er heim und entwirft die Texte, nicht kurz und schmerzlos, sondern geistreich und gedrechselt.
Besonders gram ist er jenen drei Absendern, die ihren Glückwunsch nicht einmal unflott gereimt haben. Ihnen ebenso zu antworten hat den Schwager Stunden gekostet, in denen er leicht fünf Christbäume aufputzen hätte können.
Noch ein Wort zu jener nicht unerfreulichen Sendung von vier Flaschen Weizenbock inclusive schmuckem Weißbierglas: Nachdem der Schwager bereits zwei Flaschen inhaliert hat, stellt sich nun die peinigende Frage, mit was er sich revanchieren könnte. – Was hältst du, werter Gönner, von jener Flasche Champagner, die als Gabe eines anderen Mäzens seit dem Vorjahr im Keller lagert?
Ruf an, oder besser noch, komm vorbei, damit dem Schwager wenigstens die Qual der Verpackung und Absendung erspart bleibt!

Weißwürscht für den Frieden

Eine Umfrage – kein Tag ohne Umfrage! – hat die Umfragen der vergangenen Jahre bestätigt: In deutschen Familien werde am häufigsten und am heftigsten vor und an Weihnachten gestritten. Als ob es in der himmlischen Botschaft hieße: Und Streit den Menschen auf Erden!

Der Schwager versteht diese Leute nun wirklich nicht! Sind die so gestreßt und genervt von der Hektik der staaden Zeit – oder was oder wie? Er selber hat noch nie vor Weihnachten und schon gar nicht am Heiligen Abend dem Streithammeltum gefrönt, ja nicht einmal ein lautes Wort fallenlassen.

Obwohl, wenn er sich an den Heiligen Abend des vergangenen Jahres erinnert ... – Aber da waren nun wirklich die anderen schuld, daß er explodiert ist! Nicht er, sondern sie hatten den Frieden auf Erden gefährdet – und zwar vorsätzlich!

Angefangen hatte es damit, daß er die Schwägerin fragte, ob sie schon die Weißwürste besorgt hätte. Was glauben Sie, lieber Leser, was darauf passiert ist? Ein eiskaltes Naa hat sie ihm um die Ohren geschlagen, und auf seine weitere Frage: Warum nacha net? hat sie boshaft lächelnd gemeint: Weil's desmoi am Heiligen Abend koane Weißwürscht gibt, sondern eingelegte Matjesfilets mit Pellkartoffeln!

Da hat es dem Schwager erst einmal die Stimme verschlagen. Dann ist ihm die Galle hochgestiegen, und er hat in etwas schärferer Tonart (ein anderer hätte längst gebrüllt!) gesagt: Ja, spinnst? Bin ich ein Ostfriese oder

ein Bayer? Und auch noch Pellkartoffeln! De kennts selber ... (der Schwager muß es leider zugeben, er hat weder essen noch verzehren gesagt).
Die hatten es also nicht einmal für nötig gehalten, ihn vorher in so einer entscheidenden Frage zu konsultieren! Schon als Bub hatte er am Heiligen Abend immer Weißwürste bekommen, und diese Tradition war unerbittlich durch all die Jahre fortgesetzt worden. Sollte er nun auf einmal Heringe schlingen? – Der Schwager muß einräumen, daß seine Stimme um einiges an Lautstärke zunahm.
Augenblicklich, hat er seiner Tochter befohlen, rennst du zum Metzger Silbernagel hinüber und holst zwei Dutzend Weißwürscht, sonst zerhack ich den Christbaum, und d' Bescherung könnts euch an' Hut stecken! Und daß ma a süßer Senf im Haus is, und Brezn und a Weißbier!
Ja, denen hat der Schwager Füße gemacht! Die Tochter ist losgerannt wie die Feuerwehr!
Aber was hat sie schließlich gebracht? Drei Polnische, weil die Weißwürste angeblich schon aus waren! Polnische! Der Schwager hat gewiß nichts gegen den Walesa und Genossen. Aber an Weihnachten will er seine bayerische Nationalwurst haben, verstanden?! Vor lauter Wut hat er die wunderschöne rote Christbaumkugel, die er gerade christbaumaufputzend in der Hand hielt, zerdätscht und sich dabei dreißig bis vierzig winzig kleine Splitterchen eingezogen.
Was der Schwager darauf von sich gegeben hat, war von allerstärkstem Kaliber! In diesem zornerfüllten Augenblick hat sich die Familie samt Schwiegermutter um den tobenden Schwager versammelt und ist in herzhaftes Gelächter ausgebrochen.
Und die Schwägerin hat gesagt: Dua di nur net awi,

Babba, du kriagst scho deine Weißwürscht und dein Senft und deine Brezn und dei Weißbier, des mit de Matjesfilets war ja bloß a Gschpaß. Mir ham nämle de Umfrage glesn, daß am Heiligen Abnd bei vui Leit auf Teife kimm raus gestrittn werd, und da wollt ma testn, wia's da bei dir ausschaugt.

Ja und? fragte der Schwager verdutzt.

Du hast den Test glänzend bestanden! jubelte die Familie.

Der Schwager hat ihnen inzwischen großmütig verziehen. Aber wie man mit einem so friedfertigen Menschen wie ihm derartig umspringen kann, das versteht er bis heute noch nicht!

Aufgefahren in den Himmel der Glückseligkeit

Wenn man übersättigt ist, gilt das Schönste und Beste nichts mehr. Sogar beim Rolltreppenfahren kann einem diese simple Weisheit auffahren.
Im Himmel hat es wahrscheinlich schon immer Rolltreppen gegeben. Die Englein brauchen sie freilich nicht, weil sie sich mittels Flügelschlag vorwärtsbewegen. Für Gottvater aber sind sie das rechte, würdevolle Gleit- und Schwebemittel. Es ist ein schönes Bild, sich vorzustellen, wie er von Wolke zu Wolke, von Ressort zu Ressort fährt und seinen Abteilungsleitern streng, aber auch wiederum voller Güte die Leviten liest.
Auf der Erde sind die Rolltreppen erst in den zwanziger Jahren aufgekommen. Der erste, der sie in München hatte, war der Uhlfelder im Rosental, ein Kaufhaus, das längst nicht mehr existiert.
Heute gibt es Rolltreppen schon an jedem besseren Straßeneck. Nicht wenige verschmähen die lautlos gleitenden Stufen und laufen daneben die Betontreppen hoch, die anderen aber, die sie benutzen, schauen so gelangweilt und lustlos drein wie eine Herde Schafe, die man über eine asphaltierte Wiese treibt.
Ein dickes Packl Zeit fällt plötzlich von den Schultern des Schwagers, und er sieht sich mit ein paar Schulspezln zum Uhlfelder streunen und darin diese erste und herrlichste Rolltreppe seines Lebens auf- und niederfahren, so lange, bis ihn und die Spezln eine Verkäuferin an den Ohren nimmt und an die frische Luft setzt.

Aber noch hatten sie nicht genug von diesem wundervollen Auf und Ab, und so sind sie weitergezogen zum rotgeziegelten Hochhaus an der Blumenstraße und dort ein paarmal mit seinem sagenhaften Paternoster hinauf- und hinuntergerumpelt.

Das waren Erlebnisse, von denen man noch wochenlang gezehrt hat, ja, die beinah anknüpften an das Apostolische Glaubensbekenntnis: Aufgefahren in den Himmel, sitzet zur Rechten Gottes, des allmächtigen Vaters, von dannen er kommen wird zu richten die Lebendigen und die Toten ...

Ja, so ist's nun einmal: Als es nur eine einzige Rolltreppe in München gab, da übte sie eine gewaltige Faszination aus. Seit sich aber jeder täglich die Stiefel dran abputzen kann, ist sie zu einer Sklavin des Alltags geworden, der die Leute Fußtritte versetzen, wenn sie einmal mit herausgesprungener Bandscheibe stillsteht.

Und gilt etwas Ähnliches nicht auch für die Schlafanzüge, die Goldbroschen und die Parfümflascherl, die wir am Heiligen Abend auspackeln und dann ohne viel Begeisterung zu den übrigen Schlafanzügen, Goldbroschen und Parfümflascherl legen?

Wünschen wir uns also zum Fest keinen allzu großen Zuwachs zum Allzuviel, sondern zur rechten Zeit ein ganz kleines, privates Erinnerungs-Rolltrepperl, das uns zurückbringt in die Bescheidenheit der Kindheit, als man noch so leicht, so mühelos, so anmutig aufgefahren ist in den Himmel der Glückseligkeit.

Inhaltsverzeichnis